제인의 마법 살롱

엉킨 기억을 빗겨드립니다

제인의 마법 살롱

엉킨 기억을 빗겨드립니다

박승희
장편소설

허브

차례

1

압구정 마녀

'제인'이라는 이름은 그녀가 가장 좋아하는 영국 여성의 이름에서 따왔다고 했다.『오만과 편견』을 쓴 작가 제인 오스틴, 그리고 샬럿 브론테의 소설『제인 에어』. 수많은 여자 영어 이름 중 제인이라는 이름을 선택한 건 오로지 그녀의 의지였다.

"내가 고르는 내 이름이야말로 가장 나다운 거지."

제인은 그 이름이 가장 '나다워서' 선택했다고 말했다. 실제로 제인은 제인 오스틴처럼 우아하면서 제인 에어처럼 정열적이었다. 게다가 알파벳 네 개로 만든 그 이름은 쓰기도 좋고 부르기도 편했다. 외국에서 오래 살았다는 제인은 이제 그게 자신의 본명이나 다름없다며 가끔 진짜 이름을 묻는 사람들에게 제인이라고 부를 것을 부탁했다.

제인의 살롱은 압구정에서 유명했다.

압구정동, 그것도 땅값이 가장 비싸다는 로데오 거리에 제인은 오로지 현찰로 3층짜리 건물을 사서 살롱을 오픈했다. 사람 보는 안목은 또 어찌나 좋은지 기술이 좋고 성품도 좋은 직원들만 골라서 채용했다. 급여는 물론 업계 최고로 쳐줬다. 제인의 살롱에서 일하는 직원들의 만족도가 높아지니 서비스가 좋아졌다. 손님이 몰리는 건 순식간이었다. 살롱을 연 지 석 달 만에 제인의 살롱은 압구정에서 예약하기 가장 어려운 살롱으로 유명세를 탔다. 압구정에 터줏대감처럼 자리 잡고 있던 뷰티살롱들은 어느 날 갑자기 나타나서 생태계에 교란을 일으킨 제인을 미워했다. 가끔은 이상한 소문이 압구정 일대를 떠돌기도 했다.

"제인 그 여자, 꼭 마녀 같지 않아?"

제인이 알았을지도 모르지만, 사실 사람들은 제인의 이야기를 하는 걸 좋아했다. 그도 그럴 것이 제인에 대해 제대로 알려진 게 하나도 없었다. 제인의 본명도, 나이도, 배경도 전부 미스터리였다. 심지어 뷰티살롱을 연 제인이 직접 누군가의 머리를 자르거나 파마를 말아주는 걸 본 사람도 없었다. 화려한 액자에 싸인 자격증들은 전부 유럽, 미국 등지에서 취득해 영어나 불어, 독어 등으로 쓰여 있었고, 개인정보 부분은 검은색으로 칠해두어 확인하기가 어려웠다. 항상 제일 먼저 살롱에 출근했고 가장 늦게 퇴근했다. 어떨 때는 퇴근을 안 하는지 밤새 살롱에 불이 켜져 있던 날도 있었다. 우연히 늦은 새벽에 그 앞을 지나간 어떤 이는 제인이 큰 소리로 깔깔대며 웃는 걸 봤다고도 했고, 또 다른 이는 제인이 손을 휘두르면 뭔가가 번쩍였다고도 주장했다. 물증도 없고, 목격 당시 술에 취해 있었다는 이유로 그 주장들은 금방 사그라들었지만, 제인이 보통 사람과 다른 것은 분명했다.

차림새만 봐도 그랬다. 제인의 키는 160센티미터가 조금 안 됐고 통통한 체형이었다. 겨우 어깨에 닿는 머리는 칠흑같이 검었고 거대한 파도처럼 굽실거렸다. 제인은 늘 푸른빛이 도는 보석이 달린 화려한 목걸이를 하고 다녔는데, 제인의 살롱 단골이자 보석에 일가견이 있는 홍 여사는 그것이 50캐럿짜리 진짜 블루 다이아몬드고 그것을 감싼 보석 역시 큐빅이 아니라 작은 다이아몬드라는 것을 단박에 알아차렸다.

"세상에, 이거 진짜잖아! 이렇게 큰 블루 다이아몬드를 내 생전에 볼 줄이야. 잠깐만, 이거 타이타닉에 나왔던 거랑 똑같은 거 아니에요? 블루 호프!"

"블루 호프는 미국 박물관에 있죠. 이건 블루 호프 쌍둥이예요. 사실 블루 호프와 똑같은 크기의 블루 다이아몬드가 하나 더 있었거든요. 쌍둥이라고는 해도 내 것이 블루 호프보다 아주 조금 더 크답니다. 인도에서 만난 남자가 살짝 귀띔해 주더라고. 근데 그 남자는 어떻게 되었나 몰라."

블루 다이아몬드가 16세기 인도에서 발견되었다는 걸 알고 있는 홍 여사는 제인의 황당한 주장이 진담인지 농담인지 구분하지 못했다. 그저 웃고 넘어가긴 했지만, 홍 여사를 비롯한 여러 사람들은 베일에 싸인 제인의 재력을 추정했을 때, 제인의 목걸이가 가짜일 리는 없다고 확신했다.

제인의 재력은 상상을 초월했다. 압구정 로데오에 현찰로 건물을 세운 것도 보통 재력은 아닌데, 소문에 의하면 전국, 아니 세계 곳곳에 제인의 명의로 된 건물이 있다고 했다. 실제로 제인은 종종 개인 사무실에서 영어, 불어, 독어 등으로 여러 사람과 통화를 했고, 어쩌다 살짝 통화 내용을 엿들은 이들은 그것이 부동산과 관련이 있다는 걸 알아차렸다. 문제는 그 정도 재력가면 이 바닥에 어느 정도 아는 사람 한 명은 있어야 하는데, 제인을 아는 사람이 단 한 명도 없다는 거였다.

아무도 제인을 모른다. 제인이 압구정에 나타난 이후, 소문은 끊이지 않았어도 어느 것 하나 진실로 밝혀진 게 없는 이유가 바로 여기에 있었다.

그런데도 사람들이 제인의 살롱을 끊임없이 찾는 건 제인의 특별한 소질 때문이었다. 살롱을 찾은 손님은 꼭 제인과 상담을 해야 했는데, 그 상담이라는 것은 제인이 값비싼 헤어 트리트먼트를 손에 발라 정성스럽게 매만져 주며 이런저런 이야기를 나누는 것이 전부였다. 그런데 이상하게도 제인의 손질을 받고 나면 응어리져 있던 무언가가 녹아내리는 듯했고, 머리 스타일을 바꾸는 것에서 오는 기분 전환 그 이상의 만족감을 주었다.

"단발 커트가 촌스럽다는 건 편견이에요. 혹시 그래서 망설이고 있다면 단발 커트를 추천하고 싶어요. 층 없이 딱 떨어지도록. 거기에 어두운 와인색으로 염색을 더하면 금상첨화죠. 손님의 우아한 턱선을 더 돋보이게 해줄 거예요."

"정말 그럴까요? 단발로 자르고 싶긴 한데, 학교 다닐 때 귀밑까지 오는 머리로 다녔던 기억이 나서 용기가 안 났거든요."

"그때와 지금 손님의 외모와 태도는 180도 달라지지 않았나요? 지금 단발 커트를 해도 손님을 촌스럽다고 놀릴 사람은 아무도 없어요. 내가 약속하죠."

"맞아요! 실은 옛날에 촌스럽다고 놀림받았던 기억이 있어요! 원장님, 제 마음을 어떻게 그렇게 잘 아세요?"

손님의 니즈를 정확하게 꿰뚫어 본 제인의 완벽한 코칭, 실력 있는 헤어디자이너들의 조화는 제인의 살롱을 더 붐비게 만들었다. 유명 연예인들도 앞다투어 제인의 살롱을 찾았다. 그들은 머리를 하는 것보다 제인에게 트리트먼트를 받기 희망했다. 제인살롱에서 쓰는 트리트먼트 약이 고급인지 싸구려인지는 중요하지 않았다. 제인과 대화를 하면 마음이 편했다. 소문에는 제인이 사람들의 속마음을 읽는다고도 했다. 웬만한 무당 못지않게 용하다는 사람도 있었다. 어느 날부터 사람들은 그녀를 '압구정 마녀 제인'으로 부르기 시작했다.

압구정 뷰티계를 평정한 독특하고 대단한 여자, 제인이 사라진 것이 석 달 전이다.

승승장구하며 잘나가던 제인은 어느 날 갑자기 살롱 문을 닫았다. 처음에는 제인이 잠시 휴가를 떠났나 생각했다. 외국에 있다는 건물을 팔러 갔을 수도 있고. 그러나 얼마 지나지 않아 '제인살롱'이라는 간판이 내려지고 그 자리에 낯선 카페 이름이 달리자 사람들은 제인이 진짜로 사라졌다는 걸 알았다.

어느 날 갑자기 사라진 제인살롱과 살롱의 주인 제인을 두고 압구정 일대에 온갖 소문이 퍼져나갔다. 평소 제인을 좋아하지 않았던 사람들은 제인이 사기를 당했다는 둥, 폭삭 망했다는 둥 한껏 창의력을 발휘해 이야기를 지어냈다. 그러나 전부 추측일 뿐, 제인이 어째서 잘나가던 살롱을 닫았는지 그 이유를 명확하게 아는 사람은 없었다. 제인의 살롱에서 근무하던 수많은 미용사조차도. 어느 날 갑자기 제인살롱은 문을 닫았고, 그들은 이유도 모른 채 동의를 했고(정확히 말해서는 했던 것 같고), 제인살롱이 사라지고 일주일 후 그들의 통장에는 연봉에 달하는 퇴직금이 송금되어 있었다.

그렇게 제인은 점차 잊혀갔다. 어쩌다 가끔, 제인살롱이 있던 자리에 들어선 카페를 찾은 동종업계 종사자들이 전혀 가성비를 충족시키지 못하는 밍밍한 커피를 마시며 한때 압구정동을 평정했던 전설적인 미용사가 이곳에 있었다는 것을 추억할 뿐이었다.

아무도 모르는 듯했다. 사라진 건, 제인뿐만이 아니라는 걸.

제인과 함께 세 명의 미용사가 동시에 사라졌다는 건, 수년간 제인살롱에서 일했던 미용사들도, 발바닥에 땀이 나도록 제인살롱을 드나들었던 단골손님들도, 심지어 거래처 사람들도 기억하지 못했다.

마치 처음부터 이 세상에 없었던 것처럼.

2

미녀미용실

그 미용실의 위치는 뜬금없었다.

가끔 길을 잘못 들어 이 좁은 길을 따라 들어와 버린 등산객이 '미녀미용실'이라는 간판을 발견하고는 어째서 이런 곳에, 다른 가게도 아니고 하필이면 미용실이 있는 거지, 하고 고개를 갸웃거릴 만큼.

미녀미용실은 다율산 초입에 자리를 잡고 있었다. 다율산은 수도권 외곽에 자리한 도시, 아니 도시라는 이름이 어울리지 않을 만큼 소박하고 조금 촌스러운 이 지역에 있는 산인데, 유난히 밤나무가 많아서 다율多栗이라는 이름이 붙었다. 다율산은 등산 동호회 회원들을 불러 모으기엔 산을 오르는 매력이 없었고, 동네 주민이 산책 삼아 오르기엔 군데군데 자리 잡은 가파른 구간과 지뢰처럼 펼쳐진 밤송이 때문에 꺼려지는 그런 산이었다. 그나마 가을이 되면 밤을 주우러 몇몇 사람들이 다율산을 찾았지만, 하필이면 미녀미용실이 있는 곳은 3년 전, 노후화된 등산로 탓에 폐쇄된 출입구 앞이었다.

연한 회색빛이 도는 돌로 지어진 2층짜리 양옥 건물은 미용실보다는 일반 주택에 가까운 모습이었다. 1층에 달린 미용 간판만 아니라면 아무도 이곳이 미용실인 줄 모를 만큼. 1층과 2층은 완벽하게 분리되어 있었는데, 미용실 출입문이 있는 왼쪽 벽면에 2층으로 올라가는 계단이 나 있었다. 특이한 것은 계단 위로 불투명한 PC골판이 덮고 있는 데다, 1층 계단 입구에는 단단해 보이는 철문이 막고 있다는 것이었다.

가까이서 보면 외벽에 자잘한 실금도 있고 껌이 눌어붙었다 떼어진 자국 등 세월의 흔적이 남아 있었지만, 멀찍이서 본다면 그런대로 독특한 분위기가 나는 건물이었다. 특히 새로 칠한 것이 분명한 진녹색 지붕은 『빨간 머리 앤』에 나오는 그린게이블greengable 저택을 떠오르게 했다.

그곳에 미녀미용실이 문을 연 지 이제 석 달이 됐다. 이 독특한 2층짜리 양옥 건물은 1층을 미용실로 사용했고, 2층을 미용사 네 명의 숙소로 사용했다.

지금은 그럴싸하게 보이지만, 제인이 부동산 중개업자에게서 처음 이 건물을 소개받았을 때만 하더라도 이곳이 가게가 있던 건물인지 담력 테스트를 하기 위한 폐가인지 구분하기 어려울 정도였다.

"전기는 들어와요?"

"들어올걸요? 그래도 여기서 이발소를 40년이나 하셨다니까."

부동산 중개업자도 확실치 않은지 말끝을 흐렸다. 원래 이 건물의 주인은 여기서 40년 동안 이발소를 운영한 할아버지였는데, 어느 날 심장마비로 사망한 후로 건물은 수년째 비어 있던 상태였다.

"사실 위치가 좀 그렇잖아요. 서울도 아니고 이런 외곽 도시, 그것도 이런 외진 곳에서 누가 장사를 하려고 하겠어요?"

부동산 중개업자는 이 건물이 계약될 가능성은 없다고 생각하는 듯했다. 그도 그럴 것이, 이 건물이 시장에 나온 지 거의 10년이 다 되어가고 있었고, 건물을 보고 간 사람만 해도 족히 300명은 넘을 터였다. 그중 이 건물에 관심을 가진 사람은 없었다. 적어도 장사를 좀 해본 사람이라면 이 건물은 망하기 딱 좋다는 걸 확신할 게 분명했다.

무엇보다 교통이 불편했다. 출입구가 폐쇄되기 전까지는 그래도 몇 대의 버스가 다녔지만, 출입구가 폐쇄된 이후로는 시내에서 이곳까지 들어오는 버스는 한 대로 줄었다. 그나마도 저녁

8시가 막차인 데다 기상 변화에 따라 차가 다니기도 하고 다니지 않기도 했다. 잘못했다간 고립되기 딱 좋은 위치였다.

아무리 대단한 맛집이래도 웬만한 용기 없이는 여기까지 절대 못 오지. 그렇다고 자가용을 끌고 여기까지 오기에 주위 환경은 볼품없고 말이야.

건물을 둘러보던 제인은 아무 말이 없었지만, 부동산 중개업자는 이미 포기한 듯 핸드폰 지도에 다음 매물 주소를 입력하고 있었다. 가격이 워낙 저렴하게 나와서 한번 소개만 할 생각이었지, 부동산 중개업자도 진짜로 여길 추천할 생각은 전혀 없었다. 그래서 예상외로 진지하게, 그리고 꼼꼼하게 건물을 둘러보던 제인이 이곳으로 하겠다고 말했을 때, 부동산 중개업자는 앓던 이를 뺀 것도 모르고 펄쩍 뛰며 만류할 정도였다.

"여기로 할게요. 당장 계약하죠."

"아이고! 사모님이 뭘 모르셔서 그렇지, 여기서 장사하시면 쫄딱 망해요! 누가 여기까지 머리를 하러 온다고."

"바로 그거예요. 누가 여기까지 머리를 하러 올까. 세상에는요, 그런 곳을 바라는 이들도 있거든요."

부동산 중개업자는 당당히 쫄딱 망하고 싶다고 말하는 제인을 눈만 끔뻑이며 쳐다봤다. 이 여자, 제정신이 아닌 것 같은데. 그냥 눈 딱 감고 팔아버리면 그만이련만, 그러기엔 부동산 중개업자는 지독히도 양심적이었다.

"시내에 다른 매물도 있어요. 지금도 성업 중인 미용실인데, 그 원장님이 아들따라 미국에 이민을 한대서 눈물을 머금고 내놓은 곳이요! 거기도 좀 가보시고…"

"내 감으로는 여기가 맞아요. 분명히."

부동산 중개업자의 만류에도 불구하고 곧바로 건물을 매입한 제인이 그곳에 '미녀미용실'이라는 간판을 단 것이 석 달 전. 미용실은 부동산 중개업자의 말대로 쫄딱 망하기 직전에 걸쳐 있었다.

일단 여기까지 오는 사람이 드물었다. 폐쇄된 등산로를 굳이 찾는 사람이 없으니, 이 동네 사람 중 이곳에 미용실이 있다는 걸 아는 사람은 손꼽힐 거다. 덕분에 미용실을 연지 석 달이 되었지만, 미용실을 찾은 손님은 단 한 명도 없었다. 미용실에 근무하는 미용사만 넷인데, 대체 어떻게 미용실을 유지할 작정인지 의심스러울 정도였다.

그러면 헐값에라도 건물을 팔든, 목이 좋은 곳으로 가게를 옮기기 마련이건만, 어찌 된 일인지 폐업 직전의 미용실에 터를 잡은 제인은 좀처럼 일어날 줄을 몰랐다. 아니, 정확히는 일어나지 못하는 거였다. 손님으로 복작이던 제인살롱을 벗어나 이 음습한 산 밑으로 들어온 건 제인의 의지가 아니었으니까.

금기를 깨뜨리셨군요.

그 일 이후, 사태 파악에 나선 조사관은 흘끔 제인을 쳐다봤다. 그것도 잠시, 재빠르게 뭔가를 써 내려간 조사관은 사무적인 투로 제인과 미용사들에게 선고했다.

곧 유배지가 정해질 겁니다.

'죄인을 귀양 보내던 일'이라는 유배의 사전적 의미를 떠올린 제인의 신경이 잠시 곤두섰지만, 별수 없었다. 고지식한 협회는 한번 정한 일은 무르지 않는다. 졸지에 죄인이 된 게 억울한 점도 있지만, 어쨌든 제인은 이 상황을 겸허히 받아들이기로 했다. 이참에 좀 쉬는 것도 괜찮지. 지난 600년간의 인생 중 처음으로 타의에 의해 쉬게 되는 거지만, 제인은 기꺼이 이 돌발적 휴식을 받아들이기로 했다.

1층과 2층이 연결되는 지점에 '미녀미용실'이라는 간판을 단 직후 들이닥친 태풍 때문에 밤송이 하나가 하필이면 '미녀' 중 '미'의 모음에 날아들어 생채기를 내는 바람에 멀리서 보면 '마녀미용실'이라고 보이는 것 말고는. 모든 것이 제인 그리고 제인과 함께하는 미용사 셋, 그러니까 서독 언니, 스피아 쌤, 보보가 딱 예상한 만큼 지루하기 짝이 없는 일상이 흐르고 있었다.

아니, 정확히 말해 흐르던 중이'었'다. 어느 날 '그것'이 미녀미용실 앞에 나타나기 전까지만 하더라도.

쌀랑한 아침 기온에 보보는 아직 잠이 덜 깨 뻑뻑한 눈을 비비다 말고 한기가 스민 팔뚝을 문질렀다. 곧 봄이 온다기엔 아직은 코끝이 시큰거릴 만큼 날이 추웠다. 더구나 미용실이 자리한 이곳은 산 밑이었다. 크게 하품을 한 보보가 몸을 부르르 떨곤 느릿느릿 식빵을 구웠다. 노릇하게 구워진 식빵 한쪽에 사과잼을 바르고 초콜릿 맛 우유를 꺼냈다. 천천히 잠을 깨던 보보는 문득 스피아 쌤이 보이지 않는다는 걸 깨달았다. 그러고 보니 오늘 미용실 오픈은 저와 스피아 쌤이었다. 미용실 오픈은 둘씩 짝을 지어 맡았는데, 그중 스피아 쌤은 유독 시간관념이 투철한 사람이었다. 손님이 있건 없건 스피아 쌤은 칼같이 오픈 시간을 지켰다.

지각을 했다간 스피아 쌤에게 잔소리 폭격을 맞을지도 모른다.

급히 남은 식빵 조각을 입에 욱여넣은 보보가 잽싸게 플리스 재킷을 걸쳤다. 싱크대 앞에 서서 양치질을 하며 보보가 창문 밖을 확인했다. 짧은 머리에 군살이라곤 전혀 없는 탄탄한 몸을 가진 스피아 쌤이 가볍게 뛰어오는 게 보였다. 산에서 오는 방향을 보니 오늘도 그녀는 다율산 조깅에 나선 모양이다.

"내 몸은 내가 지켜야 하는 거야. 세상에 믿을 건 아무것도 없으니까."

지금도 보보는 그때의 스피아 쌤을 생각하면 울컥한다. 스피아 쌤은 깡마른 몸집이지만 몸 전체가 다부진 근육질이었다. 그런 체격과 달리, 스피아 쌤은 조심스러운 성격이었고 꽤 오랫동안 미용사들을 경계했다.

돌이켜 보면 스피아 쌤에 관해 아는 게 없었다. 스피아 쌤은 제인살롱에 일주일에 두어 번 오던 '스페어' 미용사였다. 스페어를 빨리 부르다 보니 스피아 쌤으로 굳어졌지만. 제인살롱에서 가장 오래 일한 서독 언니와 정직원 신입 미용사였던 자신과 달리, 스피아 쌤은 누군가의 휴무일에 대신 출근해서 손을 보태던 사람이었다. 만약 그때 그 *일*이 아니었다면 보보는 스피아 쌤과 동거는커녕 말 한마디 제대로 섞어보지도 않았을 거다.

스피아 쌤의 모습이 사라졌다. 미용실 앞에 다다랐으리라. 시계를 보니 9시가 되기 5분 전이다. 어차피 손님도 없을 텐데 하루쯤은 늦어도 좋으련만.

이곳에 미용실을 연 지 석 달이나 지났다. 아니, 미용실을 열었다는 표현이 맞긴 한 걸까. 이곳에 미용실을 연 것은 이 미용실에 기거하는 그 누구의 의지도 아니었는데.

괜히 억울한 마음이 든 보보는 좀 더 정확하고 솔직하게 표현해 보기로 했다. 잘나가던 제인살롱을 닫고 굳이 이 초라한 산밑에 미녀미용실을 연 건 권위자의 일방적인 처벌이자 일종의 격리 수용이다. 그리고 이 모든 건 전부 그 *일* 때문이고.

보보가 입술을 불만스럽게 비죽였다. 다시 생각하지 말자고 스스로 몇 번이나 다짐하고 또 다짐했지만, 다시 생각해도 **그 일**은 억울한 것이 맞았다. 아니, 백번 양보해서 **그 일**이 제인의 잘못이라 하더라도, 어쩌다 잘못 길을 든 등산객 하나 보이지 않는 이런 산골짜기에 자신들을 처박아 놓는 처사는 억울하다 못해 원통할 정도로 심하다고 여겨졌다.

이런 곳에서 어떻게 손님을 30명이나 받느냔 말이야. 손님은 커녕 길고양이 한 마리도 얼씬거리지 않는데!

날마다 손님으로 붐비던 제인살롱이었다면 3일이면 끝날 일이었을 거다. 하지만 여긴 제인살롱이 아니라 미녀미용실이다. 석 달 전에 간판을 달고도 손님 한 명 받아보지 못한 허울뿐인 미용실.

이러다 이곳을 평생 벗어나지 못하게 되면 어떡하지?

처음 이곳에 왔을 때는 조금 당황스러웠다. 그래도 금세 마음을 고쳐먹었다. 제인이 누구인가. 압구정을 접수한 '압구정 마녀' 제인이 아니던가. 설마 진짜 마녀라곤 상상도 못 했지만. 아무튼, 보보에겐 제인을 향한 굳건한 신뢰가 있었다. 그래서 이런 산골짜기에서도 희망을 잃지 않았는데, **그 일** 이후 왠지 의기소침해 보이는 제인, 그리고 별다른 유대감 없이 각자 따로 노는 미용사들과 석 달을 보내니 이제야 슬금슬금 불안해지기 시작했다. 그럴 때마다 보보는 애써 마음을 다잡았다.

똥 밟은 거나 다름없는 그 일만 빼고 보면 제인은 유능하고 완벽한 미용사이자 보기 드문 진짜 마녀였다. 아직 견습생 딱지를 못 떼 아무 능력도 없는 저와 달리 제인은 뛰어난 능력을 갖고 있었고 심지어 제 눈으로 그걸 보기까지 했다. 보보는 언젠가 제인과 같은 '진짜'가 되어서 제인이 그랬듯 저도 세상의 많은 사람을 기쁘게 해주겠다는 꿈이 있었다. 고작 석 달 만에 그 꿈이 파투 날 지경에 이르렀다는 게 애석할 뿐.

아래층에서 인기척이 들렸다. 스피아 쌤이 미용실에 도착한 모양이다. 서둘러 상념을 정리한 보보가 1층으로 내려갔다.

스피아 쌤을 보니 표정이 심상치 않았다. 쌍꺼풀 없이 가로로 긴 눈을 한층 더 가늘게 뜬 채 무언가를 뚫어져라 살피고 있었다. 스피아 쌤이 가까이 와도 된다는 신호를 보내자 보보가 발꿈치를 들어 살금살금 스피아 쌤이 있는 미용실 입구로 걸어갔다.

"이, 이게 뭐야?"

'그것'을 확인한 순간, 저도 모르게 괴성을 지른 보보가 얼른 입을 막고 가뜩이나 큰 눈을 더 크게 부라리며 물었다.

"모르지. 여기 이렇게 쓰러져 있는 걸 발견한 거니까."

보보와 달리 상대적으로 침착한 스피아 쌤이 '그것' 옆으로 쪼그리고 앉았다. 그것, 그러니까 미녀미용실 입구에는 여자애로 추정되는 생명체가 쓰러져 있었는데, '그것'에 생명체라고 명명한 이유는 온몸에 피칠갑을 하고 있었기 때문이다.

드러난 팔목이나 발목을 봤을 때, 이 피투성이 소녀는 꽤 마른 축에 속했고 체구도 작은 것으로 추정됐다. 스피아 쌤은 침착하게 피투성이 소녀의 얼굴을 찾아 콧구멍 앞에 손가락을 가져다 댔다. 미약하게나마 바람이 느껴졌다. 스피아 쌤이 오케이 사인을 보내자 그제야 안도한 보보가 피투성이 소녀에게로 한 발짝 가까이 다가왔다.

"의식은 없는 거 같지?"

"어, 그런 것 같네."

"이거… 진짜 피일까? 분장 아니고?"

스피아 쌤이 손가락으로 살짝 피딱지를 찍어 혀끝에 대보았다. 조금 전까지 남아 있던 알싸한 치약 향 대신 비릿한 피 맛이 입 안에 감돌았다.

"피 맛네."

"언니도 참. 뭘 맛까지 보고 그러냐?"

설마 손님은 아니겠지, 보보가 중얼거리자 멈칫한 스피아 쌤이 이내 고개를 저었다. 어느 손님이 의식도 없이 피칠갑을 한 채 쓰러져 있단 말인가.

스피아 쌤이 생각에 잠겼다. 봄이라고 해도 잠시 바깥에 있으면 금세 한기가 들 만큼 쌀쌀했다. 사정이야 모르지만, 이 추운 날에 이 피투성이 소녀는 제대로 된 겉옷도 입지 않은 채 미용실 입구에 쓰러져 있는 상태였다. 몇 시간째 이 미용실 앞에 쓰러져 있었는지도 모른다. 이러다 얼어 죽기라도 하면…

스피아 쌤이 주먹으로 제 옆통수를 콩콩 쥐어박았다. 뭔가 스트레스를 받을 때마다 하는 행동임을 안 보보가 스피아 쌤의 눈치를 살폈다.

이내 짧게 숨을 내쉰 스피아 쌤이 피투성이 소녀를 번쩍 안아 들었다. 최소한의 인류애라기보다는 이대로 둬서 얼어 죽었다가 맞닥뜨리게 될 후폭풍이 더 골치 아팠다.

"일단 데리고 들어가자."

"어, 어디로? 미용실로?"

"아니, 집으로."

일단 제인이 이 피투성이 소녀를 봐야만 했다. 그래야 이 아이를 어떻게 처리할지 알 수 있을 테니까. 스피아 쌤이 2층으로 올라가자 보보가 주위에서 지켜보는 사람은 없는지 사방을 살폈다. 아무도 없는 것을 확인한 보보가 1층에서 2층으로 올라가는 입구의 문을 잠그고는 빠르게 스피아 쌤을 뒤따랐다. 죄라도 지은 사람처럼 심장이 쿵쿵 뛰었다.

피투성이 소녀는 거실 소파를 차지한 채 깨어날 기미를 보이지 않고 있었다. 비위도 좋게 피투성이 소녀를 앞에 두고도 빠르게 식빵을 먹어치운 스피아 쌤은 입가를 닦으며 생각했다. 손님은 아닐 거라 여기곤 있지만, 아직 정체도 파악하지 못한 애를 함부로 내쫓을 순 없다. 적어도 제인의 확인은 받아야 한다. 그게 스피아 쌤의 결론이었다.

"이제 어쩌지? 그보다 쟤, 저대로 둬도 돼?"

"그럼 뭐, 의사라도 불러줘?"

"아니, 그건 아닌데…"

"그대로 뒀다간 사람들 눈에 띄고, 혹시라도 얼어 죽기라도 하면 골치 아파지니까 데리고 들어온 거야. 쓸데없는 잔정일랑 넣어둬."

차가운 스피아 쌤의 말에 보보가 입을 비죽였다. 냉정한 언니들과 달리 보보는 마음이 여린 편이었는데, 특히나 이렇게 작고 처량한 것을 보면 더 사족을 못 쓰곤 했다. 불길한 예감이 들었다. 스피아 쌤 역시 서독 언니 만큼이나 귀찮은 건 질색이었고, 대책 없는 행동을 경멸했다.

어느새 눈이 시큰해진 보보가 일어나 간절한 눈빛으로 스피아 쌤을 쳐다보던 순간이었다. 분침과 초침이 9시 반을 가리키자 서독 언니가 방에서 나왔다.

상앗빛 파자마 위에 짙은 녹색 숄을 두른 서독 언니는 무심코 주방으로 가려다가 거실에 있는 스피아 쌤과 보보를 보고는 멈칫했다. 그리고 빠르게 시선이 움직이더니 이내 소파 위에 있는 그것에게로 닿았다. 순식간에 인상이 구겨진 서독 언니가 숨을 크게 들이마셨다.

"보보! 너 또 뭐 주워 왔니?"

"주워 오다뇨? 언니는 어쩜 말을 그렇게 독하게 하세요?"

"제가 옮겨 왔어요."

스피아 쌤이 얼른 끼어들었다. 저만큼이나 사리분별을 잘하는 스피아 쌤이 그랬다고 나서자 서독 언니가 눈썹을 치켜뜨며 되물었다.

"스피아 쌤이?"

"미용실 앞에 있었어요. 그대로 뒀다가는 더 눈에 띌 것 같아서 일단 안으로 들여온 거예요."

침착한 스피아 쌤의 설명에 흥분을 가라앉힌 서독 언니가 보보를 흘겨보고는 소파 위 피투성이에게 다가갔다.

"그래서 이걸 어쩔 작정이야? 이대로 계속 소파에 놔둘 순 없잖니."

내내 그 문제에 대해 고민하던 스피아 쌤이 차분하게 제 아이디어를 풀었다.

"원장님께 확인해 보려고요. 혹시 손님일지도 모르니까."

"아무리 우리 미용실이 보통 미용실은 아니어도 그렇지, 무슨 손님이 기절한 채 미용실을 와? 스피아 쌤, 우리가 머리 한두 번 해?"

"그건 그렇지만…"

스피아 쌤이 말끝을 흐리자 보보가 얼른 끼어들었다.

"적어도 깨어날 때까지만 여기 두면 안 돼요? 밖에 아직 춥잖아요. 얼어 죽기라도 하면 어떡해요?"

"보보 너, 애 알아?"

"아, 아는 건 아니지만 그래도…"

"그래, 모르잖아. 게다가 얘가 평범하니? 이 정도 피를 흘렸으면 어디서 패싸움을 했어도 대차게 했을 거고 보통 평범한 애는 아니란 뜻이야. 어쩌면 우리한테 위협이 될 수도 있어. 요즘 애들이 어디 보통이야?"

"하지만 아직 살아 있잖아요! 게다가 다쳤고요! 어떻게 이대로 내보내요? 그러다 잘못되기라도 하면…"

보보는 저 피투성이 소녀가 제 여동생이라도 되는 것마냥 그렁그렁한 눈으로 울먹였다. 도저히 좁혀지지 않는 두 사람의 갈등에 보다 못한 스피아 쌤이 끼어들었다.

"잠깐만요! 다들 진정하세요."

보보는 제 편을 들어달라는 듯 그렁그렁한 큰 눈으로 입을 비죽이고 있었다. 이럴 때 가장 현명한 답을 내릴 수 있는 건 한 명뿐이다. 자신들을 이곳으로 데리고 온 구원자이자 이 집의 주인.

"원장님에게 물어보죠."

제인은 잠이 덜 깬 얼굴로 커피부터 한 모금 마셨다. 에티오피아 예가체프. 제인은 커피를 무척 좋아했는데 아침에는 에티오피아 예가체프를, 점심에는 과테말라 안티구아를 마셨고, 저녁에는 루이보스에 약간의 페퍼민트와 말린 크랜베리 조각을 넣은 차를 마시곤 했다. 그중에서도 제인은 아침에 마시는 커피를 가장 좋아했다.

예정대로라면 오전 10시 반에 일어나야 했다. 어제 새벽 5시 30분에 잠들었고, 지금이 9시 40분이니 고작 4시간 남짓 잤다는 말이었다. 금세 커피 한 잔을 비운 제인이 컵에 다시 커피를 채우며 소파 위 피투성이 소녀를 훑어봤다. 제인에게서 수면 시간을 빼앗아 간 원인은 저기에 있었다.

"그러니까 저 아이를 어떻게 하면 좋을지 그게 궁금해서 날 깨웠다?"

"소, 손님일지도 모르잖아요!"

"어떤 손님이 피칠갑을 하고 머릴 자르러 오니?"

제인이 어깨를 으쓱이며 대답하자 보보는 말문이 막혔는지 입만 뻐끔거렸다. 제인의 처사가 흡족한 듯 서독 언니가 새침하게 보보를 내려다봤다.

"거봐. 손님 아니지?"

"그래도 우리 구역에서 발견된 아이니까 모두의 의견은 들어 볼게."

대번에 쫓아낸다고 할 줄 알았더니. 인상을 구긴 서독 언니가 가장 먼저 불퉁한 투로 의견을 피력했다.

"손님이 아니면 당연히 내보내야지. 난 여기서까지 소란을 겪고 싶지 않아."

제인은 스피아 쌤에게도 공평한 발언 기회를 제공했다.

"스피아 쌤? 스피아 쌤 생각은요?"

"전… 원장님 뜻대로 할게요."

"그래요. 보보는?"

"손님이 아니더라도 치료는 해줬으면 좋겠어요. 불쌍하잖아요."

제인이 다시 커피를 한 모금 마셨다. 이제야 커피 맛이 느껴졌다. 달큰하게 입 안을 휘젓고는 목구멍으로 넘어갈 때 남기는 새콤한 향. 정신이 맑아졌다.

실은 답은 이미 정해져 있었다. 손님도 아닌 애를 이곳에 둘 순 없다. 여긴 그냥 미용실이 아니었다. 물론 미용사들도 그 사실을 잘 알고 있다. 하지만…

제인이 일어나 소파 쪽으로 걸어갔다.

가까이 가서 보니 군데군데 피떡이 달라붙은 여자애의 체구는 그리 크지 않았다. 피나 흙이 묻지 않은 살갗에는 생채기가 많았다. 검은색에 가까운 멍자국은 이 생채기들이 제법 오래됐다는 걸 방증했다.

신발도 없이 걸어온 건지 양말을 신은 발바닥이 새카맸다. 뒤꿈치 부분에는 구멍이 나 있었고 돌부리나 유리 파편을 밟기라도 했는지 살갗이 까진 상처가 있었다.

어디서 도망이라도 친 걸까.

그보다… 얘는 어떻게 여기까지 왔지?

마음을 굳힌 제인이 허리를 곧추세웠다.

"내보내야지."

"원장님…"

보보는 충격을 받은 듯한 표정으로 제인을 쳐다봤다.

"차라리 의식이 없을 때 해치우는 게 나아. 이 애한테도, 우리한테도."

비록 징계 중이라 전처럼 대단한 마법을 쓸 순 없어도 이곳까지 굴러들어 온 짧은 기억 정도는 삭제할 수 있을 것이다.

제인이 여자애 머리 위쪽으로 손바닥을 올렸다. 제인이 무슨 일을 하려는지 눈치챈 미용사들이 흡, 하고 숨을 들이마셨다. 제인의 손바닥에 아지랑이가 피어오른다 싶더니 이내 테니스공 크기 정도 되는 보랏빛 실타래 같은 것이 생겨났다.

그때였다. 기절한 줄 알았던 피투성이 여자애가 눈을 뜬 것은.

눈앞에 묘한 빛이 번뜩였다. 웬 여자들이 요란스럽게 굴고 있다는 건 알았지만, 의식은 눈앞에 있는 빛에 꼼짝없이 붙들린 듯 자꾸만 뒷걸음질을 쳤다.

동공을 타고 들어온 가느다란 빛줄기는 해마를 날카롭게 헤집었다. 순식간에 듬성듬성 잘려 나간 기억 중 남은 것은 '통증'이었다.

발바닥이 아팠다. 사방은 어두웠고 인적은 드물었다. 발바닥에 통증을 인식하고 내려다본 발에는 아무것도 신겨 있지 않았다. 오래 걸어 발이 아픈 건지, 깨진 술병 조각에 찔린 건지 흙과 오물로 뒤덮인 발만 봐서는 알 수 없었다.

'나는 어디로 가고 있는 거지?'

걷기를 그만두고 싶었지만, 아직은 묵직한 공포감이 가슴께에 옅게 남아 있었다. 걷기를 멈추면 금방이라도 숨이 넘어갈 것 같았다. 지칠 대로 지친 와중에도 숨이 넘어가는 건 싫었다.

살기 위해 걷고 있다는 걸 본능적으로 알았다. 이렇게 걷는 게 생존에 무슨 도움이 되겠냐마는.

목이 타고 숨이 헐떡였다. 목구멍에서는 비릿한 피 맛이 올라오는 듯했다. 물을 마신 게 언젠지 까마득했다. 점심에 사이다 한 모금을 얻어 마시고 나서부턴 제대로 된 수분을 보충하지 못했다. 그런데 점심에 왜 사이다를 마셨더라?

아아, 그래. 점심에는 친구들과 즉석떡볶이를 먹었다. 돈이 모자라서 주저하는 걸 알았는지 친구들은 선뜻 제 몫까지 내주었다. 떡볶이를 먹고 난 뒤엔 친구의 방으로 향했다. 벽에 기대 앉아 과자를 먹으며 시답잖은 이야기를 했다. 아이돌 누가 잘생겼고, 연예인 누구와 누구가 사귄다더라. 뭐, 그런 이야기를. 그러다 메시지를 받았다. 메시지 내용은…

온몸에 기운이 쭉 빠졌다. 동시에 극심한 허기가 몰려왔다. 더는 뇌에 공급할 에너지가 없다는 듯 몸은 뻣뻣하게 굳어가기 시작했다. 그때 발가락 끝에 단단한 무언가가 닿았다. 그게 브레이크라도 되었는지 멈출 줄 모르고 움직이던 두 다리가 멈췄다. 눈앞에는 하얀색, 빨간색, 파란색 줄이 그어진 기다란 간판이 있었다.

'미용실?'

이곳은 어느 산 밑이었다. 작게 이는 바람에 사방을 둘러싼

나무들이 쏴아, 하고 소리를 냈다. 덩달아 입고 있던 치맛자락이 펄럭였다.

'왜 이런 곳에 미용실이 있지?'

그때 등 뒤에서 바람이 불어왔다. 깜짝 놀랄 만큼 거센 바람은 가뜩이나 힘이 빠진 몸을 이리저리 흔들다가 날카롭게 뒷무릎을 치고 지나갔다. 눈앞이 기우뚱하는가 싶더니 오른쪽 뺨에 차갑고 단단한 기운이 닿았다. 절로 스르르 눈이 감겼다. 발바닥에 통증이 더는 느껴지지 않았다. 그리고 눈을 떴을 때, 눈앞을 가득 채운 보랏빛 실타래가 어느 여자의 손바닥 속으로 휘말려 들어가고 있었다.

"이름."

눈앞의 여자들은 넷이었다. 여자들은 외모를 보나, 성격으로 보나 저마다 성격이 뚜렷해 보였다. 그중 대장 격이 되는 사람은 지금 제 눈앞에서 다소 딱딱한 말투로 이름을 물었던 '원장님'이라 불린 여자인 듯했다. 그럼, 여기가 미용실은 맞다는 건데.

더 기다려 줄 생각이 없는지 원장님의 눈초리가 가늘어졌다.

"아무것도 대답해 줄 생각이 없다면, 우리도 아무것도 묻지 않고 우리 식대로 널 대우할 수밖에 없어."

우리 식대로라는 게 뭐지? 여기도 패거리가 있고 그 안에 잔혹한 룰이라도 존재하는 걸까?

등골이 오싹해졌다. 조금 전 저 원장님의 손에서 무슨 일이 일어났는지 똑똑히 기억하고 있던 터라 더욱 그랬다. 더는 입을 다물고 있을 수 없었다. 그랬다간 저 원장님이 제 입에 그 보라색 실타래를 욱여넣을지도 모를 일이었다.

"모, 모르겠어요."

"뭐?"

"자기 이름을 모르는 사람도 있나? 스피아 언니, 요즘 애들은 그래?"

"그걸 내가 어떻게 알아."

"저거 거짓말하는 거 아냐?"

내내 입을 다물고 있던 세 여자가 참새처럼 쫑알거리기 시작했다. 반면, 원장님의 눈빛은 달라진 것이 없었다. 거짓말이란 걸 알았을지도 모른다. 하지만 그게 중요한가. 이 원장님을 비롯한 네 여자가 조금 전 제게 무슨 일을 저지르려 했다는 게 더 중요했다. 발바닥은 다시 욱신거리기 시작했다. 아이러니하게도, 발바닥에 통증을 느끼기가 무섭게 무얼 해야 할지 또렷해졌다.

"그, 그런데…"

가느다랗게 떨리는 목소리에 원장님이 조용히 하라는 듯 손짓했다. 지휘를 따르는 오케스트라 단원처럼 세 여자가 입을 다물었다. 말해보란 원장님의 눈빛에 조심스레 입을 뗐다.

"전 이제 어떻게 되는 거예요?"

원장님의 잘 정리된 눈썹이 쓱 올라갔다. 두 눈에는 '얘는 뭐지?'라는 글자가 동동 떠다니는 것 같았다. 하지만 정말로, 분명히 해야만 했다.

"죽은 거예요? 아님… 죽이실 거예요?"

"우리가 마녀지, 살인자인 줄 아니?"

빽 소리를 지른 건 잠자코 있던 세 여자 중 가장 키가 크고 마른 여자였다. 보기에도 신경질적으로 보인 여자는 소리를 지른 스스로에게 놀랐는지 눈알이 튀어나올 것처럼 크게 눈을 뜨고는 두 손으로 입을 틀어막았다. 한번 쏟아진 말을 다시 담을 수 없다는 걸 알면서도.

그때부터 2~3분여간 숨 막히는 침묵이 흘렀다. 신경이 곤두서는 것처럼 날카로운 침묵이었다. 그 침묵을 깬 건 원장님이었다. 원장님은 이번에도 별다른 표정 변화가 없었다. 이 중에서 가장 속을 알기 어려운 사람인 듯했다.

"원하는 게 뭐야? 돈?"

표정을 읽을 순 없어도 돈을 달라고 하면 얼마든지 줄 태세였다. 하지만 그 뒤는 장담할 수 없었다. 마녀라던 여자들이 살인

자로 돌변할지도 모를 일이다. 자그마한 머리통으로 재빠르게 머리를 굴렸다. 어느 것이 생존에 도움이 될까.

"여기 있게 해주세요. 시키는 건 뭐든 다 할게요."

일단은 머물 곳이 필요했다. 상처를 치료하고 몸을 웅크린 채 사방을 경계하기에 이 수상한 미용실은 그리 나쁘지 않아 보였다. 게다가 네 명의 여자 중 적어도 한 사람은 이미 마음이 동한 모양이었다. 그중 가장 키가 작고 통통한 데다 탁구공만큼이나 큰 눈을 가진 여자가 아까 전부터 그렁그렁한 눈으로 바라보고 있다는 걸 눈치채고 있었다.

모든 결정권을 가진 원장님은 잠시 생각을 하는 듯하더니 짧게 고개를 끄덕였다.

"당분간 부를 이름부터 정하자."

팽팽하게 치솟았던 승모근이 비로소 이완되는 것이 느껴졌다. 살았다. 그 안도감에 제대로 된 숨을 내뱉기도 전, 원장님이 유통기한에 태그를 붙이듯 힘주어 말했다.

"당분간만이야."

그제야 이 미용실의 이름이 떠올랐다.

'마녀'미용실.

그게 실은 미녀미용실이란 걸 깨달은 건, 꽤 오랜 시간이 흐른 뒤였다.

그 여자애 이름을 정하는 건 어렵지 않았다.

"미녀미용실에서 만났으니까 앞 글자만 따서 '미미'는 어때요?"

보보의 의견에 누구도 호응하지 않았기에, 그 여자애는 그날부로 '미미'가 됐다.

어느 날 불쑥 굴러들어 온 미미는 이곳에 무섭도록 빠르게 적응했다. 시키지 않아도 청소를 하고 빨래를 개켰다. 식사 시간엔 부르지 않아도 보보의 옆으로 보조 의자를 끌고 와 꿋꿋이 밥을 먹었다. 미용실 오픈 시간에는 알아서 미용실로 출근했다. 안 쓴 지 오래되어 먼지가 쌓여가는 파마 로트 분류도 곧잘 도왔고, 영어나 불어로 적혀 있는 염색약은 박스에 쓰인 숫자를 보고 척척 정리했다. 서독 언니는 그런 미미를 '생존 방법을 터득한 영악한 아이' 같다고 추정했다.

다른 미용사들과 달리, 보보는 경계심이 낮은 축에 속했고 수다스러웠다. 금세 언니라고 부르라며 미미에게 친근하게 다가왔다. 보보는 미미와 단둘이 잡일을 할 때면 항상 이런저런 이야기를 해주곤 했는데, 그중 대부분은 '내가 말해준 건 비밀인데…'로 시작했다.

"우리 원장님은 압구정 로데오에서 되게 유명했어."

정작 미미는 압구정 로데오가 어디 있나 생각했다. 서울에 살

앉어도 압구정 로데오에 갈 일은 없었다. 거긴 연예인이나 부자들만 있는 동네라고 생각했다. 감히 그곳에 발 디딜 엄두는 내보지 못했다.

"아무튼, 거기는 손님이 북적거렸어. 여기처럼 썰렁한 게 아니라, 늘 우리 미용실에서 머리를 하려는 손님들로 소란스러웠지."

그런데 지금은 왜 그래요? 미미는 목구멍까지 차오른 말을 겨우 삼켰다. 굳이 묻지 않아도 보보는 알아서 말해줄 것이다.

"**그 일**만 아니었어도."

"그 일이요?"

묻지 않아도 술술 털어놓던 보보는 늘 '그 일'에 관해서는 입을 꾹 다물었다.

대체 그 일이란 게 뭐길래.

이 미용실이 여느 미용실과는 다르단 건 처음부터 알았다. 보기엔 평범해 보이는 네 명의 미용사들이 실은 사람이 아니라 마녀란 것도 본의 아니게 알아버렸고.

처음에는 조심하는 것 같더니 이제는 미용사들도 아무렇지 않은지 본인들이 마녀라는 걸 서슴지 않고 드러냈다. 하지만 그럴수록 미미는 오히려 헷갈렸다. 마녀라고는 하지만 미용사들에게 특별한 능력은 없었다. 하도 궁금해서 어느 날 보보에게

슬쩍 물어보았더니,

"우리 중에서 진짜는 원장님뿐이야. 우리는 견습생들이고"라고 조심스레 대답했다. 여전히 미미가 이해하지 못한 듯 두 눈을 끔뻑이자 보보는 미미를 외진 창고로 끌고 나와 좀 더 자세히 설명을 보태었다.

"우리는 견습생이라 특별한 능력이 없어. 지금은 그냥, 그냥… 보통 사람보다 힘이 세고 수명이 긴 것뿐이야. 원장님처럼 엄청난 능력을 가진 마녀가 되려면 손님을 만나야 해."

"손님이요?"

보보는 고개를 끄덕이곤 잠시 숨을 골랐다.

"머리를 한 손님의 기쁨과 만족이 우리에겐 경험치로 쌓이거든. 그 경험치가 전부 충족되면 정식 마녀가 될 수 있어."

상상만 해도 기쁘다는 듯 보보의 얼굴에 설렘이 가득한 것도 잠시, 현실을 직시한 보보는 그 냉혹함에 금세 참담해졌다.

"근데 여기서 손님 한 명도 못 받고 있으니 문제지. 견습생 딱지 뗄 날이 올까 몰라."

"그럼 시내로 나가면 되지 않아요? 잘은 몰라도 여기보다는 손님이 좀 올 것 같은데."

실은 이곳이 미용실이란 걸 알아차린 순간부터 쭉 궁금했던 거였다. 장사 경험이 없는 제가 보기에도 이런 곳에 미용실을 차려놓고 손님이 오길 바라는 건 말이 안 되는 일 같았다. 의외로 답은 쉽게 풀어질 것 같은데 보보는 미미의 말에 허라도 찔린 듯 웅얼거렸다.

"그게… 그럴 수가 없어. 사정이 있거든."

딴청을 부리는 보보를 보자 미미는 직감했다. '그 일'과 관련된 일이리라. 말 많은 보보가 유일하게 입을 다무는 것이 '그 일'에 관한 것이니까. 분위기가 어색해지려 하자 미미는 뒤늦게 후회가 됐다. 아직 굴러들어 온 돌 신세를 면치 못했는데 유일한 아군인 보보를 잃을 순 없었다. 미미는 마침 생각났다는 듯 순진무구한 눈으로 화제를 전환했다.

"참, 보보 언니. 마녀는 아무나 될 수 있는 거예요?"

"그건 아냐. 원장님처럼 능력을 인정받은 마녀가 선택한 사람만 마녀가 될 수 있어."

"그럼 보보 언니도 원장님께 선택받으신 거예요?"

"뭐… 그렇다고 볼 수 있지."

이들도 불과 얼마 전까지는 저처럼 평범한 사람이었다니. 역시 미용사들이 평범한 사람처럼 느껴지는 이유가 있었다. 평소 호기심이 왕성한 편도 아닌데, 추측이 맞아떨어져서인지 미미는 들뜬 목소리로 질문 세례를 퍼부었다.

"원장님의 선택을 거부할 권리는요? 그런 건 없어요?"

"당연히 있지. 원장님은 몰상식한 분이 아닌걸. 우리 원장님이 얼마나 좋은 분인데."

아직 공감할 수 없지만, 제인 원장을 향한 보보의 태도는 신뢰를 넘어선 추앙이라는 걸 잘 아는 미미가 마지못해 고개를 끄덕였다.

"그러면 보보 언니는 왜 마녀가 되신 거예요?"

말 많던 보보의 입에 브레이크가 걸렸다. 설마 이것도 '그 일'과 관련이 있나? 또다시 어색해진 분위기에 미미의 심장이 쿵쾅거리는 걸 눈치라도 챘는지, 보보가 소탈하게 웃으며 장난스레 대꾸했다.

"원장님처럼 되고 싶어서."

"네?"

"원장님 말이야. 멋있잖아. 난 원장님처럼 되고 싶어. 그렇게 유능한 마녀는 흔치 않거든. 미미 너도 그렇게 생각하지 않니?"

아직 마녀고 뭐고 반신반의한 상태였으나, 제인의 손바닥에서 나오던 보랏빛 실타래를 똑똑히 본 적 있던 미미는 어색하게 고개를 끄덕였다. 보통 사람이 손에서 빛 같은 걸 만들어 내지는 못한다는 걸, 그리고 순식간에 그 빛을 없앨 수도 없다는 걸 미미는 잘 알고 있었다. 보보가 하는 말이 터무니없는 거짓은 아닐 거다. 그나마 다행인 건 '마녀'가 제 생각처럼 사람을 해코

지하거나 괴롭히는 존재는 아니란 점이었다.

네 사람은 외모로 보나, 관계로 보나 혈연으로 묶인 것 같지 않았다. 실제로 닮은 구석도 전혀 없었고 썩 사이가 좋아 보이지도 않았다. 특히 가장 연장자인 '서독 언니'와 가장 나이가 어린 '보보'는 사사건건 부딪쳤다. 하필이면 서독 언니는 네 사람 중 가장 키가 크고 모델처럼 마른 반면에 보보는 가장 키가 작고 통통한 체격이라서 그 다툼이 유독 숙명적으로 보일 정도였다.

미미가 보기에 넷 중 보보와 가장 가까운 건 스피아 쌤이란 여자였다. 스피아 쌤은 미미를 가장 먼저 발견한 사람으로, 늘 굳은 표정에 무뚝뚝한 말투로 여전히 미미를 경계하는 인물이다. 보보가 치근덕거리지 않으면 스피아 쌤은 운동을 하거나 방에 틀어박혀 대부분의 시간을 혼자 보냈다. 좀처럼 표현을 하지 않는 스피아 쌤도 딱 한 사람에게만큼은 태도를 달리했다.

바로 제인 원장.

이 집의 권력자이자 실세이자 집주인이자 대장이자 유일한 진짜 마녀.

미미는 유난히 제인이 어려웠다. 미미는 똑똑히 기억하고 있었다. 제인의 손바닥에서 나온 빛의 일부가 제 기억에 잠시 침투했다 나갔다는 걸. 그래서인지 제인을 보기가 껄끄러웠다. 꼭 벌거벗은 것 같았다.

압구정 로데오에서 대단했다는 세 미용사의 증언과 달리, 미미의 눈에 제인은 별로 의욕이 없는 사람처럼 보였다. 세 미용사는 손님 하나 없어도 꼬박꼬박 미용실 문을 열고 바닥을 쓸고 닦는데 제인은 미용실 영업시간에도 자주 자리를 비웠다.

'원장님은 대체 무슨 생각이실까? 다들 저렇게 원장님만 바라보고 있는데.'

정식 마녀라서 별로 급하지 않나. 하긴, 뭐든 급한 건 가지지 못한 사람이니까.

'그래도 그렇지, 너무 자기 생각만 하시는 거 아냐?'

미용실 창틀에 쌓인 먼지를 닦으며 미미는 그게 제 일이라도 되는 것마냥 입을 비죽였다. 그렇지 않고서야 아무리 사정이 있대도 이런 산 밑에, 그것도 등산객 하나 없는 폐쇄된 출입구에 미용실을 떡하니 차릴 순 없으니까.

때마침 느지막이 미용실로 출근한 제인과 눈이 마주친 미미가 뜨끔한 나머지 마른걸레를 떨어뜨렸다. 제인은 싫은 내색도 없이 마른걸레를 주워 미미에게 건넸다.

조심스레 발소리를 죽여 미용실을 나서려던 미미의 노력에도 불구하고, 기민하게 미미의 동작을 알아챈 제인이 잽싸게 미용실을 빠져나간 미미의 뒤꽁무니를 보고 혀를 찼다.

미미가 먼지 하나 없도록 반질반질하게 청소해 둔 미용실을 둘러본 제인이 거울 앞에 놓인 탁상 달력을 확인했다.

"좀 아깝긴 하지만…"

이틀 후. 기억이 지워진 채 미미가 이곳에서 추방될 거란 건 변함이 없었다. 그 이틀 후, 갑자기 미녀미용실에 진짜 손님이 나타나지 않았더라면.

3

새치, 뽑지 말고 덮으세요

이 지역에서 장 여사는 유명인이었다. 임기가 끝나면 바뀌는 시장 이름은 몰라도, 시내 장수버거 대표 장명주는 꼭 알았다. 장수버거는 이 작은 동네를 대형 프랜차이즈 햄버거집의 무덤으로 만들 만큼 지역에서 알아주는 명물 수제버거 전문점이었다. 영업한 지 올해로 20년이 된 장수버거는 이름만큼이나 이 지역의 터줏대감으로 장수하고 있었지만, 애석하게도 장 여사의 남편이자 장수버거에서 '수'를 맡고 있었던 송수만은 장수버거 개점 2주년을 코앞에 두고 급사했다. 장 여사에게 두 아들만 남겨두고.

40대 초반에 과부가 된 모진 팔자를 하나님이 불쌍히 여겼던 모양인지, 장수버거는 나날이 번창했다. 볼 것 하나 없고 내세울 것 하나 없는 이 지역에서 장수버거는 유일한 명소로서 전국에 알려졌다. 덕분에 TV도 출연하고, 돈도 벌고, 그 돈으로 5층짜리 원룸 빌라도 사들였다. 남편이 죽었을 때, 중학교 1학년이었던 큰아들과 막 돌이 지났던 작은아들은 각각 서른이 넘고 수능을 앞둔 수험생이 됐다. 태어날 때부터 난산이더니 크면 클수록 지지리도 말 안 듣는 작은아들과 달리, 큰아들은 제때 대학 가고 제때 군대 가고 제때 취업하더니 제때 결혼까지 했다. 큰아들의 결혼식에서 장 여사는 아주 오랜만에 남편 송수만을 떠올리며 눈물을 흘렸다.

이제 해치울 건 작은아들 한 놈만 남았다 여겼다. 이놈만 해치우면 이 지긋지긋한 가게 따위는 접으리라. 그리고 파리로 여행을 가야지. 벌어둔 돈은 충분하다. 게다가 장 여사는 장사를 하느라 조금 거칠어진 손만 빼고는 또래보다 피부도 좋고 머리숱도 풍성했으며 무엇보다 새치가 적었다. 잘만 관리하면 파리에서 멋진 파리지앵을 만나 제2의 인생을 살 수도 있다. 실제로 장 여사의 국민학교 동창 중 하나는 호주에 손주를 봐주러 갔다가 그 이웃집에 사는 남자와 눈이 맞아 얼떨결에 호주인이 되었다지 않은가?

아무리 장미향, 오렌지향, 레몬향이 나는 핸드워시로 박박 씻어도 데리야키 소스 냄새가 사라지지 않는 손도 지긋지긋하다.

생활 잡화점에 채소 다지기는 있는데 왜 패티에 소스 발라주는 물건은 없는 걸까.

이제는 아르바이트생들에게 가게를 맡겨두고 슬슬 제2의 인생을 준비하려던 장 여사의 계획에 차질이 생긴 건 사흘 전이다.

장수버거는 매일 오전 9시에 문을 여는데, 5시부터 2시간 정도 장 여사는 혼자 재료를 다듬고 패티를 재우고 햄버거 소스를 만들었다. 장수버거의 데리야키 소스는 가게를 일으킨 일등공신이자 장 여사의 자존심이었다.

그날도 장 여사는 새벽 4시쯤 울린 알람에 잠자리에서 일어났다. 물을 한 잔 마시고 하루도 거르지 않는 새벽 기도를 한 지 10분쯤 지났을까. 바깥에서 들린 자동차 소리가 장 여사의 귀를 예민하게 자극했다. 가만히 들어보니 그 차는 장 여사의 단독주택 앞에 정차한 듯했다.

이 시간에 누구지? 두려움 반, 호기심 반이 일었다. 남편이 죽은 후, 머리맡에 두고 지내던 죽도를 들고 살금살금 현관문 쪽으로 걸어갔다. 장 여사는 최악의 상황을 그리며 한 손에 핸드폰을 들고 바깥에 가만히 귀를 기울였다. 시동이 꺼진 차에서 누군가 내리는 소리가 나더니 곧 이쪽으로 다가오는 발소리가 들렸다. 장 여사는 그새 더 무거워진 듯한 죽도를 고쳐 쥐고 바싹 말라 오는 입술을 혀로 축였다. 현관문 너머에서 인기척이 들렸다.

왔다!

그 순간, 삑삑삑삑. 바깥에서 익숙하게 도어락을 해제하는 소
리가 들렸다. 도둑이 도어락을 해제하고 들어오나? 그런 도둑
도 있어? 어리둥절한 장 여사의 앞에 나타난 것은.

"어, 엄마? 이 시간에 안 주무시고 뭐 해요? 손에 그 죽도는
뭐고?"

"그러는 충민이 네가 여긴 웬일이냐?"

장 여사는 큰아들 충민을 보고 무겁게 들고 있던 죽도를 툭
떨어뜨렸다. 눈앞에 있는 아들을 보면서도 이게 꿈인가 생신가
헷갈렸다. 큰아들은 그런 장 여사를 시큰둥하게 보곤 자연스럽
게 거실로 진입했다.

"내가 뭐 못 올 데 왔나. 아들이 엄마 집 온 건데."

머쓱한 나머지 저도 모르게 눌린 뒷머리를 매만지던 장 여사
가 퍼뜩 시계를 보고 다시 큰아들에게 물었다.

"이 시간에? 해수는 어디 가고?"

지난번 명절에 얼굴을 비추곤 바쁘다는 핑계로 연락도 뜸하
던 큰아들이 이 야심한 시각에 엄마 보겠다고 본인 집에서 2시
간이나 떨어진 여기까지 왔을 리 없다. 게다가 큰아들 옆에는
큰아들보다 두 살 많은 것만 빼곤 전부 장 여사의 마음에 쏙 드

는 싹싹하고 착한 며느리가 없었다. 게다가 큰아들은 마누라 이름을 듣자 고개를 떨군다.

뭔가가 있구나. 무슨 일이 있어. 단단히 마음을 먹어야지. 본능적으로 장 여사가 마음의 벽을 세우려던 그때, 큰아들이 제대로 진영을 갖추지 못한 장 여사의 마음에 비수를 꽂았다.

"나 해수랑 헤어졌어."

그날은 무슨 정신으로 출근을 했는지 모르겠다. 채소를 다지다 울고 고기를 치대다 울었다. 일이 고돼서인지 삶이 고돼서인지 알 수 없었다. 그냥 장 여사 속에서는 계속 눈물이 차올랐고 장 여사는 간신히 가게 오픈만 해놓고 도망치듯 집으로 돌아왔다.

그렇게 멀쩡한 서울 제집을 놔두고 서른 넘어 엄마 집으로 돌아온 큰아들은 아무것도 하지 않았다. 해수랑 어떻게 헤어진 건지, 왜 헤어진 건지 그 이유를 물어도 입을 꾹 다물고 장 여사가 사다 둔 조미김에 밥만 싸 먹었다. 해수랑 헤어진 건 헤어진 거고 회사는 왜 안 가는데? 닦달해도 입에 김 가루를 묻히고 오물거리기만 하는 큰아들을 보면 속에서 천불이 났다.

작은아들은 불쑥 나타난 제 형을 보고도 놀란 기색도 없었다. 어느 날은 퇴근하고 돌아와 보니 두 형제가 나란히 컴퓨터 게임을 하고 있기에 참다못한 장 여사가 빗자루를 흔들며 두 아들을 쫓아냈다. 두 아들을 쫓아내고 장 여사는 거실 바닥에 주저앉아

가슴을 치며 울었다. 남편이 없다는 게 이토록 서러운 건 처음이었다. 큰아들을 결혼시킬 때도, 작은아들이 자퇴하겠다고 난리를 칠 때도 장 여사는 남편의 부재를 아쉬워하지 않았다. 진작 죽은 사람을 이제 와 찾으면 뭐 하나. 그렇게 여겼다. 그런데 이 상황이 되니 평생 미덥지 않았던 송수만이 그토록 보고 싶을 수가 없었다.

어디에도 말할 곳이 없었다. 매일 붙어 다닌 같은 교회 권사에게도, 존경하는 목사님에게도 말할 수가 없었다. 이 동네는 몇 사람만 건너면 알음알음 아는 사람을 만날 만큼 좁았고 장여사는 이 동네에서 시장보다 유명한 사람이었다. 그러니 누구에게든 말할 수 있을 리가 있나.

큰아들은 입을 열 기미를 안 보이고 작은아들은 집 밖으로 나올 기미를 안 보인다. 문드러진 속내는 아무리 감추어도 얼굴로 표가 났다.

"어머. 장 권사, 갑자기 새치가 왜 이렇게 늘었어?"

"그러게. 염색 좀 해야겠다. 돈 벌어 뭐 해? 미용실도 가서 좀 쓰고 그래."

"으응… 그래야지. 그래야 하는데 일이 바빠서 갈 수가 있나."

"아 참. 그런데 큰아들 온 것 같던데? 휴가야? 아들이 효자네. 휴가도 내고 엄마 보러 오고."

큰아들 이야기만 나오면 장 여사는 지은 죄도 없는데 손발이 떨렸다. 그러면서도 한편으론 요즘 세상에 이혼이 대수인가 싶기도 했다.

"그 계집애 처음부터 마음에 안 들었어. 나이도 너보다 두 살이나 많지, 벌어놓은 돈도 없었지. 그런 애를 넌 뭐가 좋다고! 여자 보는 눈이 그렇게 없니?"

장 여사는 여전히 묵언 수행 중인 큰아들만 보면 며느리, 아니 이제는 남이 된 해수의 욕을 했다. 큰아들은 눈도 깜짝하지 않고 장 여사가 가게에서 가져온 팔다 남은 햄버거를 우걱우걱 먹기만 했다. 괜찮은 대기업에 입사해 번듯하게 차려입고 다니던 큰아들은 이제 반백수처럼 보였다. 며칠째 입고 있는지 모를 흰 티에는 햄버거 소스가 줄줄 흘러 있었고, 아래는 트렁크 팬티 차림이었다. 왜 자랑이던 이 큰아들에게서 오래전에 죽어버린 송수만이 보이는 걸까.

이게 다 송수만 탓이다. 덜컥 가게를 차려놓곤 먼저 저세상으로 가버린 송수만 때문이다. 하지만 송수만은 이 세상에 없다. 그렇다고 송수만을 닮은 큰아들을 욕할 순 없다. 큰아들을 이리로 쫓아낸 해수 그 계집애를 욕할 수밖에.

"해수 걔가 쫓아냈지? 가서 뭐라도 찾아와! 등신처럼 굴지 말고 그 계집애한테 위자료라도 뜯어 오라고!"

"내 잘못인데 어떻게 위자료를 뜯어 와?"

내내 잠자코 있던 큰아들이 버럭 성질을 냈다. 큰아들이 제게 언성을 높였다는 것보다 장 여사는 제 잘못이라는 말에 더 가슴이 철렁했다. 혹시 바람이라도 피웠냐, 도박이라도 했냐, 주먹이라도 휘둘렀냐 드잡이를 하니 그건 또 아니란다. 그럼 대체 뭔데?

"서울에 번듯한 집도 해 가, 차도 사줘! 네가 뭘 못 해줬는데? 아니면, 혹시 해수 걔네 집에서 너 애비 없다고 무시하디? 홀어머니라고 무시라도 해?"

"아니야! 그런 거. 해수는 잘못 없어. 그러니까 제발 그만 좀…"

"그만하긴 뭘 그만해? 이 모질아! 넌 그년한테 쫓겨난 와중에도 그년 편을 들고 싶어? 내 이놈의 계집애 가만 안 둬! 어딜 감히 내 아들을!"

흥분한 장 여사가 핸드폰을 들고 해수의 전화번호를 누르려 하자 큰아들이 벌떡 일어나 장 여사의 핸드폰을 낚아챘다. 장여사가 얼이 빠진 채로 쳐다보니 큰아들이 거의 울 듯한 표정으로 장 여사를 쳐다보고 있었다. 저런 얼굴은 저 아이가 초등학교 5학년 때쯤 봤다. 그때도 장 여사는 이른 새벽에 가게로 나와 재료 준비를 하고 있었고, 조금 다른 게 있다면 그때는 남편이 1시간쯤 뒤에 나와 데리야키 소스를 만들어 줬는데.

'엄마. 엄마. 아빠가 숨을 안 쉬어…'

송수만 대신 맨발로 가게까지 달려 나온 큰아들은 그때도 저런 얼굴을 하고 있었다. 장 여사의 다리에 힘이 풀렸다. 아직 이유도 모르는데 눈물부터 나왔다.

"나… 불임이래. 그래서 해수랑 이혼한 거야."

해수가 원하는 걸 내가 해줄 수 없어서, 하고 덧붙이는 큰아들의 목소리에서는 남편의 부고를 전하던 때처럼 울먹임이 묻어났다. 아이처럼 엉엉 울음을 터뜨린 장 여사가 큰아들의 목을 끌어안았다. 그때도, 지금도 장 여사가 할 수 있는 유일한 행위였다. 장 여사에 품에 안겨 울던 어린 큰아들은 부쩍 자라 이제는 장 여사의 등을 말없이 토닥였다. 장 여사는 숨이 넘어갈 듯 꺽꺽 울면서도 미안하다, 미안하다 사과했다. 마찬가지로 큰아들이 원하는 걸 주지 못한 게 제 탓인 것만 같아서.

장수버거 개업 이래, 장 여사는 처음으로 무단결근을 했다.

오전 5시쯤. 산 지 10년이 넘었지만, 주행거리는 5만 킬로미터도 안 되는 차를 끌고 무작정 나왔다. 내비게이션에 목적지도 찍지 않고 이 콧구멍만 한 동네만 빙글빙글 돌았다. 이래서 파리는 무슨. 부산도 한 번 제대로 가보지 못했는데.

도무지 마음이 정해지지 않아서 동네 외곽을 느릿하게 운전하다 갓길에 차를 세우기만 반복했다. 바깥은 동이 트려는 듯 사방이 움찔거렸지만, 장 여사는 여전히 핸들을 잡은 채 갈피를 잡지 못하고 있었다. 그러던 중에 문득 송수만과의 신혼 시절이 떠올랐다. 이 동네 토박이인 송수만은 타지에서 시집 온 장 여사가 이곳에 쉬이 마음을 붙이지 못하고 있는 걸 잘 알았다. 날이 좋을 때면 송수만은 장 여사를 데리고 이 동네 이곳저곳을 다녔다. 그때 송수만과 갔던 곳이 왜 지금 생각나는지 모르겠다. 흰 머리 하나 없고 주름 하나 없이 탱탱했던 시절이었지. 주책이다. 갑자기 그 시절이 보고 싶다니.

희끗희끗한 기억을 더듬어 언젠가 송수만과 왔었던 다율산에 왔건만, 장 여사는 시설 노후로 폐쇄된 출입구를 보자 맥이 빠졌다. 사람만 늙는 줄 알았더니 너도 늙는구나. 새삼스레 만사가 무의미해졌다.

그 간판이 눈에 들어온 건 그때였다. 만사에 맥이 빠진 장 여사가 터덜터덜 차로 걸어가던 그때, 장 여사는 이 헛헛한 산 밑에 웬 미용실이 있다는 걸 알았다. 빙글빙글 돌아가는 저 오색찬란한 간판은 분명 장수버거 옆에도 있고 앞에도 있고 건너편에도 있는 미용실에 달린 그것이 맞았다.

이런 곳에 웬 미용실?

헛것을 본 건 아닐까. 눈을 비비고 봤지만 제 앞에 있는 건 미용실이 맞았다. 미녀인지 마녀인지 모를 미용실.

　장 여사는 뭐에 홀린 듯 미용실 앞까지 걸어갔다. 아직 영업 시간 전이라 굳게 닫힌 미용실 문 옆으로는 노란색 커튼이 쳐진 유리 창문이 있었다. 그 유리 창문에는 초라한 여자가 있었다. 한참을 보고서야 장 여사는 그게 본인이라는 걸 알았다. 까맣고 풍성했던 정수리에는 모르는 사이 새하얀 새싹이 자라나 있었다. 반들반들했던 얼굴도 온데간데없다. 눈가, 콧잔등, 이마에 밑줄이라도 그은 것처럼 주름이 늘어 있었다.

　기억 속 송수만은 젊었고 그 옆에 있던 제 모습도 젊었던 터라 장 여사는 언제 자신이 이렇게 늙어버렸는지 실감하지 못했다. 그 모습을 멀거니 보고 있노라니 눈이 시큰해졌다. 차디찬 산바람 탓인지, 갱년기를 겪으면서부터 부쩍 통제되지 않는 감정 탓인지 알 수 없었다. 눈가가 뜨거워지던 찰나, 노란색 커튼이 훅 걷혔다. 동시에 나타난 낯선 여자와 눈이 마주쳤다. 악, 하고 비명이 나왔지만, 그것이 순식간에 일그러진 낯선 여자의 입에서 튀어나온 건지, 아니면 놀란 나머지 그대로 엉덩방아를 찧은 본인의 입에서 튀어나온 건지 장 여사는 알 수 없었다.

　바깥이 조용한 걸 보니 이 집에 사는 미용사, 아니 마녀들은 아직 취침 중인 듯했다. 몇 번을 뒤척인 미미가 자리에서 일어났다. 나이는 어려도 지금 자신의 존재가 이 집에서 달갑지 않다는 건 미미도 알고 있었다. 이 집에서 미미가 혼자 할 수 있는 일은 손에 꼽혔다. 미용실 청소. 미용사들은 손님도 없는 미용실을 매일 쓸고 닦았다. 미미는 오늘 그 일을 대신 해 미용사들의 호감을 사볼 생각이었다.

미용실 열쇠를 두는 곳은 일전에 보보에게서 들었던 적이 있던 터라 쉽게 미용실로 들어올 수 있었다. 내부에 불을 켜고 미리 미용 간판도 켰다. 마른걸레로 의자와 거울을 닦고 다음으로 대걸레에 물을 묻혀 바닥을 닦으려던 때였다.

"이런 곳에 웬 미용실?"

누군가의 목소리가 들렸다. 성별은 여자. 나이는 50대에서 60대 정도. 목소리의 진원지는 바깥이었다. 미미는 저도 모르게 대걸레 자루를 꽉 말아 쥐었다.

"언제 이렇게 흰머리가 났을까. 아휴, 장명주. 할머니가 다 됐다."

미미가 조심스레 대걸레를 벽 모서리에 걸쳐두었다. 발소리를 죽여 목소리가 들리는 쪽으로 천천히 걸어갔다. 목소리는 단단히 커튼이 쳐진 유리창 밖에서 나는 듯했다. 저도 모르게 커튼을 쥔 미미가 그것을 바깥쪽으로 밀어젖혔다. 그 순간, 눈이 마주쳤다. 제 입에서 그리고 창문 밖 여자의 입에서 동시에 비명이 튀어나왔다.

한참 단잠에 빠져 있던 미용사들이 동시다발적으로 튀어나온 것은 그로부터 30초쯤이 흐른 후였다.

보고도 믿기지 않았다. 미녀미용실에 진짜로 손님이 나타났다.

세 미용사와 미미는 물론 제인도 그것이 믿기지 않는 듯, 커트 의자에 앉아 미용실 내부를 이리저리 훑어보는 장 여사를 경계의 눈빛으로 좇았다.

재빠르게 미용실 구석구석을 쳐다보던 장 여사는 제일 어린 미용사 옆에 붙어 앉은 여자애를 보고 어색하게 미소를 지었다. 저 여자애 때문에 얼결에 이 미용실까지 들어왔다. 들어오고 보니 머리를 안 할 수도 없어서 일단 커트 의자에 앉긴 앉았는데…

그때 거울을 통해 제인과 장 여사의 눈이 마주쳤다.

"못 보던 분들이네요? 서울에서 오셨을까?"

20년을 장사만 했던 터라 직업병을 무시할 수 없다.

"미용실 연 지 석 달밖에 안 됐어요."

"미용실을 하실 거면 시내에서 하시지. 누가 여기까지 온다고."

또, 또. 주책맞은 이 입이 문제다.

"나도 시내에서 장사하거든요. 수제버거집. 뭐 눈엔 뭐만 보인다고. 장사하는 입장이다 보니 목이 신경 쓰여서 참견 좀 했어요. 그런데 여긴 뭐, 마실 거 같은 건 안 주나?"

새벽부터 먹은 게 없던 터라 허기가 졌다. 달달한 믹스커피가 당겼다. 그러자 키가 크고 뾰족하게 생긴 여자가 팔꿈치로 여자애를 툭 건드린다. 여자애는 잠시 어리둥절한 표정을 짓더니 벌떡 일어나서는 믹스커피를 타기 시작했다.

"커피 먼저 드시고 계세요."

장 여사가 믹스커피를 마시는 사이. 제인은 세 미용사를 데리고 밖으로 나왔다. 이곳에서 처음 겪는 비상사태에 제인도, 세 미용사도 당황한 기색이 역력했다. 그럼에도 제인과 세 미용사는 지금 뭘 해야 하는지 분명히 알고 있었다.

"누가 머리를 해주죠?"

"당연히 내가 해야지. 내가 경력이 제일 오래됐잖아."

"그러니까 서독 언니는 빠지셔야죠. 저랑 스피아 언니는 무경력이라고요. 이대로 가다간 마녀 되기 전에 처녀 귀신이 먼저 되겠어요!"

"목소리 좀 낮춰. 우리가 마녀라는 거, 동네방네 소문낼 일 있니?"

"소문은 서독 언니가 먼저 내셨거든요? 그 바람에 미미가 눌러앉게 됐지만."

전부 사실인지라 서독 언니는 보보의 얄미운 말을 듣고도 얼굴만 벌게질 뿐 아무 말도 하지 못했다. 그때 스피아 쌤이 한풀 꺾인 두 사람 사이를 치고 나왔다.

"원장님이 해주시는 건 어떠세요?"

"제인이?"

"원장님은 이제 머리에 손 안 대시기로 했잖아."

"그건 그렇지만…"

스피아 쌤이 답지 않게 말끝을 흐리자 잠자코 있던 제인이 말해도 괜찮다는 듯 눈짓했다. 잠시 머뭇거린 스피아 쌤이 목소리를 낮춰 조심스레 말했다.

"혹시… 그날 그이를 본 사람일까 봐서요."

스피아 쌤의 눈동자가 흔들림과 동시에, 서독 언니와 보보도 얼어붙었다. 여태까지 서로 첫 손님의 머리를 맡겠다며 치열한 공방을 벌였던 게 무색하리만큼 두 사람의 얼굴에는 금세 께름칙한 감정이 둥실 떠올랐다.

"그 자리에 있던 사람들의 기억은 내가 전부 지웠어. 다들 봤잖아."

태연한 제인의 대꾸에도 세 미용사의 굳은 표정은 풀릴 기미가 보이지 않았다.

"그래도 혹시 몰래 빠져나간 사람이 있을 수도 있을까 싶어서요."

"그래, 제인. 스피아 쌤 말이 신빙성이 없는 것도 아냐. 보보만 해도 거기 있는 줄 알았니? 마지막에 들러붙을 때 되어서야 안 거지."

보보가 '들러붙었다'라는 서독 언니의 표현에 잠시 울컥한 그때, 미용실 문이 열리고 미미의 얼굴이 빼꼼 나왔다.

"저기. 손님께서 드라이만 하고 싶으시다는데… 그것도 되나요?"

미용을 모르는 천진한 미미의 질문에 제인의 팔짱이 풀렸다.

그래. 드라이쯤이야 가볍게 해치우면 된다. 머리카락이 손가락에 얽혀 들어 기억을 읽게 되면, 모른 체하면 그만이고.

"그럼 내가 확인해 볼게."

제인의 결정에 세 미용사의 표정이 풀렸다. 영문을 모르는 미미는 그게 대단한 일인가 고개를 갸웃거렸다.

장 여사는 꽤 오랜 대기 시간 끝에 제 머리를 담당하게 될 미용사를 확인했다. 평소 같으면 미용실에서 기다리는 시간이 천금처럼 느껴져 조급했을 텐데, 오늘은 그럴 일도 없다. 그렇다고 처음 보는 미용사에게 커트나 파마를 맡길 순 없어서 장 여사는 고심 끝에 드라이만 받고 가기로 했다. 미용실 어디에도 금액이 적혀 있지 않다는 게 마음에 걸리긴 했지만, 장 여사는 금세 이 동네 미용실 대부분 드라이 값을 1만 2,000원 정도 받는다는 걸 떠올렸다. 그 정도면 잠시 쉬었다 가는 비용으로 아깝지 않다.

"뒤통수 후카시 좀 많이 넣어줘요. 뒤통수가 워낙 납작해서 그게 콤플렉스거든."

능숙하게 드라이롤과 드라이를 챙기는 이 미용실의 원장, 제인을 보며 장 여사는 내심 안심했다.

'그래도 원장이 직접 나서서 머리를 해준다니, 성의는 있네. 나란히 앉은 다른 미용사들의 시선이 조금 부담스럽긴 하지만. 뭘 그렇게 쳐다볼까. 고작 드라이 가지고. 알고 보면 이 원장, 대단한 달인 아냐?'

속으로 이런저런 생각을 하는 사이, 위잉 하고 드라이기가 켜지는 소리가 들렸다. 동시에 제인의 손이 장 여사의 머리카락에 닿았다. 그 순간, 장 여사는 어딘지 모르게 나른해지는 듯한 기분이 들었다.

장 여사의 모발에서는 옅은 햄버거 향이 났다. 제인은 저도 모르게 숨을 크게 들이마시며 최대한 거울에 비친 장 여사의 얼굴에만 집중하려 했으나, 장 여사의 기억이 자석처럼 제인의 시야를 끌어당겼다. 기억을 읽고 싶지 않아도, 머리카락을 만지면 어김없이 제인의 눈앞에는 손님의 기억이 파노라마처럼 펼쳐졌다. 지금처럼.

장 여사의 기억 속, 그녀는 대부분 햄버거집에 있었다. 그녀가 운영하는 햄버거집은 꽤나 장사가 잘되는 축에 속하는데도 그녀는 자주 울고 있었다.

저도 모르게 미간을 찌푸린 제인이 짧게 숨을 토해냈다. 사연 없는 인생은 없다지만, 장 여사의 팔자도 기구했다. 이른 나이에 사별하고도 그녀는 홀로 두 아들을 키웠고, 남편이 펼쳐두기만 한 가게를 지켰다. 늦은 밤 취객에게 희롱 섞인 말을 듣던 날도, 못된 청소년들이 가게를 난장판으로 만들고 갔던 날도, 예민한 손님이 그녀의 얼굴에 먹다 만 햄버거를 집어 던진 날도 장 여사는 불이 꺼진 조리실에서 홀로 숨죽여 울었다. 하지만 모진 날보다 장 여사는 지금 더 마음이 갈기갈기 조각난 듯했다.

제인은 장 여사에 마음에 자리 잡은 커다란 멍울 두 개의 정보를 확인했다. 하나는 마음의 문을 닫고 방에 틀어박힌 작은아들이고, 하나는 얼마 전 불임으로 인해 이혼한 큰아들이었다.

'엄마가 돼서 아무것도 못 해주는구나. 이때 충민이 아빠가 살아 있었으면 얼마나 좋아. 남들은 부모 둘이 뒷바라지해 주는데, 우리 애들은 부모를 잘못 만나서 저리 팔자가 사나울까.'

한 번도 입 밖으로 내어본 적 없지만, 속으로는 수없이 삼켰던 말을 장 여사는 또 질겅질겅 씹고 음미하고 있었다. 그러면서도 한편으로는 말없이 집을 나온 게 마음에 걸리는 듯 근심했다.

'충민이랑 하민이, 밥은 챙겨 먹었을까. 김도 다 떨어졌는데, 또 라면이나 먹고 있는 거 아냐?'

장 여사는 바쁜 가게 일로 두 아들이 어렸던 시절, 식사를 제대로 챙겨주지 못한 게 한으로 남은 듯했다. 자신이 걱정하는 두 아들이 진작에 장성했다는 걸 잊어버린 듯, 장 여사는 잔뜩 속이 상한 와중에도 두 아들을 물가에 내놓은 아이처럼 걱정했다.

제인은 장 여사의 요구대로 그녀의 뒤통수에 볼륨을 넣어주고는 열을 식혔다. 그리고 그 위로 가볍게 스프레이를 뿌려 볼륨을 고정시켰다. 머리가 완성된 줄도 모르고 상념에 빠져 있던 장 여사는 제인이 드라이기를 제자리에 내려놓는 소리에 퍼뜩 정신을 차렸다.

"아유. 솜씨가 좋으시네. 뒤통수가 딱 보기 좋게 살았네요. 고마워요."

행여 울적한 속내가 드러날까 싶었는지 장 여사는 일부러 과하게 웃으며 거울을 들여다봤다. 원장의 솜씨는 훌륭했다. 솜씨가 형편없는 미용사들은 드라이를 하면서 머리카락을 아프게 잡아당기거나 세션을 나누다 빗 꼬리로 두피를 찌르곤 했는데, 이 원장은 그런 것도 없었다. 고급 스프레이를 쓰는지 머리를 고정시킨 스프레이의 향도 좋았다. 광택도 적어 자연스러웠다.

이만하면 괜찮은 기분 전환이었다. 만족스럽게 완성된 머리를 살펴보던 장 여사가 문득 정수리에 비죽 솟은 한 가닥에 스르르 입꼬리를 내렸다. 안테나처럼 하늘로 솟은 그 한 가닥은 새치였다. 이 나이에 새치가 없을 순 없지만, 그래도 봐달라고 쇼라도 하듯 빳빳이 솟은 새치 가닥이 마음에 들지 않았다.

원래 장 여사는 또래에 비해 새치가 적은 편이었다. 그건 장 여사의 자부심이기도 했다. 그 덕에 지난날의 뼈저린 고생을 아무도 모르게 덮을 수 있었는데.

"핀셋 있어요?"

"있는데, 왜요?"

드라이롤을 제자리에 두고 손수건으로 손을 닦던 제인이 되묻자 장 여사가 멋쩍게 대답했다.

"정수리에 난 새치가 거슬려서요. 왜 하필 나도 이런 데 나는지 몰라. 보기 흉하게."

장 여사의 말대로 정수리에 새치 한 가닥이 존재감을 뚜렷이 드러내고 있는 게 보였다. 하지만 제인은 핀셋을 주는 대신 쓰던 손수건을 수건걸이에 걸었다.

"그건 뽑으면 안 돼요."

장 여사가 뚱하게 쳐다보자 제인이 말을 이었다.

"흰머리를 계속 뽑으면, 결국 그 자리에 머리가 안 나거든요. 나이 들수록 흰머리는 점점 많아지는 게 당연한데, 보기 싫다고 계속 그걸 뽑아버리면 나중엔 휑한 구멍이 생길지도 몰라요."

"그럼 이걸 그냥 이렇게 내버려 둬야 한다는 거예요?"

이대로 두면 누구나 보게 될 것이다. 말하기 좋아하는 사람들은 부쩍 는 장 여사의 새치를 보고 그녀의 모진 삶을 씹어댈지도 모른다. 그건 싫었다. 지금까지 어떻게 버텼는데. 장 여사의 얼굴이 흐려졌다.

"덮으면 되죠."

제인의 말투는 무심했으나, 장 여사는 오아시스라도 찾은 듯 두 눈을 동그랗게 떴다.

"요즘은 새치염색약도 잘 나와요. 특히 오징어 먹물은 모발 손상도 거의 없고, 색도 고급스럽게 잘 나오니까…"

왜 새치염색 생각을 못 했을까. 그렇게 간단하게 해결될 일인데. 장 여사가 멍하니 고개를 주억거리자 제인이 잠시 뜸을 들이다 덧붙였다.

"보기 싫은 새치는 덮으면 돼요. 안 좋은 기억을 좋은 기억으로 덮는 것처럼."

결국, 나서고 말았다. 제인은 내심 후회스러웠으나, 값을 치르고 미용실을 나서는 장 여사의 표정이 처음보다 한결 밝아진 것을 보고 오랜만에 마음이 충만해지는 듯한 기분을 느꼈다.

'안 좋은 기억'이란 말에 왜 큰아들이 떠올랐는지 모르겠으나 장 여사가 차를 돌려 가게에 도착했을 땐 피크타임인 점심시간이 막 지난 뒤였다. 나이는 어려도 성격이 야무져 장 여사가 가장 신뢰하는 아르바이트생 주미가 단체 포장을 마치고 잠시 숨을 돌리려 막 가게 앞으로 나왔을 때였다. 낯익은 듯, 낯선 중년 여성이 가게 앞에 차를 대고 내렸다. 몇 초간 멍하니 그 얼굴을 보던 주미는 그 중년 여성이 매일같이 보던 제 사장님 장 여사라는 걸 깨닫고는 눈을 휘둥그레 떴다.

"사장님이 여긴 어쩐 일이세요?"

"내가 못 올 데 왔니?"

장 여사가 되레 황당하게 묻자 주미가 곱슬곱슬한 제 머리를 배배 꼬며 고개를 갸웃거렸다.

"오늘 사장님 아프시다고 들었는데."

"그게 무슨 소리야? 그리고 내가 가게 쉰다고 쪽지 남긴 거 못 봤어?"

"아뇨, 못 봤는데… 그런데 머리하셨어요?"

서로 고개를 갸웃거리며 질문만 주고받던 중 장 여사가 잠시 얼굴을 붉히며 머리카락을 매만졌다. 그러더니 곧 이상하단 표

71

정으로 중얼거렸다.

"그럼 누가 문을 연 거야?"

헐레벌떡 가게로 들어가니 주방에 익숙한 뒤통수가 보였다. 송수만. 수십 년 전의 기억 속에 흐릿하게 남은 남편의 뒤통수가 주방에 동동 떠다니고 있었다. 장 여사는 헛것이 보이나 싶어 눈을 비비적거렸다. 뒤통수는 20년 전에 죽은 송수만이 아니었다. 어느새 자라고 늙어 송수만을 꼭 빼닮아 버린, 그와 그녀의 아들 충민이었다.

"엄마…"

주방으로 들이닥친 장 여사를 본 충민이 귀신이라도 본 듯한 표정을 지었다. 지금 그 표정을 할 사람이 누군데.

"충민이 네가 왜 여기 있어?"

"나도 햄버거 만들 줄 알아. 명색이 장수버거 집 큰아들인데."

"그게 아니라!"

목구멍까지 뭔가가 울컥, 치밀었다. 번듯한 회사에서 컴퓨터 자판을 두드려야 할 녀석이 여기서 고기 반죽을 두드리고 있으니 만감이 교차했다. 그 순간, 장 여사의 눈에 또다시 새치 한 가닥이 들어왔다. 충민의 머리통이다. 자세히 보니 충민의 머리에 희끗희끗한 새치가 여기저기 섞여 있었다. 언제부터 저런 게 우리 충민이 머리에 있었을까. 안 좋은 기억은 좋은 기억으로 덮어야 한다던 그 원장의 말이 떠올랐다. 충민에게도 아무에게 말하지 못한 안 좋은 기억이 저만큼이나 있으리라. 어미가 되어 그것도 모르고 있었다니. 이번에는 이전과는 다른 것이 울컥, 치밀었다. 장 여사가 시뻘게진 눈으로 충민의 손을 잡았다.

"가자."

"어, 어딜요?"

"싹 다 덮으러."

그대로 충민을 제 차로 끌고 간 장 여사가 차에 시동을 걸었다. 충민은 내비게이션도 찍지 않고 운전하는 장 여사가 신기한지 조수석에서 이곳저곳을 두리번거렸다.

"엄마가 운전도 하셔?"

"하민이네 학교에서 대량 주문 들어오면 내가 싣고 배달 나가. 왜 이래?"

"직원도 많은데. 다른 직원 시키면 되지 왜 굳이 그걸 엄마가 하셔?"

뭐가 마음에 안 드는지 충민의 얼굴이 떨떠름했다.

"아직도 새벽마다 엄마 혼자 재료 손질하고 패티랑 소스도 만드신다며. 이제 좀 쉬엄쉬엄하셔. 연세도 있으신데."

이제 내가 옆에서 도울게. 덧붙이는 작은 목소리에 걱정이 묻어나는 게 싫지 않아 장 여사는 호호, 하고 웃었다. 마침 정차

신호가 들어오자 장 여사의 시선이 자연스레 백미러로 향했다. 지금은 비록 몇 가닥이지만, 앞으로 점점 늘어갈 거다. 늙어가니까. 그 원장의 말대로 뽑는 건 방법이 못 된다. 뽑아도 뽑아도 늘기만 하는 새치를 보며 서글프게 주저앉아 있진 않을 거다. 송수만이 떠났을 때도 그랬듯, 다시 일어날 거다. 그녀의 곁엔 그때도, 지금도 두 아들이 있으니까.

무슨 이런 곳에 미용실이 있냐며 어리둥절한 충민의 손을 잡고 장 여사는 조금 전 방문했던 미용실로 들어갔다. 옹기종기 앉아 군고구마를 까먹고 있던 네 미용사와 한 소녀의 얼굴엔 당황한 기색이 역력했다.

"새치염색 되죠? 오늘 꼭 하고 싶은데."

장 여사가 투박한 충민의 손을 꽉 잡았다. 안 좋은 기억은 새치와 함께 덮이길 바라면서.

조금 전 장 여사의 드라이를 맡아 했던 원장이 손을 털고 앞으로 나왔다. 금세 영업용 미소를 장착한 원장, 제인이 고개를 끄덕였다.

"두 분, 이쪽으로 앉으세요."

영업시간이 끝난 지 한참이 지났지만, 미녀미용실에는 여전히 불이 켜져 있었다. 갑작스레 찾아온 첫 손님은 제 아들까지 데려와 새치염색을 하고 갔다. 제인은 스피아 쌤과 보보에게 두 사람의 새치염색을 맡겼다. 당황한 두 사람은 제인의 진두지휘 아래 녹슨 양철 로봇처럼 움직였으나, 그때마다 눈치 빠른 미미가 나서서 흘린 염색약을 닦아주거나 떨어뜨린 염색용 빗을 주워주었다. 덕분에 새치염색은 탈 없이 끝났다. 제인살롱에서였다면, 별로 어려운 일도 아니지만 석 달 만에 손을 움직인 탓인지 스피아 쌤과 보보는 기진맥진한 얼굴로 소파에 널브러졌다. 하지만 그것도 잠시, 흡족한 표정으로 돌아가는 두 모자 손님에 스피아 쌤과 보보는 석 달 동안 멈춰 있던 경험치가 조금 올라간 것을 느꼈다.

"근데 미미 넌 어떻게 알았니? 미용실에 손님이 온 걸."

미용실 뒷정리를 마친 후, 녹초가 된 스피아 쌤과 보보 그리고 덩달아 긴장한 서독 언니와 미미의 몫까지 율무차를 타 온 제인이 궁금하다는 듯 미미에게 물었다.

실은 첫 손님이 나타난 순간부터 계속 알고 싶었다. 이전까진 한 번도 찾은 적 없던 이 황량한 미용실에 왜 하필 이 여자애가 나타난 직후 손님이 발을 들였는지. 그리고 왜 하필이면 그 손님의 목소리를 들은 사람이 자신이 아니라 이 여자애였는지.

"그냥… 들렸어요."

소심한 대답이었으나 풀린 긴장감에 정신을 못 차리고 있던 세 미용사를 일으켜 세우기엔 충분했다. 그냥 들렸다니? 여태 껏 우리한텐 안 들리던 손님의 목소리가 어째서 미미한텐 '그냥' 들린단 말인가. 세 미용사가 같은 표정으로 비슷한 생각을 공유 하던 중 스피아 쌤이 조심스레 물었다.

"원장님, 혹시 미미가 있어야만 손님이 오는 건 아닐까요?"

"에이, 고작 한 번 있었던 일인데?"

"하지만 서독 언니, 석 달 동안 여기에 손님은커녕 사람은 한 명도 보지 못했잖아요. 방금 그 손님이 온 것도 미미가 제일 먼 저 알아차렸고."

제인도 비슷한 생각을 했다. 미미의 정체가 불분명한 건 께름 칙하지만, 지금 미미의 역할은 확실해 보였다.

"아까 그 손님도 그렇고, 미미가 손님의 목소리를 듣는 것 같아."

"그럼 얘가 우리 초인종이란 거야?"

"초인종이 뭐예요, 초인종이? 사람한테."

"비유 아냐? 말이 그렇다는 거지. 아무튼, 제인, 이제 얘는 우 리 미용실에 꼭 있어야 돼."

갑작스러운 서독 언니의 태세 전환에 가장 놀란 것은 미미였 다. 손님 하나 물어 왔다고 태도가 180도 달라질 줄은 몰랐다.

"서독 언니. 오랜만에 옳은 말씀을 다 하시네요?"

의외라는 듯 보보가 눈을 휘둥그레 뜨자 서독 언니가 콧방귀를 뀌며 대답했다.

"얘가 있어야 손님을 불러올 거고, 그래야 지긋지긋한 징계도 풀릴 거 아냐? 언제까지 이 촌구석 산골짜기에 갇혀 있을 순 없어!"

입만 떼지 않았지 스피아 쌤도 서독 언니, 보보와 마음이 같은 듯한 눈치였다. 이들이 하는 말을 다 알아듣진 못했지만, 어쨌든 상황이 미미에게 유리하게 흘러간다는 건 분명했다. 자신을 보는 미용사들의 시선이 전보다는 유해진 게 느껴질 정도다. 조금 자신감을 얻은 미미가 조심스레 입을 뗐다.

"저… 그럼 이제 여기 계속 있어도 돼요?"

"당연하지! 미미는 복덩인 걸!"

그래도 쫓아내지 않는 게 어딘가. 미미는 안도감에 웅크리고 있던 등을 쭉 펴다가 제인과 눈이 마주쳤다. 저를 빤히 보는 제인의 눈동자에 미미는 등을 곧게 펴려다 말고 그대로 굳었다.

제인은 곰곰이 생각하고 있었다. 저 계집애가 왜 이렇게 여길 떠나기 싫어하는지에 대해.

우리가 마녀란 것도 알았는데 무섭지도 않나.

이 낯설고도 수상한 미용실에 어떻게든 끼어 있으려는 의도는 딱 하나, 마녀와 지내는 것보다 더 끔찍한 일이 바깥에 있는 경우뿐이다.

하지만 이 아이는 손님이 아니다.

제인은 눈앞에 떠다니는 잔상을 철저히 무시하기로 했다. 실은 좀 귀찮았고, **그 일**과 비슷한 일을 또 겪고 싶지 않았다.

내가 왜 여기에 처박혀 있는데!

제인이 짧게 숨을 내뱉고 자리에서 일어났다. 어쨌든 인정할건 인정해야 했다.

"이제부터 미미는 미녀미용실의 정식 시다야."

방방 뛰며 좋아하는 보보와 달리, 미미는 어리둥절해했다.

"그게 뭐예요?"

"정식 보조란 뜻이야."

여전히 그게 뭔지는 명확하지 않았지만, 미미에게는 그 말이 이곳에 있어도 된다는 말로 들렸다.

4

손님, 이건 고데기가 아니에요

주미는 종종 제 인생이 '5의 저주'에 걸려 있다는 상상을 했다. 곰곰이 생각해 보면 주미의 스무 살 인생에 '5'는 지대한 악영향을 끼쳐왔다.

먼저, 주미의 성은 '오'였다. 태생부터가 5의 마수에서 시작된 것이다.

두 번째로, 주미는 5남매 중 넷째였다. 위로는 언니가 셋, 아래로는 남동생 하나. 이런 형제 관계를 가진 집안 대개가 그렇듯 주미의 집안 역시 아들을 간절히 바랐던 가부장적인 집안이었다. 막내 남동생이야 유일한 아들이니 당연히 대접받았고 첫째 언니는 첫째라서, 둘째 언니는 공부를 잘해서, 셋째 언니는 외모가 예뻐서 집안의 사랑받았으나 성적도, 외모도, 서열도 어중간한 주미는 존재만큼이나 어중간한 사랑을 받았다.

세 번째로, 3년째 아르바이트 중인 장수버거의 직원 수도 다섯 명을 벗어나지 못했다. 늘 일손이 부족해서 사장님은 직원을 충원하려고 했으나, 다들 금세 그만두거나 사정이 생겨서 고정적으로 가게를 지키는 인원은 언제나 다섯이었다. 다행인 건 이 다섯 명의 직원은 장수버거에서 수년씩 일한 베테랑들로, 주미는 여기서도 네 번째로 오래된 아르바이트생이었다.

마지막으로, '5'가 싫은 이유는 주미의 머리카락 때문이다. 천연 곱슬머리로 태어난 주미의 머리는 신경 써서 만져주지 않으면 숫자 5 모양으로 구불거렸다. 그냥 구불거리기만 하면 좋을 텐데, 숱도 많고 부스스해서 학창 시절 내내 주미의 별명은 '계란후라이'였다. 콩알만 한 얼굴에 비해 유독 크고 넓은 머리카락 때문에 붙은 치욕적인 별명이었다. 그래서 늘 머리를 하나로 묶어 동그랗게 말고 다녔으나, 별명이 '계란후라이'에서 '조랭이떡'으로 바뀌었을 뿐. 이 구불구불하다 못해 꼬불거리는 머리카락은 늘 주미의 발목을 잡았다.

그러니 숫자 5가 끔찍하게 싫을 수밖에!

그래서 주미의 유일한 관심사는 머리를 펴는 법뿐이었다. 아르바이트를 일찍 시작한 것도 머리 때문이다. 한동안은 아르바이트비를 받는 족족 미용실로 달려가 매직 스트레이트를 했다.

곱슬머리에 숱도 많고 기장까지 긴 탓에 두 명의 미용사가 달라붙어 장장 4시간을 만져야만 하는 대공사가 두 달에 한 번씩 치러졌다. 찰랑이는 생머리를 만지며 감격에 겨운 것도 잠시. 성질이 포악한 곱슬머리는 날이 습하거나 비 오는 날이면 어김없이 존재감을 드러냈다.

이 동네 미용실이란 미용실은 모조리 가봤다. 하지만 그 누구도 주미의 곱슬머리를 완벽하게 해결해 주진 못했다. 동네 미용사들이 말하기를 주미의 머리는 그냥 곱슬머리가 아닌 '악성' 곱슬머리라고 했다. 그냥 곱슬머리보다 몇 배는 더 강력한 녀석이라 웬만한 매직 스트레이트로는 잘 펴지지도 않는다나 뭐라나. 그러면서 끝에는 주미가 오면 달갑지 않은 기색을 내비치곤 했다. 이 동네 미용실의 암묵적인 빌런이 된 주미는 근방에 생긴 새 미용실을 기웃거리거나 미용 전문 유튜버들의 영상을 찾아봤지만, 완벽하게 머리를 펴는 법을 찾아내지 못했다.

그런 주미에게 이 동네에 새로운 미용실이 생겼다는 정보가 들어왔다. 이 근방에서 더는 갈 미용실이 없었던 터라 주미는 장 여사가 새치염색을 하고 왔다던 미용실에 대한 이야기에 누구보다 귀를 기울였다.

장수버거의 사장 장 여사는 평소 꾸미기에 전혀 관심이 없던 사람이었다. 그런데 무슨 바람이 불었는지 어느 날 갑자기 세련

되게 드라이를 하고 온 이후부터 부쩍 꾸미고 다니기 시작했다. 주미는 장 여사를 완전히 달라지게 한 그 미용실이 궁금해졌다. 게다가 새 미용실이라니. 하지만 주미는 뜬금없는 미용실의 위치에 기함할 수밖에 없었다.

"다율산 밑에요? 거기에 미용실이 있다고요?"

주미는 다녀오겠다는 인사도 없이 몰래 집을 빠져나왔다.

오늘은 모처럼 얻은 주말 휴무일이었고, 생애 첫 소개팅을 목전에 둔 날이기도 했다. 가족들에게 소개팅에 대해서는 함구했다. 가뜩이나 말 많고 요란스러운 가족들이 이 사실을 알면 주미를 가루가 되도록 달달 볶을 게 분명했다.

소개팅 상대는 서울로 대학을 간 친구의 학교 선배로, 주미보다 네 살이 많다고 했다.

또래 친구들은 봄이 되기 전, 각자 합격한 대학 근처로 떠났다. 이 동네에, 이 장수버거에 남은 건 주미 하나뿐이었지만 주미는 개의치 않았다. 어차피 하고 싶은 것도 없는데 어중간한 성적에 맞춰 어중간한 대학을 가는 것보다는 장수버거에서 장수 아르바이트생으로 있는 게 훨씬 낫다. 장수버거는 말 그대로 장수 중인 햄버거 가게라서 잘만 버티면 정직원이 될 수도 있고 운이 좋으면 지점 하나를 얻을 수도 있다. 게다가 장수버거의 사장님 장 여사는 자신을 몹시 예뻐하지 않던가.

하지만 그 자신감은 소개팅 상대와 연락을 주고받으면서 대폭 하락했다. 소개팅 상대가 꺼내는 대화 주제는 동아리, 학과 생활, 곧 있을 시험 등 대학 생활에 관련된 내용이었고 주미는 그때마다 아는 척을 하느라 진을 뺐다. 한번은 '에타, 에타' 거리길래 속이 탄다는 뜻인 줄 알았다가 훗날에야 대학교 커뮤니티 앱인 '에브리타임'의 준말인 '에타'라는 걸 알고 얼굴이 화끈거렸던 적도 있다. 뭐, 대학쯤이야 내년에라도 들어가면 그만이지만, 주미에게는 그보다 더 큰 걸림돌이 있었다.

주미의 메신저 프로필 사진은 생머리를 한 모습이었다. 데이트 약속을 잡기 전, 메시지를 주고받던 중 선배는 주미의 외모를 칭찬했다.

난 주미 너처럼 긴 생머리가 좋더라.

그 메시지를 보는 순간 남몰래 상상했던 핑크빛 미래는 와장창 깨져버렸다. 선배는 이 빠글빠글한 곱슬머리를 모른다. 이 머리를 들키면…

어린 시절부터 차곡차곡 쌓여온 사람들의 숱한 놀림이 파노라마처럼 주미의 뇌리를 스치고 지나갔다. 아직 연락만 주고받은 사이지만 주미는 벌써부터 선배가 마음에 들었다. 다른 건 몰라도 호감 가는 사람에게 이 곱슬머리 때문에 거절당하고 싶진 않았다.

선배와는 홍대입구에서 만나기로 했다. 선배는 기꺼이 주미의 동네까지 온다고 했지만, 주미가 결사반대했다. 이 동네는 주미의 온갖 흑역사가 담긴 곳이었다. 생애 첫 데이트를 이 동네에서 하고 싶지 않았기에 주미는 기꺼이 서울 홍대입구란 곳까지 가기로 약속했다.

오전부터 이 곱슬머리와의 사투를 벌였다. 머리를 감고 나오기가 무섭게 고데기를 펼친 주미는 섭씨 200도에 온도를 맞추고 빠르게 열이 오르기를 기다렸다. 물기가 가시도록 머리를 말린 후엔 굵직한 고데기를 능숙하게 잡아 쥐고 구불구불하게 말려 올라간 머리를 쫙쫙 펴기 시작했다. 머리끝은 자연스럽게 안쪽으로 말아 과도한 열기로 인해 상한 머릿결을 감추었다. 그리고는 머리 위로 스프레이를 뿌려 생머리가 풀리지 않도록 고정했다. 선배와는 카페에서 만나 잠시 이야기를 나눈 뒤 영화 한 편을 보고 저녁 식사를 하기로 했다. 이 정도면 적어도 반나절은 버틸 수 있으리라.

버스 유리창에 비친 제 모습을 보며 주미는 저도 모르게 빙그레 미소를 지었다. 메신저 프로필 사진과 똑같은 제 모습이 마음에 들었다. 선배의 마음에도 들었으면 좋겠는데.

소개팅의 주선자인 주미의 친구는 벌써부터 설레발을 치며 잘되면 한턱내라는 메시지를 보냈고, 주미도 그러겠노라고 답장을 보냈다.

주말의 홍대입구역은 상상보다 더 북적였다. 선배는 조금 일찍 도착했다며 모 카페 이름을 보냈다. 지도를 찾아보니 홍대입구역에서 카페까지는 5분이 채 걸리지 않는 듯했다. 메시지창에서만 만나던 남자를 처음으로 대면하려니 심장이 터질 것 같았다.

'당장 사귀자고 하면 어떡하지? 매번 데이트할 때마다 이 장거리를 오고 가야 하나? 그보다 일단 사귀게 되면 매직부터 해야 하는데, 이번 달 월급 나오려면 한참 남았는데…'

출구로 향하는 계단을 오르며 상상의 나래를 펼치던 주미는 유독 사람들로 북적이는 입구를 보고 저도 모르게 발걸음을 멈췄다.

비다. 비가 오고 있었다.

예정에 없던 비에 모두 당황한 듯했다. 역 앞이 우왕좌왕 소란스러웠다. 대충 머리만 가린 채 바깥으로 달려 나간 사람도 있고, 당황한 얼굴로 누군가에게 우산을 가져오라고 연락하는 사람도 있었다. 방금 가방으로 머리를 가리고 급히 뛰어 들어온 어떤 사람은 편의점에 우산이 동이 났다며 투덜거리기도 했다. 그 말이 기폭제가 되었는지, 역 앞에 모여 있던 많은 사람이 빗속으로 망설임 없이 뛰어들었다. 예고 없이 내린 비는 분무기처럼 흩날리는 부슬비였고, 대부분의 사람들은 그 비가 좀 언짢을 뿐 크게 영향을 받지 않은 듯했다.

움직이지 못하고 있는 건 주미 하나뿐이었다. 좁은 입구 일부를 가로막은 주미를 기분 나쁘다는 듯 치고 지나가는 사람도 많았지만, 주미는 꼼짝없이 서서 부슬비가 내리는 하늘을 노려봤다. 평소에도 비 오는 날이 싫었지만, 오늘처럼 원망스러웠던 적은 없었다.

왜 하필 오늘, 지금, 이 순간에 비가 온단 말인가.

핸드백을 쥔 주미의 손에 힘이 실렸다. 거울이 없어도 알 것 같았다. 회복성 강한 머리가 점점 제 모습으로 돌아가고 있을 것이다. 어깨를 지나 가슴께까지 내려온 머리카락 표면에 거칠거칠한 것이 일어나는 게 보였다. 볼썽사나운 곱슬머리로 돌아가는 건 이제 시간문제다.

12시를 맞이하던 신데렐라가 이런 기분일까. 왈칵 눈물이 날 것 같았다. 핸드폰이 윙윙하고 울리는 게 느껴졌지만, 주미는 그 핸드폰을 확인하고 싶지 않았다.

저도 모르게 지하철 화장실로 달려갔다. 어떻게든 머리를 보수하고 싶었다. 가방에는 긴 꼬리빗과 미니 고데기, 헤어스프레이가 들어 있었다. 급하게 전기 코드에 미니 고데기를 연결하고 열이 달궈지기만을 기다리는데, 어디선가 숙덕이는 소리가 들렸다.

"쟤 머리 좀 봐. 곱슬 되게 심하다. 그치?"

"그러니 고데기까지 들고 다니지. 대단하다."

고데기를 쥔 손에 힘이 쭉 빠졌다. 주미를 조롱한 여자애 둘은 얼굴을 채 확인하기 전에 화장실을 나가버렸다. 쫓아 나가 대거리를 하기엔 거울에 비친 제 모습이 너무나 초라했다.

내가 뭘 잘못했다고… 누군 곱슬머리로 태어나고 싶었나?

이 머리는 늘 그런 취급을 당했다. 곱슬머리가 치명적인 흠인 양, 수군댔다. 친척 모임에서도, 학교에서도 심지어 미용실에서도. 머리를 펴고 싶다고 하면 한숨을 쉬거나 대놓고 싫은 티를 내던 미용사가 수두룩했다. 그런 모멸을 참고도 꿋꿋이 머리를 펴려던 건 저도 보통 사람과 같은 무리에 끼고 싶었던 것뿐인데, 제게는 그 보통마저도 허락되지 않는 것만 같았다.

서러움이 밀려오자 빗방울보다 굵은 눈물이 뚝뚝 떨어졌다. 화장실을 드나드는 사람들이 이상한 눈길로 쳐다보는 걸 알았지만, 눈물이 멈추지 않았다. 흉하게 지워진 화장보다 주미를 더 수치스럽게 만든 건 부스스해진 곱슬머리였다.

집으로 돌아오는 가장 빠른 버스를 탔다. 만나기로 했던 선배와 소개해 준 친구에게는 미안하다는 짧막한 문자를 보냈다. 머리는 평소처럼 동그랗게 말아 올렸고 집으로 돌아가는 버스에서 내내 울었다.

거실에 둘러앉아 족발을 뜯던 가족들은 비에 쫄딱 젖은 것도 모자라 퉁퉁 부은 얼굴로 들어온 주미를 보고 기함했다. 철없는 막내 남동생마저 토끼눈이 되어 벌떡 일어났을 정도였다.

"왜 그래? 무슨 일이야!"

주미가 묶고 있던 머리를 풀어헤쳤다. 산적처럼 부풀어 올랐을 머리카락이 볼썽사납게 주미의 눈 앞으로 흘러내렸다. 동시에 주미의 눈에서도 주르륵 눈물이 쏟아졌다.

"왜 나만 달라?"

족발을 두고 둘러앉은 가족들은 서로 비슷했다. 일곱 식구 중 주미를 제외한 여섯 식구는 곱슬기 없이 반질반질한 뒤통수를 갖고 있었고 앉은키도 비슷했다.

문득 벽에 걸린 가족사진이 눈에 들어왔다. 작년에 찍은 가족사진 중 툭 튀어나온 건 주미뿐이었다. 가족들은 퉁퉁한 체격이었고 주미는 깡마른 체격이었다. 가족들은 쌍꺼풀이 짙은 눈을 가졌지만, 주미는 보일 듯 말 듯한 속쌍꺼풀을 가지고 있었다. 엄마와 세 언니는 긴 생머리를 자연스럽게 어깨 아래로 풀어 내렸지만, 주미만 공처럼 둥글게 만 머리를 틀어 올려 곱슬머리를 숨겼다. 그런데도 감춰지지 않았다. 여기서 자신만 다르다는 것이.

"왜 나만 곱슬머리야? 다들 생머리인데 왜 나만 이렇게 보기 싫은 곱슬머리로 낳았냐고!"

그제야 가족들이 하나둘 탄성을 내뱉기 시작했다.

"또 머리 때문에 그러니? 얘는 나이가 몇인데 아직도 그 타령이야?"

"아휴. 유난이다, 또. 그만 좀 해. 그게 우리 잘못이냐?"

가족들은 넌덜머리가 난다는 듯 하나둘 등을 돌렸다. 주미가 곱슬머리를 갖고 난동을 부리는 건 어제오늘의 일이 아니었다.

"누나, 와서 족발이나 먹어."

막냇동생이 나름대로 주미를 챙겼지만, 주미는 이미 신고 온 신발을 다시 구겨 신는 중이었다.

"오주미! 너 어디 가?"

뒤늦게 엄마가 벌떡 일어났지만, 주미는 한마디 말도 없이 집을 뛰쳐나왔다. 뒤에서 가족들이 부르는 소리가 어렴풋이 들려왔지만 지금 주미의 본능을 지배하는 건 딱 하나뿐이었다.

당장 이 곱슬머리를 없애버리고 싶다는 것.

그 순간, 그 미용실이 떠올랐다.

장수버거 사장님이 입이 마르고 닳도록 칭찬하던 그 미용실. 다율산 밑에 있다던 그 미용실에 가고 싶었다. 지금 당장.

서울행은 갑작스럽게 결정됐다. 무심코 튼 라디오 뉴스에서 하필이면 그 뉴스를 듣게 될 줄이야.

서울로 올라가는 내내 서독 언니는 어쩌다 자신의 이름이 서독 언니가 되었는지를 생각했다.

제게는 두 개의 이름이 있었다. 윤초복. 디아네. '윤초복'이라는 이름은 태어나서 두 달 정도 존재하다 사라졌고, 생후 두 달 만에 서독 시절 '본'이라는 곳으로 입양되어 '디아네 초 켈러'라는 이름을 얻었다. 그 후로는 40년이 넘도록 서독 언니는 '디아네'라는 이름으로 살았다.

입양아라는 정체성을 드러내면 대부분은 서독 언니를 동정했지만, 정작 서독 언니의 유년 시절은 꽤 유복했다. 독일인 양부모는 좋은 사람이었고 그녀에게 아낌없는 사랑을 부어주었다. 서독 언니는 자신을 독일인이라고 여겼다. 비록 머리카락 색, 눈동자 색은 달라도 자신은 양부모의 자랑스러운 딸이라고 생각했다. 하지만 독일인 전남편과 이혼소송을 진행하면서 그 생각이 완벽한 오판이라는 걸 인정해야만 했다.

전남편 페터와의 이혼소송은 지역 신문을 장식할 정도로 떠들썩하게 진행됐다. 전남편은 서독 언니 몰래 다른 곳에서 아이를 낳아 왔고, 길고 지루한 소송 끝에 서독 언니는 변호사였던 전남편을 상대로 엄청난 위자료를 받아냈다. 다음 날 아침, 지역 신문에는 '아시아에서 온 마녀, 마침내 승리하다'라는 기사가 실렸다. 디아네는 평생을 독일에서 산 독일인이었지만, 사람들은 그녀를 이방에서 온 마녀라고 불렀다.

'디아네, 널 키우며 우린 평생 사람들의 시선을 의식하며 살았다. 그런데 기어이 우리 얼굴에 먹칠을 해야만 했니?'

'넌 우리 집안의 명예를 짓밟았어. 그때 널 선택한 게 후회되는구나.'

승리의 대가는 혹독했다. 그녀가 진심으로 사랑했던 양부모는 디아네의 승리를 부끄럽게 여겼고, 사람들은 디아네를 두고 '한국에서 온 마녀'라며 손가락질했다. 디아네에게 한국은 추방당한 땅이었는데, 사람들은 디아네를 한국에 귀속시켰다. 그녀의 얄쌍한 눈도, 뾰족한 턱도 전부 한국에서 왔기 때문이라고 수군거렸다. 아마도 그때쯤이었으리라. 단 한 번도 궁금한 적 없던 미들네임에 관심이 생겼던 것은.

그길로 한국으로 왔다. 페터에게서 받은 막대한 돈을 들여 입양기관을 샅샅이 뒤졌다. 꼬박 2년이 지나고 나서야 입양기관에서는 조심스레 그녀에게 연락했다.

'친모께서는 이미 오래전에 돌아가셨습니다. 친부께서 살아계시긴 하지만…'

친부는 유명한 정치인이었다. 종종 뉴스에도 출연하고 시사 프로그램에도 출연하는 정치인. TV를 통해 본 친부의 얼굴은 낯설면서도 그녀와 많이 닮아 있었다. 얄쌍한 눈, 뾰족한 턱. 눈썰미가 좋은 사람이라면 금방 가족이라는 걸 알아볼 정도였다.

'내게는 아들 둘이 있어요. 그 아들 둘이 낳은 손주들도 넷이나 있지요. 나와 아내는 지금의 삶에 만족하고 있습니다.'

간신히 인사말을 건네기가 무섭게 친부는 그렇게 말했다. 말문이 막혔다. 친부는 김이 나는 국화차를 한 모금 마시고 미소를 지었다.

여기서도 나는 이방인이구나. 나는 어디에도 속하지 못해.

한 발 한 발씩 밀려 마침내 절벽 끄트머리로 내몰린 기분이다.

"제 본명은 누가 지어주셨어요?"

친부는 본인이 지었노라고 대답했다. 호흡이 멎을 정도로 세게 심장이 내려앉는 기분이 들었다. 붉어진 얼굴로 해가 질 때까지 거리를 헤맸다. 무엇을 위해 여기까지 왔을까. 모든 걸 갈기갈기 찢어 불태우고 싶었다. 서독 언니는 입양기관에서 받은 입양확인서를 꺼냈다.

생년월일 1969년 7월 11일은 그해 초복이라고 했다. 아래 칸에서 미들네임 '초'의 정체를 확인한 서독 언니는 엎드려 꺽꺽 울었다. 성명 윤초복尹初伏. 개만도 못한 이름이었다.

장례식장 앞은 기자들과 사람들로 북적였다.

서독 언니 옆을 지나가던 중년 남자는 전화로 누군가에게 서울에서 가장 큰 병원의 장례식장에 왔다고 말했다. 모두 새카만 옷을 입고 있었다. 서독 언니가 문득 자신의 차림새를 점검했다. 푹 눌러쓴 고동색 볼캡, 하얀색 티셔츠에 베이지색 면바지, 거기에 하얀색 스니커즈. 도무지 장례식장과는 어울리지 않는 옷차림이었지만, 서독 언니에게 관심을 두는 사람은 아무도 없었다. 그들의 관심은 오늘 오전, 지병으로 세상을 떠난 이에게 있었다. 여기저기서 보낸 근조화환은 둘 곳이 없어 장례식장 바깥까지 길게 늘어서 있었다. 서독 언니는 근조화환에 적힌 고인의 이름을 보고 나서야 지금 자신이 무슨 짓을 벌였는지 깨달았다.

유명인을 혈육으로 두니 알고 싶지 않은 것도 알게 된다. 이딴 노인네 따위, 죽든가 말든가 신경 쓰지 않겠다고 다짐했는데. 윤초복이라는 이름도, 디아네라는 이름도 버리고 서독 언니라는 이름으로 불리기 시작했을 때 피눈물을 삼키며 결심하지 않았던가. 다시는 가족을 찾지 않겠노라고.

그냥 돌아갈까.

짙은 후회가 서독 언니의 발목을 붙잡았다. 문득 고인과 처음이자 마지막으로 만났던 때가 떠올랐다. 초복을 코앞에 둔 7월의 어느 날이었다.

'미안하게 생각하고 있습니다. 하지만 용서를 빌지는 않을 겁

니다. 그때는 그게 최선이었을 테니까요. 지금까지 그래왔듯,
부녀의 연은 앞으로도 없었으면 좋겠군요.'

고인은 사람 좋은 미소를 하고도 날카로운 말을 뱉어냈다. 눈
물조차 나지 않을 정도였다. 고인의 태도는 정중했고 온화했다.
고인을 찾기 위해 썼던 시간과 돈이 허무하게 분해되는 것을 느
끼면서도 서독 언니는 아무런 말도 하지 못했다. 제 할 말을 마
친 고인은 비서를 호출해 서독 언니를 바깥으로 에스코트했다.
45년 만에 만난 친부는 끝내 '아버지'라는 말을 허락하지 않았다.

두고두고 후회했다. 멀쩡히 가정도 있는 남자가 어째서 갓 스
무 살이 된 하녀를 건드렸냐고, 하녀가 제 아이를 가졌다는 걸
알면서도 왜 그 집에서 내쫓았냐고, 아이만이라도 받아달라는 하
녀의 부탁을 왜 거절했냐고, 결국 태어난 지 두 달 된 딸아이를
입양 보낸 하녀가 결핵으로 죽을 때까지 왜 한 번도 찾지 않았느
냐고, 그리고 40여 년 만에 만난 그 하녀의 딸에게 어째서 따뜻
한 말 한마디 해주지 않느냐고 따지지 못한 것이 한스러웠다.

이렇게 죽어버릴 줄 알았더라면 그때 악다구니라도 쓸걸. 그
랬다면 그는 어떻게 반응했을까. 화를 냈을까. 아비한테 버르장
머리 없이 뭐 하는 짓이냐고 혀를 찼을까. 아니면 내가 잘못했
다고 눈물이라도 흘렸을까. 왜 그때 나는 아무 말도 못 했을까.
그리고 이제 와서 뭘 하겠다고 여기까지 왔을까.

묵직한 후회가 서독 언니의 온몸을 짓눌렀다. 고개를 떨군 채 뒷걸음질 치려는 서독 언니를 붙잡은 건, 낯선 남자의 목소리였다.

"잠시만요, 윤초복 씨."

단 한 번도 불린 적 없던 이름에 서독 언니가 우뚝 멈춰 섰다. 몇 번의 발걸음으로 금세 서독 언니의 앞까지 걸어온 남자는 상주복을 입고 있었고, 기억 속 고인의 입매를 꼭 빼닮아 있었다.

"역시 윤초복 씨가 맞았군요. 아버지의 하관을 그대로 빼닮았네요."

"무슨 말씀을 하시는지 잘 모르겠네요."

서독 언니가 간신히 대꾸했다. 남자는 개의치 않는지 품에서 자주색 만년필을 꺼내 내밀었다.

"아버지께서 쓰시던 만년필이에요. 아무리 좋은 걸 선물 받으셔도 이 만년필만 쓰셨죠. 기억하는 한, 아버지께서 남기신 모든 필체는 이 만년필로 남기신 겁니다."

"그래서요?"

"윤초복 씨 이야기는… 아버지께서 돌아가시기 전, 제게만 이야기해 주셨습니다. 처음엔 혼란스러웠지만, 그래도 결국 받아들이게 됐죠."

남자가 쓸쓸한 미소를 지었다.

"윤초복 씨를 만나게 될 거란 생각은 못 했는데, 그래도 혹시 만나게 된다면 이걸 드리고 싶었습니다."

"내가 이깟 걸 바랄 거라고 생각해요?"

날카로운 말투와 달리 소극적으로 머뭇거리는 서독 언니의 손에 남자는 만년필을 조심스레 쥐여주었다.

"우리가 가족이 될 순 없지만, 윤초복 씨가 아버지의 자식이라는 건 부정할 수 없는 천륜이라는 걸 압니다. 그걸 존중하고 싶었을 뿐입니다."

만년필이 무거웠다. 긴 세월 동안 쌓인 원망의 무게만큼이나 묵직해진 손을 억지로 주머니에 찔러 넣으며 서독 언니는 황급히 등을 돌렸다. 어서 이곳을 벗어나고 싶었다.

미미가 미녀미용실 앞에 누군가 있다는 걸 알아차린 건 영업시간이 끝나기 10분 전이었다.

찾는 손님이 없으니 영업시간도 무용지물인지라 제인과 스피아 쌤, 보보는 미미에게 뒷정리를 맡겨두고 일찌감치 2층으로 올라갔다. 뒷정리라고 해도 흐트러진 의자를 정리하거나 먹다만 뻥튀기를 잘 밀봉해 두는 게 전부였다. 마지막으로 흐트러진 커튼을 정리하려던 미미는 문밖에서 낯선 인기척을 감지했다.

설마 손님일까. 미미의 머리가 쭈뼛 서는 것 같았다. 지금은 컴컴한 밤이었다. 미녀미용실이 있는 산 밑은 가로등도 없어서 해가 저물면 먹을 칠한 것처럼 사방이 어두워졌다. 문고리를 쥔 미미의 손바닥에 땀이 뱄다. 겁이 나면서 동시에 호기심이 일었다. 호기심이 겁을 이긴 순간, 미미는 문을 열었고 미용실 처마 밑에 쪼그리고 앉은 웬 여자애와 눈이 마주쳤다.

한국인인가?

그때 야자수처럼 풀어헤친 풍성한 곱슬머리 사이로 드러난 눈초리가 정확히 미미에게 향했다.

"너, 너도 이 머리가 웃기지?"

"아뇨…"

쪼그린 몸을 일으킨 여자애의 키는 미미보다 한 뼘은 더 큰 듯했다.

"근데 여긴 어떻게?"

왔느냐고 끝까지 말을 맺기도 전. 곱슬머리 여자애, 주미가 아직 불이 켜진 미용실을 쳐다보며 서두 없이 본론부터 밝혔다.

"이 머리 좀 어떻게 해줘."

정해진 영업시간은 진즉에 끝났다.

이왕 올 손님, 영업시간에 맞춰 오면 얼마나 좋을까. 게다가 하필이면 이번에 머리를 할 차례인 서독 언니는 오전에 외출해서 아직까지 돌아오지 않은 상태였다. 뒤늦게 손님 소식을 듣고 파자마 차림으로 내려온 보보와 운동복 차림의 스피아 쌤은 난감한 얼굴로 서로 눈치만 살폈다. 하루 내내 깜깜무소식인 서독 언니가 올 때까지 손님을 붙잡아 둘 수도, 그렇다고 서독 언니를 제치고 손님의 머리를 만질 수도 없었기 때문이다.

"영업은 끝났는데 웬만하면 내일 다시 오지 그러니?"

"안 돼요. 오늘 꼭 해야 해요. 결심했거든요."

두 번째 손님은 등장만큼이나 고집도 세고 제멋대로였다. 잠시 주미의 머리카락을 보던 제인이 미용 앞치마를 둘렀다.

"일단 머리부터 좀 보자."

스피아 쌤과 보보는 직접 나서려는 제인에 놀란 눈치였다. 아무리 그래도 제인이 직접 나설 줄은 몰랐다. 그러나 제인은 태연히 분무기를 가져와 주미의 부스스한 머리에 뿌리기 시작했다. 미세한 물방울들이 주미의 거친 머리카락에 스며들지 못하고 대롱거렸다. 제인은 손에 분무기를 뿌린 뒤 조심스레 주미의 머리카락을 만지기 시작했다.

무성한 숲처럼 우거진 주미의 두피로 제인의 손가락이 부드럽게 침투했다. 주미의 기억은 단순했다. 기억 대부분은 자신의 악성 곱슬머리와 관련된 신파극이었다. 반듯한 세상에서 주미는 혼자 삐뚤빼뚤하다 여겼다. 주미의 형제들과 친구들은 곧게 뻗은 머리카락만큼이나 척척 제 길을 찾아갔지만, 주미만이 아직 제 길을 찾지 못하고 얽히고설킨 머리카락처럼 방황하고 있었다. 그리고 주미는 그 방황의 모든 원인을 이 곱슬머리에 두고 있었다.

'이 곱슬머리만 아니었다면…'

가족들 틈에 쉽게 끼지 못하는 것도, 좋아했던 남자애에게 거절당한 것도, 노래를 좋아해 도전했던 가수 오디션에서 떨어진 것도 몽땅 다 이 곱슬머리 때문이다. 풍성한 곱슬머리를 하나로 묶어 돌돌 말아 올리면서 주미는 제 상처를 곱씹고 또 곱씹었다.

어느 정도 주미의 머리카락이 수분을 머금자 제인이 손길을 거두었다. 거울을 보는 주미의 시선은 지금 막 미용실로 돌아온 서독 언니에게로 향해 있었다.

서독 언니는 영문을 모르는 눈치였다. 왜 이 시간에 손님이 있냐는 듯 눈썹을 치켜들고 주미와 제인을 번갈아 쳐다봤다. 그런 서독 언니와 눈이 마주치자 제인이 빙그레 웃었다.

"언니, 손님 머리 좀 부탁해."

그러고는 스피아 쌤과 보보, 미미까지 챙겨 미용실을 빠져나간 제인을 서독 언니가 황급히 따라 나갔다. 도저히 머리를 할 기분이 아니었다. 내가 지금 어디서 오는 길인데. 어쩔 수 없이 주머니에 찔러둔 만년필은 가시라도 돋친 듯 서독 언니의 감정 이곳저곳을 찔러대고 있었다. 다른 사람은 몰라도 제인은 알아

쥐야 하는 거 아닌가.

"난 못 해."

"언니, 우린 기분에 따라 손님 머리를 해주거나 말거나 하는 보통 미용사가 아니잖아."

"그게 아니라 오늘은…"

"계속 그렇게 피하기만 할 거야?"

제인의 말은 앞뒤 맥락이 맞지 않았지만, 정확히 서독 언니의 정곡을 파고들었다.

또다. 또 그 소리다. 처음 만났을 때도 제인은 다짜고짜 저렇게 말했다. 그땐 나에 대해 뭘 안다고 지껄이냐고 대거리를 했지만, 지금은 그럴 수도 없었다. 제인은 알고 있다. 그때도, 지금도 내가 무슨 생각을 하는지.

앙다문 서독 언니의 입술에 바짝 힘이 실렸다. 공기에 실린 계절은 제인을 만난 그날과는 조금도 닮아 있지 않았지만, 묘한 기시감이 들었다.

어느 해 무더운 여름, 한강 다리 위였다.

독일에 살 때 아주 가끔 비디오로 빌려본 한국 드라마에서 절망한 주인공은 꼭 한강 다리를 걷곤 했다. 그땐 왜 저 다리를 걷는지 이해할 수 없었다. 친부에게 부정당하고 마음 둘 곳 없던 그날, 떠오른 것이 그때 비디오로 본 한강 다리였다. 드라마의 주인공은커녕 이름조차 없는 엑스트라도 못 된다는 걸 알아서였을까. 택시를 잡아타고 가장 가까운 한강으로 향했고 정처 없이 다리 위를 걸었다. 손에는 절반을 비운 와인이 병째 들려 있었다. 한 걸음 한 걸음 뗄 때마다 심장을 바늘로 쿡쿡 찌르는 것만 같았다. 절 배신한 전남편 페터의 얼굴이, 돌아선 양부모의 얼굴이, 끝내 존재를 부정한 친부의 얼굴이 걸음을 뗄 때마다 번갈아 가며 떠올랐다. 구역질이 났고 다리 위에 토악질을 했다. 위장의 쓰라림을 느끼며 그제야 오늘 먹은 것이 아무것도 없다는 걸 깨달았다.

빈속에 술을 먹었으니 위가 아픈 것도 당연하지.

그런다고 절 나무랄 사람은 이 세상에 없었다. 속을 달랠 약을 건네줄 사람도 없었다.

이제 다리 끄트머리였다. 다리의 끝에는 교통체증으로 꽉 막힌 교차로가 있었지만, 서독 언니는 이 다리의 끝이 제 인생의 끝처럼 느껴졌다.

끝.

막연하게만 그려보았던 순간이 어느덧 코앞까지 다가와 손짓하고 있었다. 그동안 난 뭘하고 있었던 거지? 애꿎은 와인병을 꽉 틀어쥐고 그 자리에 꼿꼿이 선 채 다리의 끝만 노려봤다. 아무리 애를 써도 다음이 그려지지 않았다. 그때 그 절망감이란…

속도 모르고 잔잔히 흐르는 시커먼 강물을 향해 욕지거리를 내뱉었다. 옆에서 익숙한 독일어를 듣고서야 서독 언니는 자신이 독일어로 욕을 하고 있었다는 걸 깨달았다.

"계속 그렇게 피하기만 할 거야?"

언제부터였는지 굽이치는 강물처럼 화려한 헤어스타일을 한 여자가 갓길에 차를 세운 채 저를 보고 있었다. 다 안다는 듯이. 다 들었다는 듯이.

"네가 뭘 안다고 지껄여? 다들 날 버렸어! 내가 사랑했던 사람들이, 내 부모가 날 비참하게 버렸다고! 난 끝이야. 이제 내 인생은 끝났어! 세상에 내가 허락된 곳은 아무 데도 없으니까!"

악을 쓰는 서독 언니를 묵묵히 바라보던 여자가 차에서 내려 서독 언니에게로 다가왔다. 그제야 서독 언니는 제 앞에 선 여자의 머리카락이 한 올도 흔들리지 않는다는 사실을 알았다. 여자의 통통하고 길쭉한 손이 거센 강바람에 휘날리는 서독 언니의 머리카락에 닿는 순간, 형용할 수 없는 안도감이 살갗을 뒤덮었다.

"그럼 직접 만들면 되지."

어떻게? 난 그럴 힘이 없는데.

말이 입 안에서만 맴도는 건 여자의 눈이 푸르게 빛나고 있기 때문이었다. 두려워해야 마땅한데, 그보다는 안도감이 더 컸다.

"시간은 좀 걸릴 거야."

그래도 해보겠냐고 묻는 듯한 여자의 눈빛에 서독 언니는 망설임 없이 고개를 끄덕였다. 그것이 제인과의 첫 만남이었다.

손님의 머리는 척 보기에도 심한 악성 곱슬머리였다. 거기다 숱도 많고 길이도 길다. 그렇다면 원하는 건 둘 중 하나. 매직 스트레이트를 하거나 관리하기에 편하게끔 길이를 좀 다듬는 정도일 것이다.

매직 스트레이트를 하기엔 좀 늦은 시간이지만, 어쩔 수 없지. 지금처럼 심란할 땐 손이라도 번거로운 편이 좋다. 서독 언니는 바쁘게 앞치마를 둘러매며 물었다.

"머리에 뭘 하고 싶니?"

주미는 의외로 머뭇거렸다. 축 젖어 더 또렷하게 꼬불거리는 머리카락을 한참 만지작거리더니 이내 결연하게 대답했다.

"이 머리. 몽땅 다 밀어주세요."

서독 언니는 저도 모르게 헛웃음을 터뜨렸다. 20년 조금 넘는 미용 인생 중에 이만한 여자애가 와서 삭발해 달라고 한 건 서독 언니도 처음 겪는 일이었다.

"몽땅 다 밀어달라는 건… 삭발을 하겠다는 거니?"

"네."

얼굴에 긴장한 기색은 역력해도 의지는 확고해 보였다.

"혹시 어디 아프니?"

"아뇨."

"근데 머리를 왜 밀어?"

주미가 입을 비죽인다 싶더니 다시 끅끅거리기 시작했다. 가뜩이나 심란한데, 왜 울고 난리야. 평소에도 우는 건 질색으로 여기는 서독 언니가 빽 소리를 질렀다.

"내가 잡아먹니? 대체 왜 우는지, 그 사정 나도 좀 알자!"

"다르니까요."

"그게 무슨 뚱딴지같은 소리야. 애, 말 좀 제대로 할 수 없니? 앞뒤 맥락을 똑 부러지게 설명을 해줘야 나도 삭발을 해주든 말든 할 거 아냐."

경험상 삭발은 아무리 해줘도 경험치를 얻기가 힘들다. 삭발을 요구하는 손님의 대부분은 그 사연이 좋지 않다 보니, 머리를 한 후 손님이 기쁘거나 만족스러워하는 일은 드물었다.

이번 손님도 공쳤네. 서독 언니가 세모난 눈으로 째려보자 주미가 간신히 훌쩍임을 멈췄다. 얼굴에는 여전히 서러움이 가득했다.

"우리 집 식구들은 다 생머린데 저만 곱슬머리예요."

고작 그런 이유로?

미용실에서 매직 스트레이트를 하는 손님 대부분이 곱슬머리
다. 이 여자애만큼 심한 악성 곱슬머리는 드물긴 해도, 곱슬머
리가 콤플렉스인 손님은 수도 없이 만나봤다.

그래, 이만할 때는 곱슬머리가 스트레스일 수 있다. 삭발하겠
다는 것도 그냥 욱해서 저지르려는 일탈 같은 거겠지. 맥이 쭉
빠진 서독 언니는 저도 모르게 주머니에 손을 찔러넣었다가 손
끝에 닿은 딱딱하고 차가운 감촉에 움찔 몸을 떨었다. 주머니에
친부의 유품이 들어 있다는 게 다시금 떠올랐다.

친부를 빼닮은 남자는 가족으로 받아들일 수 없다면서도 굳
이 서독 언니의 손에 이 만년필을 쥐여주었다. 치사한 놈들. 나
더러 어쩌라고.

"저만 우리 가족들이랑 달라요. 어떨 땐 저만 우리 집 식구가
아닌 것 같아요. 어디서 주워 온 것 같다고요. 이 곱슬머리 때문
이에요. 이 곱슬머리 때문에… 저만 자꾸 겉돈다고요!"

여태까지 낯설기만 하던 여자애의 얼굴에서 기시감이 들었
다. 자꾸 손에 걸리는 주머니 속 만년필을 꺼내 거울 앞에 올려
둔 서독 언니가 자리에서 일어났다.

주미의 목에 커트보를 두르고 바리깡을 챙겨 왔다. 바리깡이
제대로 충전되어 있는지 확인 후, 서독 언니는 곱슬머리 여자애

의 등 뒤에 섰다. 비록 머리는 악성 곱슬머리여도 여자애는 두상이 예쁘고 얼굴형도 갸름했다. 거기다 팔다리가 길고 마른 체형이니 삭발을 해도 멋스럽게 보일지도 모른다.

"나중에 후회해도 소용없다."

서독 언니가 손에 쥔 바리깡 전원을 켬과 동시에 주미가 질끈 눈을 감았다. 손은 저도 모르게 커트보를 꽉 말아 쥔 상태였다. 그러나 한참이 지나도 윙윙, 하고 귓가에 들리는 바리깡 소리가 더 가까워지지도 않고 살갗에 닿지도 않자 주미는 조심스레 눈을 떴다. 거울로 보니, 서독 언니가 바리깡을 든 채 주미를 빤히 쳐다보고 있었다. 서독 언니는 머리를 밀어줄 생각이 없다는 듯 전원을 끈 바리깡을 거울 앞에 아무렇게나 내려두었다.

"그런다고 뭐가 달라지겠니? 머리카락은 또 자라날 텐데."

알고 있다. 그런데도 주미가 계속 외면하고 있던 사실이었다. 그 사실에 얻어맞자 주미는 오늘 생판 처음 보는 미용사에게 괜히 시비를 걸고 싶어졌다.

"그럼 이대로 살아야 한단 말이에요?"

아니라는 대답을 듣고 싶었으나, 서독 언니의 대답은 무정했다.

"그래. 그대로 인정하란 소리야."

그건 이곳으로 돌아오는 내내 서독 언니가 생각하던 것이었다.

이제 와서 부정한다고 해도, 내가 그 사람의 딸이라는 건 달라지지 않는다. 수년간 외면해 온 그 사람의 만년필이 결국 내 주머니에 들어왔던 것처럼. 그러면 차라리 받아들이고 인정하는 게 나았다. 친부를 닮은, 어쩌면 형제가 될 뻔했던 남자의 말처럼 천륜은 끊을 수도 없으니.

서독 언니의 대답에 절망한 모양인지 주미는 고개를 푹 숙이고 있었다. 그런 주미에게 서독 언니가 파마 가운을 건넸다. 생뚱맞은 물건에 주미가 고개를 번쩍 들자 때마침 눈이 마주친 서독 언니가 대강 묶었던 앞치마를 단단히 매며 말했다.

"시간은 좀 걸릴 거다."

그래도 꼭 해야만 하는 일이라는 걸 서독 언니는 주미에게 알려주고 싶었다.

거울 속 제 모습이 낯익으면서도 낯설었다. 손가락에 감기는 머리카락은 여전히 구불거렸지만, 전과는 분명히 달랐다. 머리뿌리 쪽은 주미가 그토록 바라던 생머리처럼 펴져 있었고, 아래로는 굵은 웨이브가 찰랑거렸다. 지난밤, 주미의 머리를 해준 미용사는 이 머리를 '매직 세팅'이라고 했다. 어떻게 한 건지는 몰라도 제 머리에 어떤 매직magic이 일어났다는 건 확실히 알 수 있었다. 그렇지 않고서는 그토록 싫었던 곱슬머리가 제 눈에 이렇게 예쁘게 보일 순 없을 테니 말이다.

주미는 평소처럼 머리를 동그랗게 말아서 올릴까 하다가 그냥 푼 채 출근을 하기로 했다. 출근 준비를 마친 주미가 방에서 나오자 기다렸다는 듯 가족들이 주미를 둘러쌌다. 평소 말수가 적고 무뚝뚝한 주미의 아버지는 주미에게 손바닥만 한 흑백사진을 내밀었다.

"갑자기 왜 이래? 이건 또 뭐고?"

"네 할머니 사진이다."

할머니는 주미의 아버지가 고등학교 때 돌아가셨다고 들었다. 얼굴 한 번 본 적 없는 할머니 사진을 왜 갑자기 찾아온 거지?

"주미야. 놀라지 마라. 사진 속 네 할머니 머리는 자연이다."

그제야 들여다본 사진 속 할머니의 머리는 주미보다 훨씬 짧았지만 주미만큼이나 구불거렸다. 그뿐만이 아니었다. 할머니의 눈매와 마른 체형 역시 주미와 똑같았다.

"그러니까 너만 다르다고, 이상하다고 생각하지 마라. 주미 너만큼 할머니를 닮은 애가 또 어딨냐."

말을 마친 아버지가 멋쩍은 듯 괜히 헛기침했다. 다른 가족도 하나둘 말을 거들자 금세 집 안이 시끌벅적해졌다.

"아, 알았어. 이러다 알바 늦겠어. 다녀올게."

민망한 기분에 주미는 급히 스니커즈에 발을 욱여넣고 집을 나섰다. 등 뒤가 뜨끈했지만, 기분이 나쁘지만은 않았다.

장수버거의 반응은 가족들보다 더 요란하고 뜨거웠다. 장 여사를 비롯해 충민과 다른 직원들까지 주미를 신기하다는 듯 쳐다보는 통에 주미는 연예인이라도 된 것 같은 기분이었다. 특히 장 여사는 패티 반죽을 주무르며 입이 마르고 닳도록 주미를 칭찬했다.

"주미야. 전부터 생각했는데, 너 모델 해도 되겠어. 얼굴도 작고 팔다리도 길고. 아무리 봐도 우리 장수버거에서 아까운 인재를 붙잡아 두고 있는 것 같단 말이야."

"제가 무슨 모델이에요?"

"얘는, 내가 언제 흰소리하는 거 봤니?"

마음에 없는 소리는 절대로 못 하는 장 여사의 성격을 잘 아는 주미가 얼떨떨한 표정으로 머리를 묶었다. 전처럼 동글동글한 모양이 아닌, 포니테일로 묶은 머리가 보기 좋게 굽실거렸다.

그날, 손님 중 많은 사람이 주미의 머리스타일을 칭찬했다. 서울에서 온 어떤 손님은 꼭 하고 싶은 머리라며 사진을 찍어 가도 되느냐고 물어볼 정도였다. 자연히 주미의 표정도 밝아졌다. 우연히 본 거울 속 제 얼굴은 어제와 달라진 게 없었지만, 어제와는 완전히 달랐다.

용기를 얻은 주미는 선배에게 잠시 미뤄둔 답장을 보냈다. 자신은 사진과는 다르며, 그래서 어제는 망가진 머리에 용기가 나지 않아 도망쳤다며 진심을 담아 사과의 메시지를 보냈다. 내친 김에 메신저 프로필도 바꿨다. 사진 속 자연스럽게 구불거리는 머리를 보던 주미는 어제 머리를 완성한 후, 미용사가 제게 해준 이야기를 떠올렸다.

'콤플렉스를 받아들이기 어렵다는 건 나도 알아. 내게도 그런 게 있으니까. 하지만 그걸 인정하고 나면 전과는 다른 게 보일 거야.'

그 말이 맞았다. 주미는 처음으로 곱슬머리가 예쁠 수도 있다는 걸 알았다. 열을 달궈 부자연스럽게 쫙쫙 피던 생머리보다 더. 그때 주미의 핸드폰이 울렸다. 선배였다. 주미의 뺨에 기분 좋은 홍조가 피어올랐다.

오픈 시간 전, 청소를 위해 일찌감치 출근한 미미는 말끔하게 치워진 미용실에 허탈해졌다. 어제 서독 언니는 늦게까지 미용실에 머물렀다. 당연히 뒤처리는 남겨뒀을 줄 알았는데, 개수대 옆 싱크대에는 물기가 남은 파마 로트와 고무줄이 가지런히 놓여 있었다.

이곳에서의 유일한 할 일을 잃은 미미는 괜스레 마른걸레로 거울을 닦다가 그 앞에 놓인 만년필을 발견했다. 척 봐도 손때가 많이 묻고 오래되어 보이는 만년필이었다. 누구의 것일지 몰라 차마 손도 대지 못하고 있는데, 누군가 미녀미용실로 출근했다. 뜻밖에도 미용실로 들어온 사람은 제인이었다.

"이 만년필, 원장님 거예요?"

"아니. 그건…"

제인이 막 대답하려는데 때마침 서독 언니가 출근했다. 피로함이 덜 가신 얼굴로 느리게 하품을 하던 서독 언니의 시선이 미미의 손에 들린 만년필로 향했다.

"이거, 서독 쌤 거예요?"

서독 언니가 고개를 끄덕이고 자연스럽게 만년필을 그러쥐었다. 딱딱하고 차가운 금속 펜대가 이상하게도 손가락 마디 사이에 착 달라붙는 듯했다.

그냥 못 본 척 넘어가면 좋으련만, 제인이 굳이 알아야겠다는 듯 물었다.

"좋아 보이네. 어디서 났어?"

잠시 대답을 미루고 몇 번 펜을 움직여 본 서독 언니가 전보다 한 움큼 가벼워진 목소리로 대답했다.

"아버지가."

5

지금 이 순간 마법처럼

정재의 취미가 등산이 된 건 그리 오래된 게 아니었다. 한때는 정재도 등산은 중년 남성들이나 노인들이 소일 삼아 하는 취미 정도로 여겼다. 주말마다 등산복을 입고 집을 나서는 아버지를 보면서 나는 절대 저렇게 되지 말아야지 다짐했던 적도 있다.

남몰래 등산을 하고 있는 지금도 정재는 다짐했던 대로 아버지처럼 되지 않았다. 아니, 되지 못했다는 게 맞는 표현일 것이다. 적어도 아버지는 한 주간 가장이라는 역할과 본분에 충실하고 그에 대한 보상으로 산길을 나섰지만, 자신은 그렇지 못했으니까.

일주일에 꼬박 다섯 번씩 정재는 산을 올랐다. 산을 오른대도 등산이라고 부르기 멋쩍은 건, 차림새가 늘 셔츠에 청바지 차림이었기 때문이다.

정재는 주말을 제외하고 매일 오전에 집에서 나와 뮤지컬 공연 제작사, 극단들을 찾아다니며 오디션을 봤다. 점심은 편의점 샌드위치나 분식으로 간단히 때웠다. 그러곤 물 한 병을 샀다. 목적지는 산. 아무도 없는 으슥한 델 찾아 목이 터져라 노래를 부르다가 해가 질 때쯤에야 내려왔다. 그런 생활을 1년쯤 하고 나자 서울 일대에 오르지 않은 산을 찾기 어려울 정도였다.

불편한 차림새로 산을 오르다 보면 제대로 한 벌 갖춰 입은 등산객들이 한마디씩 건네곤 했다. 바지가 그래서 쓰겠냐는 둥, 그러다 땀띠 난다는 둥. 생전 처음 보는 사람들은 참 쉽게도 선을 넘나들었다. 그럼에도 정재는 한사코 그 불편한 옷차림을 고수했다. 그건 정재에게 일종의 형벌이자 시험이었다.

짧으면 2시간, 길면 6시간씩 산길을 오르며 정재는 지나온 삶을 곱씹었다. 그때마다 느낀 건 삶이 참 쓰다는 거였다. 인생이란 게 원래 쓴맛, 단맛, 짠맛, 신맛, 매운맛을 다 느껴봐야 한다지만 제 인생을 요리한 신은 다른 맛은 전부 빼고 쓴맛만 몽땅 부어 넣은 것 같았다. 아무리 이리 씹고 저리 씹어봐도 제 삶에서는 쓴맛 말고 다른 맛은 전혀 느껴지지 않았다. 쓰더라도 너덜너덜하도록 씹다 보면 아무 맛도 나지 않을 때가 오리라 여겼던 적도 있다. 하지만 그때마다 더 강렬한 쓴맛이 정재의 인생을 덮치곤 했다.

1년 전에도 그랬다. 그렇게 건강하고 든든하던 아버지가 쓰러질 줄은 정재도, 가족들도 몰랐다.

아버지 신충수 씨는 30여 년간 직장생활을 하면서 한 번도 병가를 내본 적 없는 강철 체력의 소유자였다. 음식을 먹다 탈이 난 적도, 하물며 감기에 걸린 적도 없던 아버지는 작년에 갑작스럽게 뇌졸중으로 쓰러졌다.

정재는 처음 그 소식을 접했을 때 믿기지 않았다. 왜냐하면 쓰러지기 불과 1시간 전만 해도 아버지는 정재와 메시지를 주고받았기 때문이다. '등산 중'이라는 메시지와 함께 아버지가 보낸 풍경 사진은 여전히 생생했다.

정년퇴직 후 아버지는 자주 산을 다녔고 그날도 별일 없이 등산길에 올랐었다. 하필이면 정상 인근에서 쓰러져 병원 이송이 지연되는 바람에, 간신히 목숨을 건졌지만, 왼쪽 팔다리 마비와 언어장애라는 심각한 후유증을 얻었다.

어머니는 서울 집을 팔고 아버지와 함께 고향인 창원으로 내려갔다. 거동이 불편해진 아버지를 간호하며 살기에 복닥복닥한 서울 아파트보다는 탁 트인 전원주택이 나을 거라 판단한 것이다. 실제로 아버지는 고향으로 돌아간 후, 병세가 많이 호전되었다. 그렇다고 아버지가 예전의 모습을 되찾은 건 아니었다. 담당 의사는 아버지가 예전으로 돌아갈 수는 없을 거라고 했다.

하늘이 무너진 줄 알았다. 그런데 아니었다. 살다 보면 살아진 다던 뮤지컬 〈서편제〉의 노랫말처럼 일상은 그런대로 살아졌다. 변한 것은 아무것도 없었다. 방 세 개 중 하나를 차지했던 처지 에서 이제는 다섯 평짜리 원룸에 홀로 살게 되었다는 것 말고는.

언젠가 대극장 주연이 되어 부모님을 공연에 초대하겠다는 꿈은 흔적도 없이 사라졌다. 스물둘에 뮤지컬 〈지킬 앤 하이드〉 의 앙상블로 데뷔한 지 벌써 10년이 지났다. 정재는 여전히 앙 상블1 또는 2에서 정체되어 있는 반면, 비슷하거나 늦게 출발 한 동료들은 어느덧 업계에서 저만의 자리를 잡아가고 있었다.

어떨 때 정재는 자신의 인생이 고장 난 브레이크가 달린 소형 차처럼 느껴졌다. 그만두라고 누군가 대신 밟아주면 좋을 텐데. 이제는 그만둘 수도, 그렇다고 계속할 수도 없는 상황에서 어머 니는 아무 말이 없었다.

애매한 재능이란 게 사람을 파멸시킨다고 했던가. 그 말이 맞 다. 정재는 자신의 어중간한 재능을 저주했다. 이 가느다란 재 능에 발목이 잡히지만 않았어도 사람 구실은 하며 살았을 텐데. 그랬다면 아버지가 쓰러지셨을 때, 먼저 나서서 병원비를 처리 하고, 어머니를 위로했을 거다. 아버지의 후속 치료도 도맡아 했겠지. 병원 구석에서 찌질하게 눈물만 훔칠 것이 아니라.

그날 이후, 정재는 결심했다. 딱 1년만 더 해보고 안 되면 뮤지킬을 포기하기로. 모진 각오를 품고 1년 동안 도전했고 오늘이 바로 그 마지막 날이었다. 배수진을 치는 심정으로 임한 오디션이었으나, 결과는 똑같았다.

"정재 네 노래야 말할 필요도 없고, 연기도 춤도 괜찮은 거 알지. 근데 뭐랄까… 주연을 맡기엔 좀 약하다고 해야 하나? 키도 그렇고, 타고난 아우라 같은 거 있잖냐. 아무튼, 감독님이 보시기엔 임팩트가 약했던 모양이야. 이참에 몸 좀 키워서 다음 시즌 도전해 보면 어떠냐?"

오디션을 주선한 선배는 미안한 모양인지 주저리주저리 말을 늘어놓았다. 그럴수록 정재는 자신의 그릇은 여기까지라는 확신만 뚜렷해졌다.

통화를 마치자마자 정재는 곧바로 짐을 쌌다. 짐이라 해봐야 배낭 하나가 전부였다. 이제 이 손바닥만 한 원룸에서 꿈만 씹어 먹으며 살 이유가 사라졌다. 부모님이 계시는 창원으로 내려가 편의점 아르바이트를 하든, 택시기사를 하든 뮤지컬과는 전혀 상관없는 인생을 살 생각이었다.

시외버스 터미널에서 창원행 버스를 기다리며 핸드폰 속 아버지 사진을 훑어보던 정재는 언젠가 아버지가 했던 말을 떠올렸다.

"정재야, 노력은 배신하지 않는다고 하지? 그런데 살아보니까 세상에는 아무리 노력해도 안 되는 일이 있더라."

서른 무렵이었을 거다. 여느 때처럼 등산을 다녀온 아버지에게선 막걸리 냄새가 풍겼다. 얼큰하게 취기가 오른 목소리로 아버지는 또박또박 말했다.

하필 그 시간에 라면을 먹고 있던 정재는 아버지의 말이 봉변처럼 느껴졌다. 입맛이 뚝 떨어져서 먹다 만 라면을 개수대에 쏟아붓고 방으로 들어갔다. 문밖에서 왜 그런 얘기를 하느냐며 타박하는 어머니 목소리가 작게 들렸지만, 꽁해진 마음은 한동안 풀리지 않았다.

근데 그 말이 지금은 사무친다. 아버지는 나보다 몇 수 앞서 보셨구나. 그때 아버지의 말이 자신을 한심하게 여겨서가 아니라 오히려 걱정에서 비롯된 위로라는 걸 이제야 깨달았다. 무릎 위로 후두둑 눈물이 쏟아졌다. 서러워 흘리는 눈물인지, 후련해 흘리는 눈물인지 알 길이 없었다. 다만 분명한 건 마지막으로 산을 오르고 싶다는 거였다. 그래야만 헝클어진 마음이 조금이라도 정리될 것 같았다.

"무슨 산에 사람이 하나도 없냐… 밤송이만 더럽게 많네."

도저히 밤송이를 밟지 않고는 지날 수 없는 산길 앞에서 정재는 나지막이 투덜거렸다.

밤이 많아서 다율산이라더니. 정말로 발밑이 밤송이 지뢰밭이다. 괜히 왔나. 서울에서 여기까지 타고 온 버스비가 아까워서 일단 발을 내딛고는 있지만, 오르면 오를수록 후회가 막심했다.

산에 가고 싶다는 생각이 들자, 정재는 창원행 버스를 포기하고 핸드폰으로 산을 검색했다. 이왕이면 자신처럼 잘 알려지지 않은 무명의 산을 오르고 싶었다. 다율산을 알게 된 건 등산이 취미라는 어느 블로거의 글 때문이었다. 블로거는 다율산을 '참 재미없는 산'이라고 소개했다. 재미없는 산이니, 찾는 사람도 별로 없겠다 싶었다. 그런데 '별로' 없을 줄 알았지, '하나도' 없을 줄은 몰랐다.

버스터미널 편의점에서 샌드위치 두 개와 작은 생수 하나를 사서 덜레덜레 산까지 올라온 정재는 장장 4시간 동안 자신이 아는 모든 뮤지컬 넘버를 불러 젖혔다. 한풀이가 다 끝난 다음에야 주위에 아무도 없다는 게 얼마나 공포스러운 일인지 깨달았다.

4시간이 넘도록 쉬지 않고 노래를 불렀으니 목이 온전할 리 없었다. 하필이면 오늘따라 노래는 왜 이렇게 잘되는지. 듣는 이도 없는데 앵콜에 앵앵콜까지 악을 쓰며 질러댔다.

목이 찢어질 것 같은데 생수는 빈 병이 된 지 오래다. 오가는 등산객이라도 있으면 염치 불고하고 물을 얻어 마실 텐데 이 재미없는 산에는 사람은커녕 귀신 그림자조차 보이지 않았다.

문득 등산로 초입에 있던 허름한 자판기가 떠올랐다. 바짝바짝 마른 목에 겨우 침만 삼켜가며 서둘러 하산 방향을 잡았는데, 아뿔싸, 엉뚱한 데로 내려와 버렸다. 근데 하필이면 폐쇄된 출입구로 내려올 건 뭐냐.

'이곳의 출입을 금합니다'라는 낡은 현수막을 보니 탄식이 절로 나왔다. 될 놈은 어떻게든 되는 것처럼 안 될 놈은 뭘 해도 안 된다. 그게 세상의 이치다. 그간 제게 일어난 될 듯 될 듯 결국 안 되는 불운이 인생이 끝날 때까지 질주할지도 모를 일이었다.

인생을 살다 보면 질 때도 있다고 하지 않던가.

그래, 항복이다!

툭툭, 떨어지는 게 눈물인지 아니면 빈 생수통에서 흘러내린 건지 가늠이 되지 않았다. 험한 산도 아닌데 목구멍에서부터 휘익휘익 가쁜 숨소리가 새어 나왔다. 건전지가 닳은 로봇 장난감처럼 정재는 비척비척 걸었다.

이제는 다리가 후들거리고 눈앞이 팽팽 돌았다. 아니, 진짜로 눈앞에 빙글빙글 도는 게 있었다. 저게 도는 건지, 자신이 도는 건지 확신할 수 없지만. 느리지도, 빠르지도 않게 돌아가는 저건 분명 미용실 사인볼이었다.

정재는 이제 헛것이 보이는 건가 생각했다. 그게 아니라면 이 산 밑에, 그것도 폐쇄된 출입구에 미용실이 있을 리 없으니까. 하지만 자세히 의심하기엔 목이 너무 말랐다. 마르다 못해 목구멍이 찢어질 것 같았다.

눈물과 땀으로 범벅이 된 눈을 벅벅 비비고 간신히 미용실 입구를 확인했다. 다가가 막 노크를 하려고 손을 든 순간, 벌컥 열린 문 뒤에서 여자애가 튀어나왔다. 여자애는 마치 자신이 올 줄 안 것처럼 걱정스러운 얼굴로 물컵을 들고 있었다.

"괜찮으세요?"

"무, 물… 물 좀…"

'주세요'라는 말도 채 맺기도 전에 정재는 그대로 고꾸라졌다.

남자의 신발 밑창에 박힌 밤송이를 빼낸 스피아 쌤이 손을 탈탈 털며 목장갑을 벗었다. 남자는 탈수 때문에 쓰러진 듯했다. 제인이 창백해진 남자의 입술에 젖은 거즈 손수건을 올려두자 서독 언니가 못마땅하다는 듯 혀를 끌끌 찼다.

"여기가 병원이야, 미용실이야? 머리만 해주면 됐지, 아주 별짓을 다 하네. 이렇게까지 해서 손님을 받아야 해?"

"서독 언니는 경험치가 많으니까 그렇게 배짱부리시나 본데, 저나 스피아 쌤 언니는 한 사람 한 사람이 귀하거든요?"

"그래, 맘대로들 해. 남자 손님은 받아봤자 별 소득도 없고. 뭣보다 난 저렇게 땀에 절어 늘어진 사람 두피엔 손도 대고 싶지 않으니까."

새침하게 뒷걸음질 치는 서독 언니를 흘겨본 보보가 금세 살가운 눈으로 스피아 쌤을 쳐다봤다. 솔직한 마음으론 보보도 저런 손님 머리에 손을 대고 싶진 않았다. 오전에 공들여 칠한 매니큐어가 상할까 걱정스러웠다.

　보보가 나서지 않고 꼼지락거리자 기색을 눈치챈 스피아 쌤이 자진해서 나섰다.

　"원장님, 제가 할게요."

　"다들 알아서 순번을 정해준 건 고마운데, 이 사람이 손님인지 아닌지는 아직 모르는걸."

　세 미용사의 입에서 동시에 탄식이 흘러나왔다. 지금까지는 손님이 제 발로 들어와 이 미용의자에 앉았다지만, 이 남자는 문턱에서 쓰러졌다. 그러니 머리를 하러 온 건지, 목이 말라 물을 구걸하러 온 건지 이유를 알 수 없었다.

　"일단 깨울까요? 언제까지 이대로 둘 수도 없고."

　제인이 고개를 끄덕이자 스피아 쌤이 남자의 구레나룻을 한 꼬집 잡더니 그대로 비틀었다. 어떻게 깨우겠다는 건지 궁금해 쳐다보던 미미는 자신이 겪은 고통인 것마냥 눈살을 찌푸렸다.

　효과는 직방이었다. 으, 신음을 흘린 남자가 스르르 눈을 뜨더니 벌떡 자리에서 일어났다. 남자는 사태 파악을 하려는지 고개를 휙휙 돌려가며 두리번거렸다. 이내 낯선 여자들에게 둘러

싸였다는 걸 깨달은 남자의 얼굴에 당혹감이 번졌다.

"저, 그, 그게 그러니까…"

"여기가 어디냐고? 미용실. 그럼 우리는 누구냐고? 이 미용실 미용사들. 됐죠?"

제인의 일목요연한 대답을 듣고도 남자는 얼떨떨한지 뺨을 툭툭치고는 얼떨결에 고개를 끄덕였다.

제인이 눈짓을 하자 미미가 물컵을 가져와 건넸다. 단숨에 컵을 비워낸 남자는 주섬주섬 배낭을 고쳐 메고 자리에서 일어났다.

"감사합니다. 초행이라 하산로를 잘못 알아서 이쪽으로 내려왔나 봐요. 목이 말라서 죽을 것 같았는데, 덕분에 살았습니다."

그럼 손님이 아니란 거네. 다들 김이 팍 샜다는 표정들이었다. 조금 전만 해도 별로 일할 생각이 없어 보였는데, 어쩐지 다들 실망한 기색이 역력했다. 하지만 꾸벅 고개를 숙이고 미용실을 나선 남자는 미용실 유리창에 비친 제 모습을 보고 그 마음을 고쳐먹었다.

어찌나 땀을 흘렸더니 머리는 떡이 질대로 져 있었다. 게다가 엎어진 탓인지 머리카락에는 물론 뺨까지 입자가 고운 흙이 군데군데 묻어 있었다.

꼴이 이게 뭐람. 승차 거부를 당해도 할 말이 없을 정도다. 아직 불이 켜진 미용실을 흘끔 쳐다본 남자가 슬그머니 미용실 문고리를 당겼다.

도로 미용실로 들어온 남자에 미용사들이 눈을 치켜떴다. 그러자 괜스레 멋쩍어진 남자가 뒷머리를 슬슬 긁으며 물었다.

"저… 머리만 좀 감고 가도 될까요?"

잠시지만, 다시금 기대에 부풀어 올랐던 세 미용사의 눈빛이 차갑게 식었다.

인적 드문 산 밑이라지만 온수는 잘도 나왔다. 콧구멍만 했던 제 원룸보다 더.

금세 미지근하게 온도가 맞춰지자 짧은 머리카락의 미용사가 말없이 자리를 비켜주었다.

도저히 이대로 갈 수 없어 눈 딱 감고 머리만 감겠다고 했지만, 막상 머리만 감으려니 뒤늦게 미안해졌다. 그래도 엄연히 미용실인데. 게다가 온수를 틀어준 미용사 말고도 넷이나 되는 여자들이 자신의 일거수일투족을 지켜보는 중이었다.

너무 눈치 없었나.

원장으로 보이는 미용사가 별말 없이 허락해 주었지만, 입장을 바꿔 생각해 보면 기분 나쁠 법한 일이었다. 정재는 온수에 정수리가 따뜻해지는 걸 느끼며 지갑에 얼마가 들어 있는지 생각했다. 저번 주말에 아는 형 결혼식에서 축가를 부르고 받은 돈이 아직 남아 있을 거다. 값을 치르겠다고 마음을 먹자 드라이기를 빌릴 용기도 생겼다. 정재는 대충 머리에 물기만 말리고 주머니를 더듬었다.

"아무래도 공짜는 양심에 찔려서요. 얼마를 드려야 할진 모르겠고, 일단 이거라도…"

정재가 수줍게 내민 만 원은 누구도 거들떠보지 않았다.

정재는 왠지 무시당한 기분이었다. 아니면 돈을 버는 데 별 관심이 없는 건가. 미용사들의 시선이 하나같이 제 머리카락에만 몰려 있었다.

"평소에도 머리 제대로 안 말리죠?"

"그야, 머리도 짧고 가만두면 금방 마르니까요. 드라이하기 귀찮기도 하고."

정재의 대답에 키가 가장 크고 비쩍 마른 미용사가 혀를 찼다. 그 미용사는 170을 겨우 넘는 정재보다도 커 보일 정도로 키가 컸다.

"그러니까 두피가 그 모양이지."

그 모양?

불쾌한 어감에 정재의 손이 저도 모르게 정수리로 향했다.

아버지가 쓰러지신 후로 부쩍 머리가 숭숭 빠지더니, 최근 들어 손끝에 닿는 두피가 어쩐지 맨들맨들하게 느껴지는 것 같았다. 가르마가 좀 넓어진 것도 같고, 매일 머리를 감아도 가려운 느낌이 쉽게 가시지 않았다.

그래도 탈모는 아닐 텐데. 정재는 믿는 구석이 있었다. 아버지는 키가 크거나 체구가 건장한 편은 아니어도 탈모는 없었다. 아버지 체형을 그대로 물려받았으니 저도 탈모는 없을 거라 철석같이 믿었다. 그런데 요즘 들어 빠지는 머리와 황량해진 가르마 때문에 그 믿는 구석이 흔들리던 중이었다. 그런 와중에 두피 지적을 받으니 심장이 철렁 내려앉을 수밖에.

"역시 탈모인가요? 저, 저 탈모가 시작된 게 맞죠?"

안타까운 눈을 하고 묻자 미용실 다섯 여자가 황당한 꼴을 겪은 사람처럼 정재를 쳐다봤다. 잠시 침묵이 흐르고, 온수를 틀어준 머리 짧은 미용사가 샴푸대를 가리켰다.

"이쪽으로 오세요. 머리부터 다시 감아야 할 것 같으니까."

방금 감았는데요, 대꾸하자 이번에는 통통한 미용사가 정재가 건넨 만 원짜리 지폐를 흔들었다.

"돈 받았으니 우리도 일은 해야죠."

정재는 쫀쫀한 거품 사이로 부드럽게 침투해 두피를 주무르는 손길에 저도 모르게 스르르 눈을 감았다. 확실히 전문가는 다르다. 그냥 머리를 감겨줄 뿐인데도 이렇게 기분이 좋을 수가 있다니. 이게 자본주의의 위력인가. 정수리, 옆통수를 북북 긁다가 목과 연결된 뒤통수를 압력 있게 눌러줄 땐 뭉친 피로와 함께 묵은 서러움까지 사르르 녹는 기분이었다.

이 시간이 끝나지 않았으면, 싶을 때 일어나란 미용사의 목소리가 들렸다.

아쉬운 마음으로 미용의자로 가 앉았다. 그새 퇴근이라도 했는지 키 큰 미용사와 통통한 미용사 그리고 어린 여자애는 보이지 않고 원장만 남아 있었다.

드라이기를 든 미용사는 적당한 온풍으로 정재의 머리 뿌리부터 살살 말려가기 시작했다. 제 손으로 말렸을 때와 달리 정재의 머리카락에서는 그럴싸한 윤기가 흘렀다. 이 정도면 만 원이상의 가치는 있었다. 그런데 만족스러운 정재와 달리, 미용사의 표정은 심각했다.

"원장님, 단순히 샴푸 탓은 아닌 것 같은데요."

"스피아 쌤이 보기에도 그렇지? 내 생각도 그래."

머리를 감겨준 짧은 머리 미용사, 그러니까 스피아 쌤이라는 여자는 정재의 정수리며, 뒤통수를 이리저리 뜯어보고는 원장에게 보고했다.

"두피 청소를 해봐야 할 것 같아요."

두피도 청소를 한단 말인가. 그게 뭔지 묻기도 뭐해서 눈만

뒤룩뒤룩 굴리다 거울 너머로 원장과 눈이 마주쳤다.

"두피 스케일링 해본 적 있으세요?"

"두피 스케일링? 그게 뭐예요?"

아무것도 모르는 순진한 정재의 표정을 지그시 보던 원장은 미소 지은 채 생각을 정리했다. 아무래도 차근차근 설명을 해줘야겠다고 판단한 듯했다.

"두피에도 모공이 있어요. 머리에 스프레이나 왁스를 뿌리거나, 아니면 샴푸를 하고 제대로 헹궈내지 못했을 때 그 찌꺼기들이 두피에 있는 모공을 막아버리게 되죠. 그럼 어떻게 될 것 같아요?"

"잘은 몰라도 좋진 않을 것 같은데요."

"모공이 막히면 그 자리에 나야 할 머리카락이 나지 않겠죠. 운이 좋아 막히지 않은 모공에서 자라난 머리카락은 힘이 없거나 가늘어질 테고요."

바로 그거였구나! 탈모 유전이 없는 데도 자꾸만 머리가 빠지던 그 이유.

"그, 그럼 그 모공은 어떻게 뚫어요?"

"깨끗이 청소해 주는 거죠. 그게 두피 스케일링인 거고."

당장 할게요, 외치려다 말고 정재는 얼른 입을 다물었다. 미용실에서 권하는 족족 했다가 수십만 원이 나왔다는 인터넷 간

증글을 떠올리며 조심스레 물었다.

"그거… 많이 비싼가요?"

"우린 돈 때문에 장사하는 게 아니라서. 걱정 안 해도 돼요. 그보다 내가 좀 봐도 되겠어요?"

정재가 고개를 끄덕이자 원장이 성큼성큼 다가왔다. 약간 통통하면서도 길쭉한 원장의 손가락은 험한 미용 일을 한 사람의 손처럼 보이지 않았다. 주름 하나 없이 매끈한 손이 정재의 머리카락 속으로 사라진 순간, 정재의 눈꺼풀이 반쯤 가라앉았다.

정재의 두피는 〈시카고〉의 벨마 하트처럼 뜨거웠고, 〈그리스〉의 대니처럼 기름졌다. 제인은 정재의 두피와 머리카락을 번갈아 매만지며 캄캄한 무대 위 홀로 핀 조명을 받고 서 있는 그의 독백에 귀를 기울였다.

정재는 두피만큼이나 뜨겁게 한 길만 파온 우직한 청년이었다. 비로소 새로운 막 앞에 선 정재는 아직 켜지지 않은 조명 탓에 그 앞이 새로운 막인 줄도 모르고 있었다. 정재의 마음속에서는 계속해서 가정법과 의문문이 부딪혔고 어린 햄릿처럼 괴로워했다.

'어차피 안 될 거, 진작 뮤지컬을 때려치우고 남들처럼 직장을 다녔더라면…'

'내가 뮤지컬을 때려치우고 살 수 있을까?'

정재는 스스로 가진 열망에 비해 소박하기 짝이 없는 재능을 한탄했다. 그리고 그 한탄은 이제 스스로에 대한 책망으로 번져 가고 있었다.

내가 아는 누구와 참 닮았네.

제인은 정재만큼이나 머리가 짧은 스피아 쌤을 흘끔 쳐다 봤다.

스피아 쌤은 묵묵히 두피 스케일링 준비를 하는 중이었다. 처음 만났을 때부터 스피아 쌤은 짧은 머리를 고수 중이었지만, 사실 예전엔 그녀가 긴 생머리를 가졌다는 걸 제인은 알고 있었다.

"역시 묵힌 각질을 벗겨내는 게 좋겠어요."

머리와 두피 상태를 체크해 본 원장이 물티슈로 꼼꼼히 손 구석구석을 닦으며 말했다.

"근데요, 그런다고 달라질 게 있을지?"

이제 와서 안 하겠다고 빼는 게 모양 빠지는 건 알지만, 정확한 가격도 모르고, 경험도 없이 선뜻 하기가 꺼려졌다. 그 두피 스케일링이란 게 정말 효과가 있을지도 미지수고.

"*지금 이 순간 마법처럼* 바뀐다고 장담은 못 해요."

원장의 말에 정재의 머릿속에서 익숙한 뮤지컬 넘버가 재생

됐다.

지금 이 순간 마법처럼 날 묶어왔던 사슬을 벗어 던진다

〈지금 이 순간〉은 희대의 명작 뮤지컬 〈지킬 앤 하이드〉에서 주인공 '지킬'이 부르는 노래로, 지킬은 모두가 비난한 약을 희망과 확신을 가지고 스스로 삼킨다. 정재는 이 노래로 첫 번째 오디션을 봤다. 나중에야 이 넘버가 워낙 명곡이라 오디션 금지곡이란 걸 깨닫고 다시는 부르지 않았다. 그래도 숱하게 연습했던 만큼 수년이 지난 지금도 정재는 가사를 똑똑히 기억하고 있었다.

그 많았던 비난과 고난을 떨치고 일어서 세상으로 부딪혀 맞설 뿐

자동 완성된 다음 가사를 홀린 듯 음미하던 정재는 거울에 비친 원장의 미소를 보고 작게 고개를 흔들었다.

"묵혀서 좋은 건 장과 술밖에 없답니다. 그것 말고 다른 건 묵혀서 좋을 게 없어요. 사람은요, 흐르는 동물이거든. 담아두지 말고 비워내야 살 수 있어요. 변비가 얼마나 괴로운지 아시죠?"

여동생이 수험생 시절 매일 아침 화장실에서 괴로워했던 걸 떠올린 정재가 피식 웃었다.

"그러니까 준비해야죠, 정재 씨."

원장의 의미심장한 말에 실없이 웃던 그의 허리에 힘이 들어갔다. 내 이름이 정재라는 건 어떻게 알았지? 10년 동안 앙상블을 벗어나지 못한 터라 업계에서도 내 이름을 제대로 아는 사람은 없는데.

"훌훌 털어버려야 더 멀리 난다고 하죠. 머리카락도 똑같아요. 묵은 각질을 훌훌 털어버려야 그 자리에 새로 머리카락이 나니까."

방금 언어유희 괜찮았죠? 깔깔거리며 묻는 원장의 말에 정재는 어리숙한 얼굴이 되었다. 원장의 말은 제 속에 오랫동안 묵혀둔 감정을 건드리는 것만 같았다. 머릿속에서는 정재의 의지와 상관없이 〈지금 이 순간〉이 계속해서 재생되는 중이었다.

내 마음속 깊이 간직한 꿈 간절한 기도 절실한 기도 신이여 허락하소서

노래가 끝나는 순간, 정재는 원장이 신이라도 된 것처럼 보였다.

"할게요. 훌훌 털어버리고 싶어요."

그만큼 간절해졌다.

"못 하겠어요."

제인을 뒤따라 나온 스피아 쌤은 안절부절못했다. 제인이 침착하라며 가볍게 맞쥔 스피아 쌤의 손이 가늘게 떨리고 있었다.

"아시잖아요. 저 혼자서 남자 손님은…"

"그래서 나더러 어쩌라고요?"

참 쌀쌀맞게 들릴 말을 제인은 우아한 말씨와 고상한 미소로 포장했다.

"스케일링 끝날 때까지 원장님께서 같이 계셔주시면…"

"우리 미용실은 손님과 미용사, 일대일 전담인 거 알잖아요."

"그래서 전 못 하겠다는 거예요."

스피아 쌤은 아예 겁에 질린 얼굴이 되었다. 지금 스피아 쌤이 어떤 생각을 하는지 제인은 잘 알고 있었다. 그녀의 눈길이 흘끔 미용실 안을 향했다. 미용실을 향해 손을 뻗자 정재가 대기 중인 미녀미용실 바깥으로 푸른 막이 씌워졌다.

정재의 시간을 잠시 멈춰두고 나서 제인은 스피아 쌤에게 부드럽게 물었다.

"그 일 때문이에요?"

스피아 쌤은 순순히 고개를 끄덕였다.

"똑같네. 나도 그래요."

그러자 이번에는 스피아 쌤이 고개를 번쩍 들었다.

"스피아 쌤, 그 남자는 죽었어요."

아직도 그 일이 선명했다. 기묘하게 뒤틀린 손에는 칼이 들려 있었고, 그 칼은 서서히 남자의 목으로 향했다.

"그런데 스피아 쌤, 그 남자, 스피아 쌤의 남편 강동수가 죽은 건 그 사람 자신 때문이에요."

강동수. 세상에서 흔적도 없이 사라진 그 이름은 여전히 스피아 쌤의 뇌리에 남아 치가 떨리게 했다.

좋은 남편이 되겠노라 약속했던 강동수는 프로골퍼의 꿈이 좌절되자 다른 사람처럼 변했다. 강동수는 패배감과 열등감 때문에 도저히 맨정신으로는 버티지 못하겠다고 했다. 어두컴컴한 집 안은 술 냄새로 가득했다. 점점 현실과 상상을 분리하지 못하던 강동수는 급기야 피해망상과 의처증까지 얻었다.

강동수는 눈앞에 스피아 쌤이 보이지 않으면 화를 냈고 불안해했다. 유명 학원에서 입시 미술을 가르쳤던 스피아 쌤은 강동수가 학원까지 찾아와 난리를 치는 바람에 어쩔 수 없이 일을 그만둬야 했다.

사정을 아는 친한 선배는 손재주가 좋은 스피아 쌤에게 미용사 자격증을 추천해 주었다. 강동수 때문에 제대로 학원도 다니지 못하고 어렵사리 자격증을 땄지만, 스피아 쌤은 정식 미용사가 되지 못했다. 강동수가 미용실까지 찾아와 골프채를 휘두를까 봐 두려웠다. 그래서 일명 '땜빵'인 스페어 미용사로 여러 군데를 돌아다니면서 일하기 시작했다.

강동수는 일하러 나가는 스피아 쌤을 의심했다. 다른 남자와 만나냐며 닦달했고 윽박질렀다. 골프채를 들고 위협하기도 했다. 한번은 강동수가 휘두른 골프채에 스쳐 맞아 머리에서 피가 난 적도 있었다. 경찰에 신고도 해봤지만, 달라지는 건 없었다.

어느 늦은 밤, 간신히 도망쳐 나와 숨은 곳이 제인의 미용실이었다. 한 달에 한두 번 스페어로 나왔던 미용실이 왜 그때 떠올랐는지 모르겠다. 등 뒤로는 칼을 든 강동수가 쫓아오고 있었다. 그날 출근한 미용실에서 마감 10분 전에 들어온 뿌리염색 손님을 받은 것이 화근이었다.

강동수는 평소보다 늦게 돌아온 스피아 쌤을 피 말리도록 추궁했다. 이미 스피아 쌤이 불륜을 저지르고 있다고 확신한 강동수는 용서할 수 없다며 골프채 대신 칼을 빼 들었다. 신발도 제대로 신지 못하고 달려 나온 스피아 쌤은 오직 살기 위해 달렸다. 그녀에게는 지금 피난처가 필요했고, 그때 생각난 것이 제인살롱이었다.

'오고 싶을 때 언제든 와요.'

원장의 말은 정말로 아무 때나 오란 게 아닌 걸 알면서도 스피아 쌤은 간절한 마음으로 아직 잠기지 않은 제인살롱의 문을 열고 들어갔다.

살려주세요.

그 말이 땀과 눈물에 뒤섞여 절박하게 떨어졌다. 이미 영업이 끝난 제인살롱에 뒷정리를 위해 남아 있는 사람은 원장 제인과 부원장 서독 언니 그리고 스태프 둘뿐이었다.

난데없이 뛰어 들어와 살려달란 말에 다른 세 사람은 어리둥절했지만, 제인만은 올 것이 왔다는 듯 비장한 얼굴이었다.

스피아 쌤을 뒤로 물러서게 하고 제인이 입구 쪽을 향했을 때, 강동수가 들이닥쳤다.

"스피아 쌤 탓이 아니야."

봄날의 구름처럼 몽글거리는 목소리에 퍼뜩 정신을 차린 스피아 쌤이 제인을 쳐다봤다.

그러고 나서 제인과 강동수 사이에 무슨 일이 있었는지는 정확하게 기억나지 않았다. 방어기제로 인해 의도적으로 머릿속에서 지워진 건지 스피아 쌤의 기억 속에 강동수의 최후는 뚝뚝 끊긴 곳이 많았다. 한 가지 분명한 건 제인이 분노했고, 제인의 손에서 보랏빛 실타래가 피어올랐으며, 그것이 휘익 날아가 강동수의 팔을 옭아맸다는 것이다.

강동수의 팔은 의지와 상관없이 흉측하게 꺾이고 뒤틀려 결국에는 자신의 손에 들린 칼에 의해 최후를 맞았다.

"내가 그날 일로 마녀협회에서 징계를 받은 것도 스피아 쌤과 상관없어. 그건 내 의지야. 알잖아요. 난 내 이름도 내 의지로 지은 사람인 거."

강동수가 죽었을 때, 기가 탁 풀렸다. 쓰러진 강동수 옆에 다리가 풀린 채 주저앉았다. 처음엔 모든 게 끝났다는 후련함과 허탈함이 뒤섞여 격정이 일었지만, 점차 부풀어 오른 비참한 감정은 스피아 쌤을 깊은 어둠 속으로 가라앉혔다. 지긋지긋하던 강동수가 사라지고 나니, 마지못해 이어오던 삶의 이유도 사라졌다.

그렇다고 죽고 싶은 건 아니었다. 스스로 죽을 용기 같은 건 없었다. 다만 더는 앞으로 나아갈 힘이 없었다. 숨 막히는 어둠 속에 잠겨 있던 스피아 쌤에게 손을 내민 건 제인이었다. 강동수가 제인살롱에 왔다는 모든 흔적을 지운 다음, 제인은 스피아 쌤에게 두 가지 선택권을 줬다. 강동수와 관련된 기억을 깡그리 지운 채 평범하게 남은 생을 살 건지, 아니면 자신과 함께할 건지.

"내 제안이 구원이라고는 생각하지 말아요. 마녀로 산다는 건, 생의 영역에도 죽음의 영역에도 속하지 못하는 '끼인 삶'이나 마찬가지거든. 그래도 스피아 쌤에게 이런 제안을 하는 이유는… 책임감 때문이야. 스피아 쌤의 삶이 나 때문에 망가졌을지도 모르니까."

망가졌다니. 절대로 아니었다. 그녀가 자신의 생명을 구했다. 그리고 그녀의 제안은 밑바닥에 가라앉은 제 삶에 드리운 단 하나의 동아줄이었다. 끼인 삶이어도 상관없었다. 강동수가 완전히 사라진 세계에서 살 수만 있다면. 그래서 붙잡았다. '압구정 마녀'라 불리던 제인이 진짜 마녀라는 걸 알게 된 놀라움도 잊고.

이제 세상에서 그날 밤의 사건을 기억하는 건 제인과 서독 언니, 스피아 쌤, 보보뿐이다. 궁지에 몰려 제인살롱으로 도망 온 자신 때문에 제인이 많은 걸 잃었다는 걸 이곳에 자리 잡은 후에야 알았다. 마음 한편에 생겨난 불편한 가정은 수시로 그녀를 괴롭혔다.

한때 압구정을 떠들썩하게 만들었던 제인살롱은 감쪽같이 사라졌다. 누군가에게 기쁨을 주고 위로를 줬던 마녀의 미용실은 모두의 기억 속에서 흔적도 없이 지워졌다.

나 때문에.

그런 생각이 들 때마다 다율산을 달리고 또 달렸다. 근데 지금은 그럴 수가 없다. 당장에라도 여길 벗어나 산속으로 달려갈 수만 있다면 밤새도록 뛰어다닐 수도 있을 것만 같았다. 그러나 지금은 얄궂게도 느닷없이 나타난 손님 때문에 스피아 쌤의 발이 이 자리에 꽁꽁 묶였다.

숨이 막혔다. 흡흡, 하고 스피아 쌤이 가쁘게 숨을 들이마시자 제인이 스피아 쌤의 등을 어루만졌다.

"스피아 쌤 때문이 아니에요."

내가 제인살롱으로 뛰어 들어가지만 않았어도…

"제인살롱이 문을 닫은 것도, 그래서 우리가 여기에 미녀미용실을 연 것도 무엇도 스피아 쌤 탓이 아니야."

스피아 쌤의 마음에 단단히 걸린 빗장 하나가 툭 풀어졌다. 그때 제인살롱에 들어가지 않았더라면 어땠을까. 아무도 모르게 감춰둔 후회와 죄책감이 뿌리를 내리고 계속 자라면서 스피아 쌤의 마음을 고통스럽게 움켜쥐고 있다는 걸 제인은 이미 알고 있었다. 소화되지 않은 감정의 찌꺼기들이 스피아 쌤의 흐느낌에 섞여 쏟아져 나왔다.

"그 말을 듣고 싶었어요…"

"나도 이 말을 해주고 싶었어요."

늦어서 미안, 덧붙인 제인은 스피아 쌤이 어느 정도 진정되자 잠시 멈춰두었던 정재의 시간을 해제했다.

조금은 후련해진 마음으로 스피아 쌤이 미녀미용실 안으로 들어서기 전, 제인에게 물었다.

"원장님, 저도 옛날에 원장님 손님이었던 거 기억하세요?"

별걸 다 묻는다는 듯 손사래를 친 제인이 대답했다.

"스피아 쌤은 짧은 머리도 잘 어울리지만, 긴 머리도 예뻤어요."

정재의 어머니는 전보다 훨씬 훤칠해진 것 같은 아들을 보고 반색했다. 평소에 진작 이렇게 좀 하고 다니지, 볼멘 어머니의 목소리에 정재는 괜히 멋쩍어져 머리만 긁적였다.

"이제 창원 내려오려고요."

"젊은 애가 오긴 어딜 와? 아유, 싫다. 오지 마라. 오려면 더 늙어서 와. 여기 아주 재미없어. 너처럼 젊은 애는 지루해서 못 살아."

조금 전까지, '사람에게도 연어처럼 회귀본능이 있나 보다, 고향에 오니 네 아버지 수발에 몸은 고돼도 마음은 편하다'라고 일장 연설을 늘어놓던 어머니가 금세 말을 바꾸었다.

"창원이 좋다고 그러실 땐 언제고. 나 이제 뮤지컬 접었어요."

덤덤한 정재의 말에 어머니의 얼굴이 어두워졌다.

"아버지 때문에 그래?"

아픈 아버지가 떠올라 잠시 마음은 무거웠지만, 정재는 고개를 저었다. 영화 〈밀리언 달러 베이비〉에서 그랬다. 자신만 볼 수 있는 꿈에 모든 걸 건다고. 영화를 볼 땐 그냥 멋진 대사라고 여겼는데, 번번이 캐스팅에 실패하고 오디션에서 낙방할 때마다 그 대사가 그렇게 사무칠 수가 없었다.

"10년이면 할 만큼 했어. 그래서 미련도 없고."

"정재야, 난 최선을 다해서 미련 없다는 말 안 믿는다. 어떻게 미련이 없어? 죽도록 쫓아다니며 사랑했는데. 그저 외면하고 안 보고 살 뿐이지."

그간 별말이 없어 어머니가 이렇게까지 생각하고 있을 줄 몰랐다. 그래도 자신의 노력이 누군가에겐 증명되었다는 사실에 정재는 시큰해진 코를 일부러 킁, 하고 들이마셨다.

"꿈을 잃으면 그럴 수도 있겠지. 근데 엄마, 난 꿈을 잃은 게
아니야."

TV 채널을 돌리던 어머니가 무슨 소리냐는 듯 정재를 쳐다봤다.

"꿈도 바꿀 수 있더라고. 엄마, 난 내 꿈을 바꾼 거야."

미용실에서 스케일링을 받는 내내 정재는 자신이 뭘 좋아하
나 곰곰이 생각했다. 그동안은 뮤지컬에 온 정신을 빼앗겨 사는
바람에 그런 생각조차 못하고 살았다. 제대로 머리 말릴 여유도
없이 살았는데, 뭐.

머릿속에서 그리고 마음속에서 뮤지컬에 대한 실패를 훌훌
털어내고 나니, 얕아진 수면 위로 그간 보이지 않았던 보물섬이
떠올랐다.

"엄마, 나는 밥보다 빵이 좋더라. 전생에 서양 사람이었나 봐."

〈레미제라블〉을 처음 접했을 때도 장발장이 훔친 빵이 뭔지
그게 더 궁금했다. 기껏해야 주먹만 한 크기일 줄 알았다가 실
제로는 그게 책가방만큼 큰 빵이었다는 걸 나중에 알고 놀라긴
했지만.

정재의 뜬금없는 말에 정재의 어머니는 얼씨구, 추임새를 넣
었다.

"왜, 갑자기 빵이 먹고 싶어?"

142

"아니, 빵을 만들고 싶어."

냉동실에 먹다 남은 빵이 있을 텐데, 하고 자리에서 일어나려던 어머니가 다시 그 자리에 엉덩이를 붙이고 앉았다. 아들내미가 농을 치는 것 같진 않았다. 욱해서 내뱉은 말도 아닌 것 같았다. 그러기엔 표정이 너무 진지하니까. 좀 성숙해지긴 했어도지금 아들의 얼굴은 오래전 뮤지컬 배우가 되겠다고 선포한 그때와 비슷했다.

"그래, 해."

비록 이루진 못했어도 뮤지컬 배우라는 꿈을 향해 아들이 얼마나 정진하고 애썼는지를 잘 알기에 선뜻 나온 대답이었다.

"대답이 왜 이렇게 쉬워?"

"하이고, 하고 싶은 거 말린다고 들을 놈도 아니면서."

어머니는 냉동실에서 꺼낸 단팥빵을 데워 왔다. 그리고 모락모락 김이 나는 단팥빵과 흰 우유 한 잔을 아들에게 내밀었다.

"웬 단팥빵?"

"저번에 시장 갔다가 사다 놨어."

어머니는 팥을 안 좋아한다. 위가 약해서 팥만 먹으면 신트림이 올라오니까. 어디서 선물 받았으면 모를까, 직접 시장에서사 왔다는 말에 막 빵을 베어 물던 정재가 고개를 갸웃거렸다.

"네 아빠가 제일 좋아하던 게 이 단팥빵이잖아. 등산 갈 때도 꼭 이 단팥빵 하나씩은 챙겨 갔어. 그래서 그런가, 단팥빵만 보면 하나씩 사두게 되네. 나도, 네 아빠도 이제 못 먹는데. 엄마 참 바보 같지?"

순간, 빵 조각이 정재의 목구멍에 콱 걸린 것 같았다. 아무렇지 않은 어머니의 말투가 오히려 가슴을 후벼팠다. 순식간에 뜨거워진 눈시울에 정재가 고개를 푹 숙였다.

"정재야. 아들, 왜 울고 그래?"

다 큰 녀석이 징그럽게, 하고 일부러 장난스레 덧붙이는 어머니의 목소리에 정재는 큰 소리로 꺽꺽 울기 시작했다. 말없이 등을 토닥이는 손에 겨우 눈물을 그친 정재가 붉어진 눈으로 어머니의 주름진 손을 잡고 약속했다.

"내가, 내가… 아버지 꼭 이거 드시게 해드릴게."

기적 같은 말이지만, 정재는 감히 바라보기로 했다. 그때쯤이면 아버지도 일어날 거라고, 내가 만든 단팥빵을 아버지도 드실 수 있을 거라고. 지금 이 순간, 마법처럼 제게도 기적이 찾아올 것이라는 확신이 들었다.

6

꾸준한 관리가 필요합니다

그 '세계'에서 '초리'를 모르는 사람은 없다. 어느 날 갑자기 혜성처럼 나타난 초리는 순식간에 그 세계를 점령했다. 마치 신대륙을 발견한 모험가처럼 초리는 방문한 곳마다 자신의 흔적을 남겼고, 그걸 본 사람들은 초리의 정체를 궁금해했다.

초리는 유명, 무명을 가리지 않고 흔적을 남겼다. 유명하다고 해서 무조건 추켜세우지 않았고, 무명이라고 깔보지도 않았다. 초리의 소감과 평가는 꽤 냉철했고 정확했다. 초리의 정성 어린 소감 덕분에 주목을 받게 된 무명도 있었다. 그러다 보니 이제는 초리가 남긴 흔적이 절대적인 지표가 되었다. 사람들은 직접 자신들의 눈으로 확인하기보다 초리가 남긴 흔적만을 가지고 평가하기 시작했다. 그건 초리가 바라던 것이 아니었다. 하지만 초리의 영향력은 이제 초리를 넘어선 지 오래였고 초리조차도 제어할 수 없는 지경에 이르렀다. 아마도 그즈음일 것이다. 그 '세계'에서 초리가 완전히 사라진 것은.

인간은 학습하는 동물이고 또 적응하는 동물이라고 했던가.

회사를 그만둔 지 석 달이 지났지만, 변함없이 오전 7시에 눈을 뜬 초영이 푸석푸석한 눈을 비비며 그 말이 반은 틀렸고 반은 맞았다고 생각했다. 지난 3년간 출근 시간에 맞춰 일어나기를 학습한 결과, 지금도 그 시간만 되면 자동으로 눈을 떠진다. 하지만 초영은 이제 출근하지 않아도 된다. 그러면 자연히 바이오리듬도 이 백수 생활에 적응해야 하는데, 업데이트가 느린 초영의 바이오리듬은 아직까지도 같은 시간에 초영을 깨웠다.

재빠르게 캡슐 커피를 내리고 초코파이 하나를 베어 문 초영이 노트북 앞에 앉아 구글 캘린더를 확인했다. 화요일인 오늘은 신작이 오픈하는 날이다. 평소보다 양이 많겠네. 묘한 사명감과 흥분 그리고 약간의 스트레스가 절묘하게 어우러져 아드레날린을 만들어 냈다. 씁쓸한 커피 한 모금에 완전히 잠에서 깬 초영이 3분의 1 정도 남은 초코파이를 한입에 욱여넣고 마우스를 쥐었다.

초영이 웹소설을 읽기 시작한 건 1년 전이다. 당시 다니던 회사까지는 지하철로 40분 정도 걸렸는데, 어느 날부턴가 합치면 80분이나 되는 출퇴근 시간을 시시한 연예 기사나 읽으며 보내는 게 아깝게 느껴졌다. 가뜩이나 회사에서 재밌는 일도 없는데, 출퇴근 시간에라도 재밌는 시간을 보내고 싶어졌다.

한 일주일 정도는 출근길에 핸드폰에서 눈을 떼지 않는 사람들이 뭘 그렇게 보는 건지 유심히 살폈다. 그들이 출근 시간을 보내는 동력은 천차만별 가지각색이었다. 넷플릭스, 유튜브, 주식, 웹서핑, 웹툰, 웹소설 등등. 아주 드물게는 두툼한 종이책을 읽는 사람도 보였다.

영화나 드라마는 40분 만에 보기에 무리고, 집중하기도 쉽지 않다. 그러니 패스.

점심시간에 유튜브로 가끔 옛날 예능을 보니까 유튜브도 패스.

종이책은 들고 다닐 자신이 없으니 패스.

그렇게 다 지우고 나니 남은 건 웹툰과 웹소설이었다. 그 주주말에 재밌기로 유명한 웹툰과 웹소설 몇 편을 읽어본 결과, 초영은 웹소설이 맞는다는 결론을 내렸다. 작품마다 다른 웹툰의 그림체를 초영은 받아들이지 못했다.

처음에는 유명한 웹소설부터 읽기 시작했다. 장르는 딱히 가리지 않았다. 여성 독자들에게 인기가 많다는 로맨스 판타지나 현대 로맨스도 읽었고 남성 독자들에게 인기가 많은 무협과 판

타지도 읽었다. 초영이 일명 3대 플랫폼이라고 불리는 연재 플랫폼에서 장르별 톱텐을 독파하기까지 그리 오래 걸리지 않았다. 초영은 원래도 남들보다 글을 빨리 읽는 편이었고, 그건 날마다 새로운 회차가 추가되어 눈 깜짝할 사이에 읽어야 할 회차가 눈덩이처럼 불어나는 웹소설 업계에서는 꽤 쓸모 있는 능력이었다. 한 회 분량을 읽는 데는 짧으면 3분, 길어야 5분쯤 걸리니 출퇴근 시간이 모두 합쳐 80분인 초영은 매일 지하철에서 웹소설을 20회씩 읽어나갔다. 퇴근 후에는 재밌게 읽은 웹소설에 소감 댓글을 달았고 시간이 남으면 읽다만 지점부터 이어 읽기도 했다.

어느 순간부터 그건 초영의 중요한 루틴이 되었다. 더는 출근이 없어도 초영으로 하여금 똑같은 일상을 살아내게 할 만큼.

뭐든 계속하면 는다고, 하루에 20회씩 읽던 분량은 그 10배인 200회로 늘었다. 백수가 된 덕분이다. 초영은 세 군데의 연재 플랫폼을 돌아다니며 하루에 10시간씩 웹소설을 읽었고 소감 댓글을 달았다. 덕분에 눈이 침침해지고 거북목이 되고, 허리까지 아파 앉아 있기가 힘들었지만, 초영은 도저히 웹소설 읽기를 그만둘 수 없었다.

시시한 출퇴근 시간을 때우던 녀석은 이제 초영의 삶 전체를 때워줄 만큼 존재감이 불어났다. 초영은 닥치는 대로 웹소설을 읽고 닥치는 대로 댓글 소감을 남기지 않으면 단 하루도 살 자신이 없어졌다.

웹소설 플랫폼을 둘러보던 초영의 손이 뻣뻣하게 굳었다. 자주 들르던 게시판에서는 초영의 소감을 기준으로 편을 갈라 비방하고 비난하는 글들이 수두룩했다.

초리 덕분에 코인 안 쓰고 쓰레기 거름.

초리가 절대자냐? 개인적 리뷰로 작가 욕하는 건 좀 아니지 않음?

여기서는 초리님 말이 법인 거 모름? 싫으면 꺼지시든가.

초리는 초영의 닉네임이었다. 취미로 시작한 일이 자신도 모르는 사이, 누군가를 몰아세우고 깎아내리는 일에 앞장서고 있다는 사실을 직면하자 초영은 숨이 턱턱 막혔다. 심장이 걷잡을 수 없이 빠르게 뛰기 시작했다. 식은땀이 나기 시작하고 손발이 싸늘해졌다. 금방이라도 누군가 달려와 제 등에 칼을 꽂을 것 같은 공포감이 초영을 뒤덮었다. 왜 내게 그랬냐고 울부짖을 것만 같았다. 초영은 서둘러 자신의 모든 글을 삭제하고 플랫폼을 탈퇴했다.

그럼에도 불안해진 마음은 좀처럼 진정되지 않았다. 초영은 서랍을 열어 급히 입 안에 약을 털어 넣었다. 약효는 15분쯤 후부터 돌 것이다. 온몸이 나른해지고 불온한 잠이 오겠지. 누군가 어깨를 짓누르는 듯한 무게감에 마지못해 잠들었다 깨어나면 머릿속에는 뿌연 안개가 껴 있을 거다. 그럼 또 독한 커피를 마실 거고, 동이 틀 때까지 잠자리에 들지 못한다. 그 생활이 반복된 지 석 달이 지났다.

초영도 한때는 자신을 미워하는 절대자의 세계 속에 갇혔던 적이 있었다.

원통한 마음을 견디지 못한 초영이 악, 소리를 지르고 책상 위로 엎드렸다. 한계였다.

제 인생에 그런 일이 일어날 거라곤 초영은 단 한 번도 생각해 본 적이 없었다.

안일했고 태평했다. 전혀 예상치 못한 사고로 삶이 망가진 사람들의 이야기는 하루에도 몇 번씩 인터넷 웹사이트에 올라오지 않던가.

초영에게 일어난 일은 사고였다. 그 일은 예상치 못한 순간에 시작됐고, 초영의 인생을 망가뜨렸으니까.

초영의 회사는 비건 화장품을 제조하여 판매하는 신생 회사로, 창업 초기부터 굴지의 대기업에서 거액의 투자를 받아 빠르게 성장 중인 회사였다. 임명한 본부장은 회사에 그 투자금을 끌어온 장본인으로, 대표에게서나 직원들에게서나 평판이 좋았고 영웅과도 같은 대접을 받았다. 초영 역시 업무 특성상 임명한 본부장과 만날 일이 없어 잘 알지는 못해도 그에 대해 좋은 인상을 느끼고 있었다. 그랬기에 어느 날 임명한 본부장에게서 자신이 지휘하는 신제품 론칭 프로젝트에 합류하겠느냐는 제안을 받았을 때, 초영은 고민 없이 합류를 결정했다.

초영은 홍보 콘텐츠를 담당했는데, 전 직장에서 2030을 타깃으로 꽤 성공적인 콘텐츠 마케팅을 선보인 경험이 있었다. 임명한 본부장이 그 사실을 알고 자신을 TF팀에 합류시켰다는 걸 알게 된 초영은 내심 잘 해내야 한다는 부담을 느끼던 중이었다. 임명한 본부장은 첫 회의에서 신제품의 주요 타깃과 콘셉트를 설명했고 그에 대한 팀원들의 자유로운 피드백을 듣고 싶다고 말했다. 초영의 차례가 되었을 때, 초영은 전 직장에서 진행했던 프로젝트의 경험을 살려 몇 개의 아이디어를 보탰다. 임명한 본부장은 묵묵히 듣다가 좋네요, 한마디를 덧붙였다. 그리고 며칠 후, 그는 초영을 따로 불러냈다.

"며칠 생각해 봤거든요. 초영 씨가 낸 아이디어, 그냥 썩히긴 좀 아깝더라고요. 한번 진행해 봤으면 좋겠는데, 혹시 초영 씨 주위에 도움을 줄 만한 사람은 없어요?"

임명한 본부장은 신제품 론칭일에 맞춰 공식 SNS 계정에 30초 안팎의 숏폼 콘텐츠를 시리즈로 올리자는 초영의 아이디어가 흥미로웠다고 덧붙였다. 다만, 신제품 개발에 투자금 대부분이 들어간 상태에서 영상을 제작하는 비용이 꽤 부담이 된다고 솔직하게 털어놓았다. 초영은 내심 당황스러웠지만, 제 아이디어가 인정받은 것이 기뻤다. 마침 초영의 친구 중에는 유튜버가 있었다. 아직 구독자 수는 채 1만이 되지 못하지만, 그 친구라면 기꺼이 자신을 도와줄 것 같았다.

초영은 곧바로 친구에게 연락해 사정을 설명했고, 친구는 적은 페이에도 불구하고 초영을 돕기로 했다. 초영은 혼자 콘텐츠 콘셉트와 시안을 만들었고, 임명한 본부장에게 보고했다. 그는 바쁘다는 핑계로 콘텐츠 제작의 전반적인 일을 전부 초영에게 일임했다. 부담스러웠지만, 초영이 보기에도 팀에서 자신을 도울 여력이 있는 사람은 없었다. 초영은 촬영 스튜디오를 빌리고 영상에 출연할 보조 출연자를 구했다. 그리고 촬영일 날, 임명한 본부장은 그간 신경을 쓰지 못한 것이 미안하다며 촬영장을 방문했다. 그렇지 않아도 촬영을 진행하는 내내 홀로 동분서주하던 터라 초영은 임명한 본부장의 방문이 반가웠다. 촬영이 마무리된 후, 임명한 본부장은 초영과 친구에게 저녁 식사를 대접했고 초영이 기억하기로는 그날 분위기는 훈훈했다.

다음 날부터 임명한 본부장은 아예 다른 사람이 된 것처럼 초영을 대했다. 초영의 인사를 받아주지도 않았고, 회의 때는 초영의 의견을 뭉개버리거나 부정적인 피드백을 주었다. 처음에는 기분 탓인 줄 알았다. 그다음에는 임명한 본부장도 사람이니 컨디션이 좋지 않아 그러는 것이라고 여겼고. 하지만 다른 팀원들까지 하나둘 초영에게 임명한 본부장과 무슨 일이 있었느냐고 물어보기 시작하자 초영은 그제야 자신이 그에게 미움받고 있다는 사실을 깨달았다.

모르면 몰랐을까, 그 사실을 알고 나자 초영은 임명한 본부장을 볼 때마다 온몸이 쪼그라드는 것만 같았다. 심장이 두근거렸고, 심할 땐 이유 없이 눈물이 날 것 같았다. 내가 뭘 잘못했지? 초영은 싸늘한 임명한 본부장의 태도를 보며 하루 종일 자신을 검열했다. 공들여 완성한 영상 콘텐츠가 혹평을 받자 초영은 용기를 내어 임명한 본부장에게 면담을 청했다.

초영이 자신이 모르는 새 잘못한 것이 있는지 조심스레 물었을 때, 임명한 본부장은 헛웃음을 터뜨렸다.

"초영 씨. 나는 경영은 체스 게임 같다고 생각합니다. 경영인은 체스 플레이어, 회사는 체스판, 직원들은 체스말이 되는 거죠. 그런데 말을 안 듣는 체스 말이 체스 플레이어에게 필요할까요, 아니면 필요하지 않을까요?"

"혹시 그 말 안 듣는 체스 말이… 저인가요?"

등골이 싸했다. 식은땀이 흘렀고 두피가 축축한 기분까지 들었다. 임명한 본부장은 아무런 대답도 하지 않았지만, 오히려 그랬기에 초영은 그 체스말이 자신이라는 걸 확신할 수 있었다.

"기억 안 나요? 내가 그 유튜번가 뭔가 하는 초영 씨 친구한 테 몇 컷만 더 찍어주면 안 되냐니까 단칼에 거절당한 거. 그때 초영 씨는 뭘 했죠?"

벌써 몇 주가 지난 일이었기에 초영은 잠시 그의 말을 알아듣지 못했다. 빠르게 그날을 되돌려 보니 촬영이 마무리될 때쯤 있었던 일이 떠올랐다. 열악한 환경 탓에 예정보다 촬영은 늦게 끝났고, 초영은 수고해 준 친구에게 미안하던 중이었다. 나중에 술 살게. 밥도 살게. 미안한 마음을 적극적으로 표현하며 촬영을 겨우 마무리하던 중에 임명한 본부장은 새로운 아이디어가 생각났다며 추가 촬영을 요구했다. 이미 지칠 대로 지친 친구는 계약 조건보다 더 많은 분량을 촬영했다며 정중히 거절했고, 초영 또한 그런 친구를 더는 설득하지 못했다. 그래도 함께 저녁 식사를 하고 좋게 마무리한 줄 알았는데…

얼굴에 열이 올랐다. 그런 일로 여태껏 미움을 받아왔다는 게 서러웠고, 한편으로는 그때 친구를 설득했어야 했는데 하는 후회가 밀려왔다.

"그건… 그땐 죄송했습니다. 하지만 아시다시피 이미 계약 조건보다 훨씬 많은 양을 촬영해 준 데다 빌린 스튜디오에서도 퇴장해야 할 시간이라, 마무리하는 것이 옳다고 생각했어요."

더듬더듬 최후의 변론을 펼쳤지만, 임명한 본부장의 성난 표정은 누그러질 줄 몰랐다. 그는 이미 단단히 마음먹은 듯했다. 초영을 눈 밖에서 치워버리기로.

"내가 좋아하는 체스 말은요, 딱 두 종류예요. 내 말을 잘 듣든가, 아니면 빽이라도 있어서 도움이 되든가. 그런데 초영 씨는 둘 다 아니네?"

뒤통수를 얻어맞은 기분이다. 초영이 새빨개진 눈시울로 쳐다보자 임명한 본부장이 안타깝다는 듯 눈썹을 늘어뜨렸다.

"초영 씨, 나는 한 번 아닌 건 돌이키지 않는 사람이야. 앞으로 어디 한번 잘해봐요."

임명한 본부장의 말은 허언이 아니었다. 그는 회사에서 초영의 영역을 점차 줄여갔다. 초영이 담당하던 일을 전부 빼어 초영보다 연차가 낮은 후배에게 넘겼다. 초영은 그 후배를 보조하는 역할을 하게 됐다. 다행인지 불행인지 초영 대신 일을 담당하게 된 후배는 똑똑했다. 처음엔 선배인 초영이 보조인 걸 불편해했지만, 금세 초영에게 이런저런 일을 시켰다. 초영은 프레젠테이션 준비로 바쁜 후배 대신 경쟁 업체의 홍보 전략을 분석한 보고서를 준비했다. 주어진 일을 열심히 해내면 언젠가는 임명한 본부장이 자신을 인정해 주리라고 믿었다. 하지만 보고서를 받은 임명한 본부장의 차가운 얼굴을 봤을 때, 초영은 자신이 착각했다는 걸 깨달았다.

"초영 씨 연차가 몇인데, 보고서 하나도 제대로 못 씁니까? 지금 업무 리드도 후배인 은택 씨가 하고 있잖아. 은택 씨 보기에 부끄럽지도 않아요?"

임명한 본부장의 손가락이 초영의 이마를 툭툭 건드렸다. 손가락에 실린 힘은 그리 세지 않았지만, 초영을 뒷걸음질 치게 하기엔 충분했다.

"대체 이 머리는 뭐 하러 달고 다닙니까? 머리가 안 좋아서 업무를 못 따라가겠으면 청소라도 해요."

임명한 본부장이 들고 있던 보고서를 휙 내던졌다. 바닥으로 힘없이 떨어지는 보고서가 처량했다. 회의실에는 임명한 본부장 외에도 초영의 동료들과 후배들이 있었다. 수치스러움에 눈물이 날 것 같았다. 이를 악물고 간신히 눈물을 삼키려는 그때, 임명한 본부장이 냉랭하게 쏘아붙였다.

"뭐 해요? 쓰레기 안 치웁니까?"

임명한 본부장의 구두코가 바닥으로 떨어진 초영의 보고서를 툭툭 건드리고 있었다. 귀까지 새빨개진 초영이 쪼그리고 앉아 허둥대며 보고서를 주웠다. 등 뒤에서 임명한 본부장이 다른 직원들에게 살갑게 농담하는 소리가 들렸다. 동료들의 웃음소리가 이어졌다. 지금, 저만 홀로 외딴 섬에 방치된 것 같았다. 아니, 어쩌면 혼자만 다른 차원에 갇힌 걸지도 모른다. 암묵적으로 회의실에서 추방이 결정된 초영에게 임명한 본부장이 형을 선고했다.

"아, 초영 씨. 그 보고서 다시 써 와요. 내용이 영 부실해. 최근 10년 치 자료 추가하고 내일 아침에 볼 수 있게 내 책상에 올려둬요."

"네."

"그리고 나가서 커피 좀 사 와요. 할 일도 없을 텐데."

쫓기듯 회의실을 나서는 등 뒤로 '쓸모가 없어'라며 혀를 차는 소리가 들렸다.

초영이 임명한 본부장에게 단단히 찍혔다는 소문은 삽시간에 퍼져나갔다. 회사의 실세가 초영을 싫어하니 다른 직원들도 초영을 멀리하기 시작했다. 친하게 지냈던 동료들에게 도움을 청해봤지만, 그들은 난감한 기색을 감추지 못했다.

"회사에서 본부장님 말이 법인 거 알잖아. 그러다 우리까지 찍히면 어떡해."

어느 순간부터 초영을 동정하는 시선은 초영을 경멸하는 시선으로 변해갔다. 초영이 임명한 본부장에게 건방지게 굴었다는 둥, 처음부터 성격이 별로였다는 둥 출처를 알 수 없는 악소문이 초영을 따라다녔다.

임명한 본부장의 괴롭힘은 점점 더 심해져 갔다. 초영을 무능력한 월급도둑이라 비난했고, 손 세차를 지시했다. 초영만 빼고 회식을 가거나 보란 듯이 선물을 나눠주기도 했다. 이제 초영을 불쌍하게 여기는 사람은 아무도 없었다. 모두 초영을 싸늘한 시선으로 쳐다봤고, 초영이 가까이 오면 일부러 어깨를 치고 가거나 굳은 얼굴로 자리를 피했다.

초영은 늘 혼자였다. 하루가 다르게 피가 마르는 것 같았지만, 그렇다고 회사를 그만둘 수도 없었다. 취업 시장이 얼마나 고되고 힘들던가. 대학교 졸업 후, 첫 직장에 입사할 때까지 1년간 취준생 생활을 했던 초영은 그때 느꼈던 막막함을 다시 맞닥뜨릴 자신이 없었다. 게다가 초영에겐 잠시 쉬었다가 갈 그늘 같은 가족도 없었다.

괴롭지만 어쩔 도리가 없었다. 직장인 익명 게시판을 보면 초영이 당하는 것보다 더한 일을 겪는 사람도 수두룩했다. 다들 버텨야 한다고 했다. 버티지 못하면 설 곳을 영영 잃어버리는 곳이 사회라고 했다.

초영은 견뎌보기로 했다. 이를 악물고 참아보기로 했다. 초영은 스스로를 채찍질했다. 임명한 본부장의 폭언과 냉대를 견디기 힘들 땐 화장실에서 소리를 삼키고 자신의 몸을 때리며 울었다. 초영의 몸에는 스스로 할퀴고 꼬집고 때려서 생긴 상처가 늘어갔다. 시간이 지나면 몸에 난 상처는 사라졌지만, 마음에 난 상처는 깊어지기만 했다. 초영은 말이 없어졌고 표정이 사라졌다. 임명한 본부장의 멸시도, 다른 직원들의 무시도 이제는 당연한 것처럼 느껴졌다.

어느 날, 문득 창밖을 보며 뛰어내리고 싶다는 생각이 들었을 때, 초영은 도저히 이 상황을 견딜 수 없다는 걸 깨달았다. 사직의사를 밝혔을 때 인사팀에서는 실업급여를 받을 수 있도록 해고 처리를 해주겠다고 말했다. 초영을 위한 배려처럼 포장했지만, 실은 그게 혹시라도 일어날 불미스러운 사건을 방지하려는 행동이라는 걸 초영도 잘 알았다. 초영은 마지막으로 임명한 본부장을 만났다. 사과를 받고 싶은 건 아니었다. 확인하고 싶었다. 왜 그렇게 자신을 싫어하는지. 정말로 고작 그 일 때문에 이러는 건지.

"사람 좋아하는 데 이유 없잖아요. 싫은 것에도 이유 없는 겁니다."

가해자의 얼굴을 한 그는 태평하게 말했고, 아슬아슬하게 지탱해 오던 초영의 세계는 무너졌다.

눈앞을 가리는 깊은 모자를 쓴 채, 초영은 비적비적 거리를 걸었다. 코에 스치는 공기에서는 미처 초영이 따라잡지 못한 계절의 냄새가 났다.

가출을 한 건 처음이다. 가출이라고 말하기도 우습다. 그 집에 사는 사람은 초영뿐이니, 초영이 집을 나간대도 알아차리거나 찾을 사람은 없다.

집을 뛰쳐나온 건 몹시 충동적인 행동이었지만, 방법은 치밀했다. 초영은 핸드폰과 지갑을 전부 두고 나왔다. 어차피 자신을 찾을 사람도 없겠지만, 만에 하나라도 누군가에게 발목을 잡히고 싶지는 않았다. 얼굴의 반을 가리는 깊은 모자를 눌러쓴 초영은 시외버스 터미널에 도착해서야 수중에 만 원짜리 지폐 한두 장뿐이라는 걸 깨달았다.

다시 집에 다녀올까. 잠시 머뭇거린 초영은 곧 고개를 젓고 가진 현금으로 버스표를 끊었다. 목적지인 할머니의 산소까지 가기에는 충분한 돈이었다.

버스에 타자마자 잠이 들었다. 마음을 고치는 약은 부작용이 심했다. 자주 멍해졌고, 그렇지 않으면 졸음이 쏟아졌다. 친절한 기사가 아니었다면 목적지에 도착한 줄도 모르고 버스 좌석에 젖은 미역처럼 늘어져 있었을 거다.

동네는 한산했다. 초영이 살던 곳과는 영 딴판이다. 거긴 사람이 많아 초영은 사람이 없는 늦은 밤이나 아주 이른 아침이 아니면 외출을 피했다.

초영은 어렴풋한 기억에 의지해 비적비적 걸었다. 바쁘다는 핑계로 그리 멀지도 않은 산소에 몇 번 와보지도 못했다. 유일한 가족인 할머니를 잃었을 땐 세상이 무너진 줄만 알았는데. 초영은 더 무너질 세상이 있다는 걸 그 후에야 깨달았다.

슬슬 종아리가 땅긴다는 느낌이 들 때쯤, 초영의 옆으로 차 한 대가 서행하며 붙어 왔다. 흘끔 돌아보니 경찰차가 초영을 따라오고 있었다.

"안녕하세요. 외지에서 오셨죠?"

"…"

초영이 아무런 대꾸도 없이 걷기만 하자 조금 전 창문을 내리고 질문을 던진 경찰이 머쓱하게 턱을 긁적였다. 설마 귀가 안 들리시나. 운전하는 파트너 경찰과 눈빛을 주고받고는 경찰이 차에서 내렸다. 초영은 가까워져 오는 인기척에 저도 모르게 어깨를 움츠리고 갓길 쪽으로 은근히 걸음을 옮겼다. 초영의 속도 모르고 경찰은 조심스레 다가왔다.

"다율동 지구대 박성훈 순경입니다. 혹시 도움이 필요하실까요?"

"…"

초영이 눈도 마주치지 않고 묵묵히 걷기만 하자 경찰은 잠시 머뭇거리다가 손가락으로 아주 살짝 초영의 어깨를 톡톡 건드

렸다. 둔한 사람이었다면 어깨에 벌이 스쳐 지나갔나 싶을 정
도로 미세한 움직임이었으나 다행히도 초영은 걸음을 멈춰 섰
다. 경찰의 신분으로 행여 추행범으로 오해라도 받을까 봐 두
려웠던 모양인지 경찰은 멋쩍게 하하, 웃고는 친절한 투로 되
물었다.

"경찰입니다. 도움이 필요하신 것 같아서요."

"도움… 필요 없어요…"

초영은 간신히 대답하고는 고개를 꾸벅 숙였다. 체내에 남은
약기운 탓에 제대로 힘이 들어가지 않는 무릎에 힘을 주고 최대
한 빠르게 걸었다. 뒤쫓아 오는 인기척이 없다는 걸 깨달은 다
음에야 초영은 안도의 한숨을 내쉬었다. 초영의 등이 축축했다.

"박 순경아, 뭐라시냐?"

성훈이 멀거니 서 있자 운전석에서 대기하고 있던 선배 경찰
이 고개를 빼꼼 내밀며 물었다. 성훈은 손에 끈적한 소스라도
묻은 사람처럼 찝찌름한 얼굴로 돌아보았다.

"도움 필요 없다는데요."

개미만큼 작은 목소리라 정확히 들은 건 아니지만, 질색하며
가버리는 걸 보면 그게 맞는 것 같다.

"근데 왜 그러고 서 있어? 얼른 타."

"선배. 그게요…"

묘하게 신경 쓰인다. 이 동네는 워낙 작아서 주민들의 얼굴은 웬만해선 다 외우고 있는데, 그 여자는 초면이었다. 게다가 행색도 튀었다. 이런 말을 하긴 좀 그렇지만, 추레하달까, 남루하달까. 목이 늘어난 회색 티셔츠에 얇은 검은색 바람막이, 거기다 회색 추리닝 바지를 입었는데, 제대로 세탁을 한 건지 의심스러울 만큼 군데군데 얼룩이 묻어 있었다. 게다가 얼굴의 반을 가린 모자 아래로 비죽 튀어나온 머리카락은 상할 대로 상해 마구잡이로 엉켜 있었다.

근데 도움이 필요 없다고?

성훈은 촉이 좋은 편이었다. 그 촉 덕분에 상가로 숨어든 좀도둑을 잡은 적도 있다. 임관한 지 석 달도 되지 않았을 때의 일이었다. 지금 성훈의 촉은 저 여자가 좀 아슬아슬하다고 말하고 있었다. 몰래 따라가 볼까? 세상에는 별의별 나쁜 놈이 있다. 자신은 그림자 속에 숨어서 자신보다 약한 사람을 휘둘러 범죄를 저지르는 놈도 많다. 저 여자도 그런 걸지도 모른다. 어디선가 지켜볼 나쁜 놈이 두려워 솔직하게 털어놓지 못한 걸지도 모르는데…

하지만 성훈의 선배는 매사에 쓸데없는 의욕이 넘치는 성훈이 또 오버했다는 듯 혀를 끌끌 찼다.

"내가 뭐랬냐. 요즘은 막 나서서 다가가는 거 싫어한다니까. 쇼핑할 때 점원이 다가오는 것도 싫어한다잖아. 도움이 필요하면 먼저 와서 말했겠지. 얼른 타라. 복귀하게."

아닌데. 아무리 봐도 필요해 보이는데, 그 도움. 내 촉은 틀리지 않는데.

하늘 같은 선배의 복귀 명령을 거부할 수 없었기에 마지못해 차에 올라탔지만, 박 순경은 여자의 뒷모습이 아주 보이지 않을 때까지 백미러를 노려보았다.

"분명히 이쯤인데."

산 중턱에 선 보보가 손가락으로 동서남북을 가리키며 이리 저리 고개만 움직이기를 30분째. 정수리를 홀랑 태울 것처럼 뜨겁게 내리쬐는 태양에 인내심의 한계를 느낀 서독 언니가 들고 있던 바구니를 신경질적으로 떨어뜨렸다.

"그깟 오디 얼마나 한다고. 그냥 사 먹자, 사 먹어. 내가 돈 줄게!"

"언니. 요즘 오디가 얼마나 귀한데요. 그리고 잠깐만 기다려 보세요. 분명히 제가 뽕나무를 이 근방에서 봤다니까요?"

"그러니까 스피아 쌤이랑 같이 오면 좋았잖아!"

"스피아 언니는 원장님이랑 오픈조잖아요. 그리고 내일 비 온

대서 오늘 꼭 따야 한단 말이에요."

발단은 이 자리에 없는 스피아 쌤의 말 한마디에서 시작됐다. 다율산으로 조깅을 다니던 스피아 쌤이 뽕나무가 있는 것 같다고 말했다. 제인이 '곧 오디가 열리겠네'라고 말을 보태자 보보는 오디를 따러 가자며 호들갑을 떨었다. 갓난아이 시절에 독일로 입양된 서독 언니만 오디가 뭔지 몰랐다. 그래서 호기심에 따라나선 거였는데, 역시 판단 실수였다. 이 멍청한 보보를 따라오는 게 아니었는데! 스피아 쌤의 설명만 듣고 어딘지 알겠다고 자신만만해하던 보보를 떠올리면 분노가 치밀었다.

손수건으로 목에 흐르는 땀을 닦던 서독 언니의 손에 힘이 바짝 들어갔다. 전투태세에 들어갔음을 눈치챈 미미가 팽팽히 대치 중인 두 사람 사이로 황급히 끼어들었다.

"여기서 잠시만 계세요. 제가 저 위쪽을 살펴보고 올게요."

미미는 서독 언니가 떨어뜨린 바구니를 얼른 주워 들고 위쪽으로 걸어 올라갔다.

왜 제인이 미용실에 남아 있겠다는 저를 굳이 끼워 보냈는지 알 것 같았다. 하루에 꼭 한 번씩은 다투는 앙숙이니 제인도 불안했을 거다. 생각해 보면 보보도 좀 이상한 구석이 있다. 서독 언니와 사이가 좋은 것도 아닌데, 오디가 뭔지 모른다는 서독 언니 말에 오디를 꼭 보여주고 먹여주겠다는 의지에 불타오르는 건 또 뭐란 말인가.

하긴, 보보 언니는 마음이 여리니까.

맨날 서독 언니에게 야단을 맞고 꾸중을 들어도 서독 언니의 컨디션이 좋지 않을 때면 가장 먼저 약을 챙기는 사람이 보보였다. 그럴 땐 두 사람 사이에도 잠시 평화가 찾아왔다. 그런 보보 덕분에 저 역시 이곳에 무사히 정착할 수 있지 않았던가.

미미는 땀에 젖어 등에 달라붙는 티셔츠를 펄렁거리며 주위를 둘러보았다. 실은 미미도 뽕나무가 어떻게 생겼는지는 모른다. 보보가 저 위를 살펴보기 전까진 절대로 돌아가지 않을 것 같기에 올라왔을 뿐. 대충 훑어보다가 검붉은 열매가 달린 나무가 없으면 내려갈 생각이었다. 딱 보기에도 오디가 열린 나무는 없는 것으로 보이는데…

"어?"

멀지 않은 나무 밑에 뭔가가 있었다. 여태 달아오른 열로 뜨겁던 등줄기에 문득 한기가 들었다. 자세히 보니 팔과 다리가 보이는 것이 사람은 맞는 것 같은데…

살아 있을까? 아니면, 죽었을까?

미미가 가까이 가지도, 그렇다고 멀어지지도 못한 채 우물쭈물하는데 뒤에서 헉헉거리는 숨소리가 들려왔다.

"미미야, 뽕나무 찾았어? 서독 언니는 당장 돌아가겠다고 난리야. 아휴, 그 성질도 참."

보보가 구시렁거리며 다가오자 미미가 황급히 쉿, 하며 검지로 제 입술을 막았다. 뭔가 심상치 않은 기운을 느꼈는지 보보가 발소리를 죽인 채 미미의 곁으로 다가왔다.

"저기… 누가 있어요."

"저기? 어디?"

두리번거리던 보보의 시선이 대번에 목표물을 발견한다.

"어머, 저게 뭐야? 시신이야?"

"저도 모르겠어요. 어떡하죠?"

"그야 당연히…"

"어떡하긴 뭘 어떡해? 그냥 내려가야지."

언제 왔는지 뒤에서 냉랭한 서독 언니의 목소리가 들려왔다. 서독 언니는 한 줌의 온기도 없는 눈빛으로 그 목표물을 쳐다보고 있었다. 보보는 사람이 어떻게 그럴 수 있냐는 듯한 표정으로 서독 언니를 휙 돌아보았다.

"언니는 한결같이 독하시네요."

"그러는 너야말로 한결같이 멍청하구나. 저런 거 잘못 건드렸다간 네가 뒤집어쓸 수도 있어."

"죽었는지 살았는지 어떻게 알아요? 옛날에 미미한테도 그러더니."

제 이름이 나오자 미미가 움찔 어깨를 떨었다. 동시에 마음에 묵직한 죄책감이 가라앉았다. 그날 일이 떠오르니 도저히 그냥 갈 수가 없었다. 얹혀사는 주제에 나설 입장도 안 된다는 건 알지만, 그래도…

"살았는지 죽었는지만 보고 오면 안 될까요? 지금 저희 손에 저 사람의 목숨이 달려 있을지도 모르잖아요. 만약에 상황이 안 좋으면 경찰에 신고하면 되고요."

간절한 미미의 부탁에 서독 언니의 표정이 어리둥절해진다. 좀처럼 나서지 않는 미미가 적극적으로 의견을 표출한 건 처음이었다. 기회다 싶은 보보가 냉큼 그러자고 맞장구까지 치자 서독 언니는 두 사람을 더 말리지 못했다.

미미와 보보가 가까이 다가섰음에도 불구하고 몸을 웅크린 채 의식을 잃은 여자에게선 미동도 없었다. 다행히 핏자국 같은 건 없네. 내심 안도한 보보가 스피아 쌤이 미녀미용실 앞에 쓰러진 미미에게 그랬던 것처럼 여자의 코 밑에 손가락을 대보았다.

"살아 있어."

"그럼…"

"데려가야지."

보보가 여자의 팔을 어깨에 둘러메자 먼발치서 그 모습을 지켜보던 서독 언니의 미간이 구겨졌다. 미미가 보보를 도와 여자

의 다른 팔을 어깨에 둘러메자 서독 언니는 암담한 얼굴로 미미
가 내팽개친 바구니를 주워 들었다.

"오디는 무슨."

여자를 살펴본 제인이 그냥 잠이 든 것 같다고 말했을 때, 바
짝 얼어 있던 미용사들의 얼굴이 그제야 녹아내렸다.

"아무래도 경찰에 신고하는 게 좋겠죠?"

"그래. 이제 귀찮은 일은 만들지 말자. 손님도 아니잖아."

뼈 있는 서독 언니의 말에 보보가 발끈하고 나섰다.

"그놈의 손님, 손님! 미용실에 손님만 오란 법 있어요? 그냥
올 수도 있죠. 기분이 안 좋거나 누군가와 대화를 하고 싶다거
나…"

"여기가 다방이니? 아니면 동네 놀이터라도 돼? 쟤는 우리가
뭐라고 생각하는 거야, 대체?"

"뭐라고요? 저도 우리가 마녀인 건 알거든요? 그리고 우리
미용실에 오는 손님이 언제부터 머리하러 왔어요? 그냥 왔다가
머리도 하게 된 거지."

"엄밀히 말해서 미용실에서 발견된 것도 아니잖아!"

한 치의 물러섬도 없는 입씨름에 제인이 두 사람 사이를 완력
으로 갈라놓았다.

"그만들 해. 기껏 잠든 사람까지 깨우겠네."

경찰에 신고하는 것은 문제가 되지 않는다. 오히려 그게 편한 방법일 수도 있고. 다만, 제인은 이 여자를 발견한 사람이 미미라는 것이 마음에 걸렸다. 이 미용실에 손님을 데려오는 것은 미미뿐이다. 하지만 여태까지는 손님이 미용실 앞까지 찾아왔다지만, 이번에는 아니었다. 그렇다고 해서 이 여자가 손님이 아니라고 확신할 수 있을까?

제인은 아무것도 모르고 곤히 잠든 여자의 얼굴을 물끄러미 바라보았다. 악어 주둥이 같던 모자를 벗기고 드러난 여자의 얼굴은 시든 나뭇잎처럼 생기가 없었다. 낡은 빗자루만큼이나 상한 머리카락에는 흙과 나뭇가지 조각들이 군데군데 얽혀 있었다.

"원장님, 전화기 가져올까요?"

이 여자를 여기까지 데려온 장본인 미미가 조심스레 물었다. 괜히 자신 때문에 서독 언니와 보보가 다투는 것 같아 불편한 모양이었다.

"전화기 말고, 헤어 오일 좀 가져올래?"

제인의 지시가 의문스러웠지만, 미미는 제인이 시키는 대로 헤어 오일을 가져왔다. 제인이 헤어 오일을 손에 듬뿍 짰다. 그게 무슨 뜻인지 깨달은 서독 언니, 스피아 쌤, 보보의 눈이 커다래졌다.

나서서 누군가의 머리를 만지지 않는다.

미녀미용실로 오면서 스스로 만든 철칙이 무너지는 순간이었다. 전부 미미 때문이다. 꼭꼭 숨어버린 이 산 밑 미용실에 손님이 찾아오기 시작한 것도, 다시 머리를 만지려는 마음이 생긴 것도, 그리고 이 여자애를 이곳으로 데리고 온 것도 전부 미미 아니던가.

손에 닿는 머리카락의 감촉은 보고 예상했던 것보다 훨씬 더 껄끄러웠다. 빨랫비누로 감았대도 이보다는 나을 거다. 영양분이 거의 남아 있지 않은 모발은 사막에 부는 모래바람만큼이나 퍼석거렸고, 모발 끝은 여러 갈래로 갈라져 있었다. 헤어 오일 정도로는 회복할 수 없을 정도로 손상이 심한 머리카락이었다. 하지만 이보다 심하게 상한 건 따로 있었다.

제인이 손을 떼자 기다렸다는 듯 여자가 천천히 눈을 떴다. 여자를 이렇게 만든 장본인도 아니면서 세 미용사는 동시에 흡, 하고 숨을 들이마셨다. 흐리멍덩한 여자의 눈에 생기가 돌더니 이내 몸을 벌떡 일으켰다. 당황한 나머지 아무 말도 못 하고 뒤룩뒤룩 굴리던 여자의 눈이 제인에게 닿았을 때, 제인이 제안했다.

"머리하고 가세요. 초영 씨."

분위기에 압도되어 시키는 대로 미용 의자에 앉았건만, 초영은 아직도 혼란스럽기만 했다. 할머니의 산소를 찾으러 산에 오른 것까지는 기억이 나는데, 그다음을 모르겠다. 불안한 마음에 초영은 기억을 짜내려고 안간힘을 썼지만, 약에 찌든 뇌는 요리조리 초영의 손길을 피해 갔다.

제 머리에 뭘 하려는 건지 분주하게 움직이는 미용사들을 보니 초영은 그제야 제 수중에 돈이 거의 없다는 사실이 떠올랐다.

"저기, 잠깐만요. 제가 지금 돈이 없는데요…"

"우리가 얼마 받을 줄 알고요?"

대뜸 머리를 하고 가라던 미용실 원장이 재밌다는 듯 덧붙였다.

"값은 우리 마음이에요. 500원을 받을 수도 있고, 100만 원을 받을 수도 있죠."

100만 원이라는 말에 초영의 심장이 덜컹 내려앉았다. 실업급여로 겨우 생활을 연명하는 초영에게 100만 원은 큰돈이었다. 초영의 낯빛이 사색이 된 걸 알아차렸는지 미용실 원장은 소탈한 미소로 초영을 안심시켰다.

"우린 손님의 니즈를 100퍼센트 맞춰주는 미용실이랍니다. 비용은 걱정할 것 없어요. 애초부터 머리를 하고 가라고 권한 것도 나였으니까."

그래놓고 뒤에 가서 수십만 원에 달하는 영수증을 건넬 수도 있다지만, 초영은 어쩐지 원장의 말을 믿어도 괜찮을 것 같다는 확신이 들었다.

"초영 씨. 제때 잘 챙겨 먹어야 해요. 잠도 잘 자야 하고."

"네?"

불쑥 침투한 원장의 말에 초영이 바늘에 찔린 사람처럼 움찔거렸다.

"초영 씨 머리는 아주 심한 손상모예요. 신체에만 영양실조가 있는 게 아녜요. 머리카락에도 영양실조가 있답니다. 지금 초영 씨 머리가 그래요. 굶어 죽기 일보 직전이죠."

원장의 손끝에서 나풀거리는 제 머리는 정말로 초라하기 짝이 없었다. 초영은 저 지경이 되도록 방치한 것이 부끄러워 고개를 푹 숙였다가 문득 든 생각에 고개를 번쩍 들었다.

"근데… 제 이름은 어떻게 아셨어요?"

원장은 아까부터 초영 씨, 초영 씨, 친근하게 부르고 있었다. 초영의 심장이 불안함으로 두근거리기 시작했다. 거울로 눈이 마주친 원장은 은은한 미소를 머금고 있었다.

"스타일링은 추후에. 일단은 손상모 복구부터 해요."

원장에게는, 이 미용실에는 뭔가 특별한 힘이 있는 듯했다. 따지고 보면 전부 이상한데도 결국 괜찮다고 여겨졌다. 금세 불안함이 가신 초영이 고개를 끄덕였다.

"정말 제가 해요?"

초영의 머리를 담당할 미용사로 선택된 보보가 어벙한 얼굴로 제인을 쳐다봤다. 손상모 복구가 어려운 일은 아니다. 트리트먼트와 앰플을 듬뿍 발라 모발에 흡수시켜 주고, 힘없이 나풀거리는 머리카락은 매직으로 눌러주면 된다. 수습 시절에도 디자이너 선생의 지시를 따라 해본 적도 많다. 하지만 어찌 된 일인지 보보를 비롯한 서독 언니, 스피아 쌤은 걱정이 가득한 기색이었다.

"제인, 보보는 안 돼. 알잖아."

허기가 심한 초영에게 간단한 스낵을 내어준 뒤, 잠시 제인을 따라 나왔던 세 미용사는 예상치 못한 제인의 결정에 납득이 되지 않는다는 듯 눈을 부라렸다. 물론 가장 열렬히 불만을 토로한 건 서독 언니였다.

"차라리 스피아 쌤을 시키든가. 해주고 욕먹을 일 있어?"

평소라면 누굴 무시하느냐고 따박따박 따지고 들었을 보보도 할 말이 없는지 잠자코 있었다.

"보보, 못 하겠어?"

"솔직히 자신은 없는데요…"

스트레이트 매직을 하다가 손님 머리를 홀랑 태워먹은 적이 있었다. 그날은 온종일 얼이 빠져 있었는데, 매직기 온도도 확인하지 않고 손님 머리를 꾹꾹 눌러 펴다가 고소한 단백질 냄새를 맡고서야 정신을 번쩍 차렸다. 손님에게 어찌나 미안하던지. 그 일을 수습하느라 며칠간 마음을 졸인 건 물론, 월급의 반을 손님에게 보상해 줘야 했다. 그 뒤로는 여간해선 매직기는 잡지 않게 되었다.

보보는 흘끔 제인을 쳐다보고는 자신 없이 웅얼거렸다.

"매직만 스피아 언니가 도와주면…"

"그럴 순 없어."

보보의 말이 채 끝나기도 전에 스피아 쌤이 단호하게 거절했다. 제인의 결정이 의외였으나, 스피아 쌤은 이미 제인의 의견을 받아들이기로 마음먹은 터였다.

"미녀미용실에서 한 손님당 담당하는 미용사는 한 명뿐이니까. 그리고 원장님, 저는 원장님께서 보보에게 이 일을 맡기신 이유가 있다고 생각해요. 원장님 결정, 존중합니다."

스피아 쌤은 꾸벅 고개를 숙이고는 2층으로 올라갔다. 상황이 그렇게 되자 할 말이 없어진 건 서독 언니였다. 서독 언니는 더 있어봤자 달라질 게 없다고 느꼈는지 벌게진 얼굴로 입술을 비죽이고는 뒤따라 2층으로 향했다.

졸지에 덩그러니 남겨진 보보는 더욱 자신이 없어졌다. 자신 있는 염색이나 커트면 모를까. 하필이면 매직이다. 그것도 복구

매직! 그때 내 트라우마도 아직 복구가 안 됐는데.

"원장님, 제가 망치면요? 손님이 컴플레인이라도 걸면 어떡해요?"

보보가 처량한 눈으로 묻자 제인이 보보의 손을 단단히 붙들었다.

"처음 봤을 때부터 느낀 건데, 나는 보보의 선한 마음이 좋아."

뜬금없는 제인의 칭찬에 보보가 눈을 끔뻑였다.

"그 마음은 절대로 배신당할 수 없어."

보보의 목울대가 크게 꿈틀거렸다. 원장님은 다 아시는구나. 정말로. 말하지 않아도 마음을 알아주는 이가 있다는 것이 감격스러웠다.

원장 대신 들어온 미용사는 제 또래쯤으로 보였다. 코끝이 빨개진 채 들어온 미용사는 잠시 쭈뼛거리더니 이내 앞치마를 두르고 나타났다. 앞치마에는 '디자이너 보보'라고 적혀 있었다. 미용사 홀로 분주한 사이, 미용실 안에는 숨 막히는 침묵만 흘렀다. 여긴 음악 같은 거 안 틀어주나? 괜히 가만히 앉아만 있으려니 좀이 쑤셨다. 초영이 손가락을 꼼지락거리는 걸 봤는지, 미용사가 살가운 얼굴로 다가왔다.

"혹시 트리트먼트 해보셨어요? 요즘에는 집에서도 많이들 하시는데."

"아뇨…"

잘못한 것도 없는데 괜히 목이 메었다. 눈치 빠른 미용사는
각종 영양제와 앰플이 들었음 직한 볼을 휘저으며 괜찮다는 듯
헤헤, 웃었다. 라텍스 장갑을 낀 미용사가 초영의 머리를 요리
조리 뜯어봤다. 금세 안타깝다는 듯 눈썹이 축 늘어지는 걸 보
니 감정이 얼굴로 그대로 드러나는 편인 것 같았다.

"워낙 손상이 심해서 이번 한 번으로 완벽하게 복구는 안 될
거예요."

미용사의 말은 당당하다 못해 뻔뻔했다.

원래 미용실에 오려던 생각 따윈 전혀 없었다. 그저 할머니가
보고 싶었고, 그래서 산소가 있는 이 산에 왔던 것뿐이다. 눈 떠
보니 미용실이라는 게 황당했지만.

그런데 왜 미용실이 산 밑에 있는 거지?

뒤늦게야 수상함과 의구심이 치고 올라왔지만, 때는 늦었다.
이미 저는 미용실 안에 떡하니 들어와 머리까지 하겠다고 의자
에 앉아 있지 않던가.

거울에 비친 제 얼굴을 보니 헛웃음이 터져 나왔다. 석 달 전
과는 완전히 딴판이었다. 제 얼굴을 보고도 제 얼굴이 낯설었
다. 한 번에 복구가 안 된다는 미용사의 말이 그제야 이해됐다.

스스로 보기에도 이 머리는 한 번 뭘 한다고 달라질 것 같지 않
았다.

"그럼… 굳이 할 필요가 있을까요?"

"무슨 소리예요? 그러니까 더 해야죠. 평생 이렇게 살 순 없
으니까요."

"왜 이렇게 살면 안 되는데요?"

입 밖으로 툭 쏟아진 말에 초영은 스스로 놀라고 말았다. 무
슨 심보였을까. 애먼 사람에게 딴지를 건 것이 부끄러웠다. 화
가 난 미용사에게 쫓겨난다 해도 할 말이 없었다.

"아프잖아요."

미용사의 잔잔한 목소리에 심장이 쿵, 내려앉았다. 지금… 머
리카락 이야기를 하던 것 아니었나?

보보라는 미용사가 초영의 상한 머리를 조심스레 어루만졌다.

"우리 원장님이 그러셨는데요, 머리카락은 마음의 거울이래
요. 몸이 아무리 건강해도, 마음이 상하면 머리카락도 상하거든
요. 아무래도 돌볼 여유가 없으니까."

초영과 눈이 마주친 미용사가 멋쩍게 웃었다.

"그러니까 아프면 안 돼요, 초영 씨."

미용사는 섬세한 손길로 초영의 머리카락에 영양제를 바르기
시작했다. 차갑고 꾸덕한 액체가 미용사의 빗질을 따라 제 머리

카락에 고루 발리는 것을 초영은 멀거니 바라보았다.

아프지 말라니. 마음이 상하고 아프기 시작한 후, 한 번도 들어보지 못했던 말이었다. 신경안정제를 처방해 준 의사는 친절했지만, 곧 나아질 거란 말만 되풀이할 뿐 아프면 안 된다는 말을 해주지 않았다. 초영의 주위에는 초영이 아프면 같이 마음을 졸여줄 사람이 없었다. 그래서 아파도 되는 줄 알았다. 그 누구도 그런 위로를 해주지 않아서.

뜨끈한 뭔가가 손등 위로 떨어졌다. 뒤늦게야 초영은 자신이 울고 있다는 걸 알았다. 혼자 숨어 울었던 적은 숱했어도, 누군가의 앞에서 그것도 생면부지의 남 앞에서 우는 것은 처음이었다.

미용사는 왜 우냐는 말도 없이 묵묵히 초영의 머리에 영양제를 발랐고 그것이 잘 스며들도록 손으로 어루만져 주었다. 초영은 그 과정을 전부 바라보면서 영양이 빠져나가 텅 빈 머리카락과 함께 제 마음이 채워진다는 걸 느꼈다.

한참을 울고 나서야 초영은 비로소 제 몰골이 어떤지 확인했다. 갓 태어난 에일리언처럼 머리카락은 한 올도 빠짐없이 두피에 착 붙어 있었다. 이 몰골을 하고 울기까지 했으니. 미용사가 웃지 않은 게 용할 정도였다.

"죄송해요. 이런 추태를 부려서."

"추태 아니에요. 울고 싶으면 울어야죠. 우리 미용실은 그래도 돼요."

한결 후련해진 마음에 초영은 그제야 배시시 웃었다. 미용사는 마음을 편안하게 해주는 재주가 있는 듯했다. 왜 이런 미용실을 이제야 알았을까.

미용사는 머리카락에 영양제가 더 잘 스며들도록 열처리 기구를 가져왔다. 뒤통수에서 뜨끈하게 쬐어 오는 열기는 서서히 온몸으로 퍼지는 듯했다. 약 기운에 몸이 처지는 것이 아니라, 편안한 온기에 노곤할 때쯤 미용사는 커피를 내왔다.

"상처를 입으면 그 부분이 나을 때까지 연고를 바르잖아요. 머리도 그러는 거예요. 특히 초영 씨처럼 심한 손상모는요, 꾸준한 관리가 필요해요. 한 번은 그저 임시방편일 뿐이에요. 다시 상하지 않도록, 상한 부분이 더 번지지 않도록 꾸준히 돌보아 줘야 해요."

꾸준히 돌보아 주면 너덜너덜해진 마음도 복구가 될 수 있을까.

"그러면 언젠가는 괜찮아질까요?"

그때 띠링, 하고 열처리 기구의 불빛이 꺼졌다. 미용사가 잠시 벗어두었던 라텍스 장갑을 착용하고는 호기롭게 대답했다.

"그럼요. 이제 시작이에요."

제인이 다시 나타난 것은 보보가 초영의 드라이까지 마쳤을 때였다. 보보가 드라이기를 내려놓기가 무섭게 미용실로 들어선 제인에 초영은 신기함마저 느꼈다.

머리를 할 땐 잊고 있었는데, 제인을 보니 그제야 시술비를 지불해야 한다는 게 떠올랐다. 이럴 줄 알았으면 지갑을 가져올걸. 머리를 하면 기분 전환이 된다더니, 정말이다. 완전히 달라진 제 모습을 보니 마음도 완전히 달라진 것 같았다. 고마운 나머지 도저히 그냥 갈 수 없었다.

"저기, 제가 사정이 있어서 그러는데… 계좌번호 알려주시면 입금해 드릴게요. 정 믿지 못하시겠으면 제 주민등록번호도 알려드릴 수 있어요."

"어머나. 우리 미용실을 뭘로 보고? 우리 미용실이 그 정도로 야박하진 않아요. 그리고 돈이라면 내가 초영 씨보다 많을걸?"

그래서 돈을 받겠다는 건지, 안 받겠다는 건지. 주머니에 잡히는 지폐 몇 장을 쥐었다 놨다는 반복하는 초영에게 제인이 하얀 봉투 하나를 내밀었다.

"이거, 초영 씨가 떨어뜨린 것 같던데."

"제가요? 아닌데…"

강력한 부정은 제인의 눈을 마주한 순간, 연기처럼 사라졌다. 푸르게 빛나는 제인의 눈에 사로잡힌 초영이 흐리멍덩해진 눈으로 고개를 주억거린 그때.

똑똑.

바깥에서 선명한 노크 소리가 들렸다. 갑작스러운 외부인 출몰에 제인은 황급히 마력을 거두었고, 초영은 어리둥절한 얼굴로 고개만 요리조리 돌렸다.

다시, 똑똑.

더 묵직하고 분명한 노크 소리에 제인의 눈썹이 비죽 위로 치솟았다. 손님은 여기 있는데. 바깥에서 노크한 이가 미녀미용실을 찾은 손님이 아니란 것만큼은 확실해졌다.

"원장님…"

"내가 나가볼게."

겁이 많은 보보는 노크 소리만 듣고 지레 겁을 먹은 것 같았다. 제인은 보보를 안심시키고 미용실 문을 열었다. 문 앞에 서 있는 건 역시 손님이 아니었다.

"다율동 지구대 소속 박성훈 순경이라고 합니다."

경찰이 왜?

제인이 떨떠름한 얼굴로 쳐다보자 수더분한 생김새의 순경이 초영을 발견하고는 활짝 웃었다.

"무사하셨네요!"

세상에, 내가 경찰차를 타다니.

초영은 굳이 저를 터미널까지 태워주겠다는 박 순경의 강력한 호의를 끝내 거절하지 못했다. 얼결에 박 순경을 따라 경찰차를 타고 터미널로 향하면서 초영은 제 손에 언제부터 들려 있었던 건지 모를 하얀 봉투를 만지작거렸다. 하얀 봉투에는 어떻게 알았는지, 여기서 초영의 집이 있는 서울 터미널까지 가는 차비만큼의 돈이 들어 있었다.

"정말 괜찮으신 거 맞죠?"

흘끔 초영의 손에 들린 봉투를 쳐다본 박 순경이 조심스레 물었다. 아까부터 좀 이상하다. 가만 보니 이 경찰은 초영이 대단한 위기에서 구출된 것처럼 굴고 있다.

"저 아무 일도 없었는데요."

"그렇다면 다행이지만…"

박 순경은 머뭇거리다가 다시금 용기를 내기로 했다. 선배는 오지랖 좀 떨지 말라고 신신당부를 했지만, 그래서 이렇게 몰래 순찰차까지 끌고 나왔지만, 그래도 박 순경은 오지랖을 떨어서 범죄를 막을 수 있다면 얼마든지 떨겠노라고 각오한 터였다.

"저한텐 솔직하게 털어놓으셔도 됩니다. 경찰은 시민을 지킬 의무와 책임이 있으니까요."

"아, 네… 수고가 많으시네요."

"그래서 말인데, 아까 그 미용실에서 별일 없으셨죠?"

"별일이라뇨?"

"그게…"

아무리 생각해도 그 미용실의 위치는 뜬금없었다. 산 밑에 미용실이라니. 제대로 허가받은 업체긴 하려나?

돈이 들었음 직한 하얀 봉투를 만지작거리며 창밖을 내다보는 초영을 본 박 순경의 눈초리가 제법 예리해졌다.

이 여자는 외부인이다. 오늘 갑자기 추레한 몰골로 나타났다. 남들의 시선을 피해 어디론가 향하더니 발견된 곳이 그 미용실이었다. 그런데 그 미용실은 하필이면 폐쇄된 등산로 입구에 위치했다라?

박 순경의 촉이 속삭였다. 이거, 이거, 뭔가 수상해. 느낌이 와. 미용실이 아니라 미용실로 위장된 도박장이나 불법 유흥업소일지도 모른다. 무슨 미용실이 산 밑에 있어?

스스로 만든 그럴싸한 추리에 박 순경이 도취한 그때, 초영이 어렴풋이 말했다.

"있었어요, 별일."

역시!

"머리하러 갔다가 이렇게 마음이 후련해진 건 처음이에요. 전 아무 말도 안 했거든요? 근데 꼭 내 마음을 읽은 것처럼 제가 듣고 싶은 말을 해주더라고요. 그 미용실은 특별해요. 그런 곳을 왜 이제야 알았을까 싶을 정도로."

달라진 건 머리만이 아니었다. 초영은 아주 오랜만에 뭔가를 하고 싶어졌다.

나도 나만의 세계를 만들어 보면 어떨까.

무기력한 순간에도 이야기가 만든 세계 속에서 잠시나마 즐거웠던 것이 떠올랐다. 가끔은 기대에 충족되지 않아 실망했던 적도 있었다. 나라면 이렇게 쓰지 않았을 텐데, 하며 남몰래 새로운 결말을 상상해 본 적도 종종 있었다. 시선을 뗄 수 없을 만큼 흡인력 넘치는 이야기를 읽을 땐 어렴풋이 나도 저런 이야기를 써보고 싶다는 생각도 했던 것 같다. 게다가 초리의 리뷰가 간결하고 깔끔해 좋다는 사람도 더러 있었다.

생각이 거기까지 미치자 알 수 없는 흥분과 기대감이 초영의 전신을 뒤덮었다. 얼른 집으로 돌아가고 싶었고, 내일이 기다려졌다.

설렘으로 들뜬 초영과 달리 박 순경의 얼굴은 일그러졌다. 자신의 촉과 추리가 모두 틀렸다는 걸 깨달은 박 순경의 자존심이 와그작, 구겨졌다.

뒷정리를 돕는 미미의 손이 제법 야무졌다. 미용을 가르쳐도 잘할 것 같은데? 제자리에 미용 도구를 가져다 둔 후, 마른걸레로 거울을 닦는 미미를 보보는 고마운 눈길로 바라보았다.

"세상에는 역시 나쁜 사람보다 좋은 사람이 더 많은 것 같아. 미미야, 그렇게 생각하지 않아?"

평소라면 대충 그렇다고 대답했을 미미는 애매하게 웃기만 할 뿐 아무런 대답이 없었다.

실은 대답을 기대하지 않았다. 누구든 보보가 이렇게 말하면 순진하기 짝이 없다며 혀를 끌끌 찼다. 어떤 사람은 세상 물정 모르는 바보 취급을 하기도 했다. 지금은 이름이 된 '보보'는 '바보보다 바보 같다'고 해서 붙은 별명이었다.

제 말에 수긍하진 않았지만, 미미는 그런 부류의 사람들과는 좀 달랐다. 반박하고 싶지만, 말할 수 없는 무언가가 있는 듯했다. 처음 봤을 때부터 이 아이에게 비밀이 있다는 걸 알았다. 그런데도 바보처럼 모른 척한 것은 미미에게서 제 모습을 봤기 때문이었다.

처음 제인을 만났을 땐 모든 걸 잃었을 때였다. 보보의 부모는 성인이 되기도 전에 보보를 낳았다. 경제적 능력이 없던 부모는 서로에게 보보의 양육권을 떠넘겼고, 보보는 갓난아기 때부터 친척집을 전전하며 자라야 했다. 눈칫밥이 지겨워 빨리 돈을 벌고 싶었고 남들보다 일찍 미용 일을 시작했다. 남보다 못한 가족들 틈바구니에서 마음 둘 곳은 없었다. 가족보다 친구가 더 중해진 건 당연한 일이었다. 그중에서도 문아는 보보가 가장 믿고 의지했던 단짝 친구였다. 보보가 서울 미용실에 보조로 취직하게끔 도와준 사람도 문아였다. 보보에게 있어서 문아는 가족이나 다름없었다. 같은 집에서 지내며 함께 식사했고, 그즈음 만나는 남자 친구와의 시시콜콜한 이야기도 털어놓았다. 어쩌다 야식을 먹은 날에는 밤늦게까지 공원을 걷거나 노래방에서 막춤을 췄다. 그렇게나 믿었던 문아는 어느 날, 보보의 모든 것을 빼앗아 달아났다. 돈도, 연인도.

제 남자 친구와 바람을 피우고 있었던 것보다, 그 남자 친구와 함께 살 집을 얻으려고 모아둔 돈을 문아가 갖고 도망쳤다는 것보다, 믿고 의지하던 단 하나의 존재가 사라졌다는 사실이 더 충격적이었다. 배신감보다는 상실감에 치를 떨었고, 제대로 문아를 미워하지도 못하는 것이 원통해 스스로에게 상처를 냈다. 스스로가 미련한 바보 같아 견딜 수가 없었다. 몸과 마음에 치명상을 입은 제게 구원의 손길을 내민 이가 바로 제인이었다. 그랬기에 보보는 제인이 제인살롱을 닫고 떠나기로 했을 때, 자격이 없다는 걸 알면서도 제인의 바짓가랑이를 붙잡았다.

'저도 데려가 주세요. 원장님! 실은… 저 그날 다 봤어요. 미용실에서 있었던… **그 일**을요.'

보보에게서 제인살롱에서의 기억을 지우려던 제인의 미간이

좁아졌다. 그 일이 있던 밤, 저는 숙직실에서 자고 있었고, 끼어들 타이밍을 놓쳐 그 엄청난 광경을 숨죽여 볼 수밖에 없었다는 보보의 이야기를 들으면서도 제인은 좀처럼 표정을 풀지 않았다. 불안해졌다. 이대로 제인도 저를 두고 문아처럼 달아날까 봐.

'그냥 허, 허드렛일만 시키셔도 돼요. 저는 마녀든 아니든 상관없어요! 원장님과 함께 갈 수만 있다면…'

'미안하지만, 지금 나와 함께할 수 있는 건 마녀뿐이야.'

그럼 기꺼이 마녀가 되겠다고 했다. 보보에게 있어서 제인이 마녀라는 사실이나 자신이 마녀가 된다는 건 그리 중요한 게 아니었다. 중요한 건, 보보에게 있어 제인은 유일한 가족이자 구원이라는 거였다. 저를 받아준 단 하나뿐인 가족. 보보는 또다시 아무도 없는 세상에 덩그러니 혼자 남겨져 있고 싶지 않았다. 어떻게서든 함께 있고 싶었다.

제인의 표정이 복잡해졌다. 허무하기도 하고, 난감하기도 하고, 실망스럽기도 한 표정이었다. 주저하는 제인의 손을 보보가 강하게 붙들었다.

'원장님까지도 절 버리시면… 전 정말로 끝이에요. 다시는 일어날 수 없어요.'

다행히 제인은 보보의 간청을 받아줬다. 생각보다 낡고 허름한 미녀미용실을 처음 봤을 땐 조금 당황하긴 했지만, 보보는 이제 제인과 서독 언니, 스피아 쌤 그리고 미미와 함께하는 생활이 더할 나위 없이 만족스러웠다.

보보는 말간 얼굴로 눈을 끔뻑이는 미미를 다정스레 바라보았다.

"미미야. 네가 어쩌다 미녀미용실에 오게 됐는지는 몰라도, 나는 네가 여기 온 게 너에게도 구원이 되었으면 좋겠어. 나에게 그랬던 것처럼."

그 순간, 잠시 묵혀둔 기억들이 미미의 폐부를 찔렀다. 어찌나 따가운지 찔끔 눈물이 날 뻔했다. 들키면 안 돼. 쫓겨날지도 몰라. 미미는 황급히 마른걸레를 털어내며 간신히 고개만 끄덕였다. 다행히 보보는 눈치채지 못한 것 같았다.

7

누르면 보이는 것들

그 경찰은 어느 순간부터 참새가 방앗간 드나들듯 미용실에 나타나기 시작했다.

이유도 없이 순찰차를 몰고 와 미녀미용실 근방을 두어 바퀴 돌고 가는 일이 잦았다. 때로는 순찰차에서 내려서 미용실 간판을 요리조리 뜯어보다 가기도 했다. 출몰하는 시간도 예측 불가여서 새벽 운동을 마치고 온 스피아 쌤이 강도로 오해한 적도 있었다.

"그 경찰, 진짜 귀찮지 않아요? 날파리도 아니고 왜 자꾸 꼬인대?"

"경찰에 신고해야 하는 거 아니에요?"

"경찰을 경찰에 신고해? 그래도 되나?"

"안 될 건 뭐예요? 그 경찰 때문에 영업에 지장이 있다고 하면 될 것 같은데…"

그다지 단합한 적도 없는 세 미용사는 공공의 적이 나타나자 머리를 맞대고 집단 지성을 발휘해 보았으나, 결국은 그 경찰을 막을 수 없다는 결론에 도달했다.

덕분에 미용사들의 신경이 한껏 예민해진 어느 날, 여느 때처럼 불쑥 미용실을 찾아온 경찰은 평소와 달리 꽤 비장한 표정이었다. 게다가 늘 슬그머니 혼자 나타나던 것과 달리 이번에는 정식 출동인지 곁에 경찰 한 명이 더 있었다.

"혹시 이 근방에서 이상한 소리 들은 적 없으세요?"

"이상한 소리라뇨?"

오늘은 제대로 대거리를 하리라 마음먹었던 서독 언니는 이상한 소리라는 말에 쇄골까지 올렸던 주먹을 슬그머니 내렸다.

경찰 둘은 바로 대답하지 않고 먼저 자기들끼리 눈빛을 주고받았다.

"여긴 아직 별일 없어 보이는데요."

"내 생각도 그래."

사람 앞에 두고 지들끼리 뭐 하는 짓이야? 제인한테 머리채라도 확 잡으라고 할까?

하필이면 지금 미용실에는 서독 언니뿐이었다. 보보는 스태

프의 임무를 성실히 수행하는 미미에게 간단한 미용을 가르쳐 보겠다며 제인과 함께 시내 미용 상사에 나갔고, 스피아 쌤은 지하 창고를 정리 중이었다.

"저기요, 괜히 이상한 말로 찜찜하게 만들지 말고 분명하게 말해요. 이상한 소리라뇨? 아직은 별일이 없어 보인다는 건 또 뭐고?"

그러자 여름 날파리처럼 들락거리던 박 순경이 대수롭지 않게 대답했다.

"아. 다율산에 멧돼지가 출몰한다는 신고가 몇 번 들어왔거든요."

"메, 멧돼지?"

"사실 이쪽은 아니고요, 반대편 등산로 쪽에서 들어온 신고예요. 여긴 별일 없어 보이니 안심하셔도 됩니다. 계속 영업하세요."

허! 불쑥 찾아와서 멧돼지가 나타났다 하고는 이대로 그냥 간다고? 박 순경인지 뭔지 하는 녀석은 오지 마랄 땐 그리 뻔질나게 드나들다가 왜 이럴 때 그냥 간다는 거야? 그리고 멧돼지한텐 발이 없어? 한자리에만 가만히 있게?

서독 언니는 잽싸게 달려 나가, 막 순찰차에 올라타려는 박 순경을 붙잡았다.

"잠깐만요. 그냥 가면 어떡해요?"

"그럼요?"

"멧돼지가 저 산에 있다면서! 그럼 어떻게든 해줘야죠!"

"그건 이쪽이 아니라 반대편이라니까요. 여긴 겸사겸사 와본 거예요."

박 순경은 여전히 찝찌름한 표정으로 미용실을 훑어봤다.

"이보세요, 멧돼지가 발이 네 개예요. 발 두 개 달린 사람보다 훨씬 빠를 거라고요! 걔들이 돌도 아니고 한자리에만 가만히 있겠어요? 오늘 밤에라도 여기로 내려와 쳐들어올지 어떻게 알아?"

서독 언니가 빽 소리를 지름과 동시에 박 순경의 허리춤에 찬 무전에서 지직, 소리가 났다. 대충 들리는 바로는 동네 어디서 신고가 들어왔으니 오라는 듯했다.

"저희가 이 근방은 수시로 순찰할 테니 걱정마세요. 늦은 밤엔 밖으로 나오지 마시고, 이상한 소리 들리면 신고하시고요!"

저, 저, 또 말도 안 되는 소리! 서독 언니는 붙잡을 틈도 없이 쌩하니 가버리는 순찰차를 향해 분노의 주먹 감자를 날렸다.

광철이 '꼰대'라는 말을 처음 들은 건 39세가 됐을 무렵이다. 막 과장으로 승진해 열의에 불타던 때였는데, 어느 날 저녁 회식 중 깜빡 잠이 들었을 때 부하 직원들이 저더러 '꼰대'라고 부르는 걸 들었다. 그때의 충격은 어찌나 컸던지. 며칠간 잠을 못 이룬 건 기본이며, 한동안 자신의 행동 하나하나를 곱씹어 봤다. 하지만 시간이 지나면 뭐든 무뎌진다고 하던가. 그로부터 10년 가까이 지나니 이제는 꼰대라는 말에도 면역이 생겼다.

그래, 나 꼰대다. 내일모레 지천명을 바라보는데 꼰대가 아닌 사람이 어딨냐.

평소라면 이번에도 탕비실에서 제 욕을 하는 부하 직원들을 못 본 척 넘어갔을 거다. 타격은커녕, 평소처럼 퇴근 후 집에서 야구나 보며 낄낄댔겠지. 근데 이건 도저히 그냥 넘어갈 것 같지가 않다. 아무리 그래도 그렇지. '개꼰대'는 너무한 거 아닌가?

광철은 핸드폰 밝기를 최대한 내린 후, 포털 사이트 검색창에 '개꼰대'를 검색해 보았다. 게시글 몇 개만 봐도 느낌이 싸하다. 그러니까 꼰대 중의 꼰대, 그야말로 꼰대의 최고봉이라는 거잖아!

그들이 광철을 개꼰대라고 부르는 이유는 명확했다.

첫 번째, 오지랖이 넓다는 것.

두 번째, 퇴근 후에 업무 연락을 한다는 것.

세 번째, 회식 참여를 종용한다는 것.

아무리 생각해도 터무니없는 이유다. 본격적인 업무 전 주말에 뭐 했는지 몇 번 물어봤다고 오지랖 넓은 개꼰대로 매도하는 건 너무한 거 아닌가. 나름대로 유연한 업무 분위기를 위해 외국 유명 회사에서 한다는 아이스 브레이킹 겸 스몰 토크를 해봤을 뿐이다. 그 정도 사회성도 없이 어떻게 사회생활을 하겠다고 덤빈단 말인가.

퇴근 후 연락도 그렇다. 광철은 재무팀 팀장이다. 그가 다루는 일은 가장 민감한 '돈'이다. 책임감이 막중한 일인데, 요즘 신입사원들은 책임감이 없다. 지난번에는 부가세 신고 때도 그랬다. 당장 내일이 세금 신고 마감인데 자료를 준비하기로 한 사원이 반차를 내고 퇴근을 해버렸다. 그렇다고 당장 오라고 부를 수도 없고 최대한 배려해서 전화 한 통 걸어 자료를 어디에다 두었는지 물었을 뿐인데, 뭐?

마지막이 제일 어이없다. 회식이 무엇인가. 직원들의 친목 도모와 사기 진작을 위한 자리 아니던가. 그렇다면 회식도 업무의 연장선인데, 요즘 애들은 그걸 모른다. 온갖 핑계를 대면서 어떻게든 회식을 빠지려는 걸 보면.

한번 나빠진 기분은 퇴근 무렵까지도 이어졌다. 한편으론 이 한 몸 다 바쳐가며 회사에 헌신했거늘 결국 얻은 게 개꼰대라는 오명이라는 것이 서글펐다. 의욕이 사라진 건 당연한 결과였다. 달력을 보니 근 몇 달간 연차를 쓴 적이 없었다. 광철은 1년에 연차를 대여섯 개 쓸까 말까였다. 일이 바쁘니 연차를 쓸 엄두도 못 냈다. 연말에 받는 연차 수당도 쏠쏠했고.

문득 쉬고 싶어졌다. 절대로 개꼰대라고 부른 직원들 얼굴 보기가 껄끄러워서는 아니다. 현실을 자각하니 오래 묵힌 피로가 몰려왔을 뿐이다. 그간 쉼 없이 달려왔고, 최근에는 어려워진 회사 사정으로 인수 합병까지 도맡아 진행하느라 몹시 지쳐 있던 중이었다. 합병도 어느 정도 마무리되었으니 사나흘 정도 쉬어도 되지 않을까.

내친김에 광철은 퇴근길에 휴양지 몇 곳을 알아보았다. 매년 여름휴가 때마다 가던 제주도도 좋지만, 이번에는 좀 더 멀리 떠나고 싶다. 이를테면 발리나 괌, 치앙마이 같은 곳으로.

여행 생각에 안 좋았던 기분은 싹 사라지고 기분 좋은 흥분으로 심장이 뛴다. 대학 시절에는 아르바이트를 해서 유럽 배낭 여행도 다녀오고 북미 일주도 했는데, 결혼하고 난 뒤에는 그런 장거리 여행은 꿈도 못 꾼다. 결혼을 하면 어쩔 수 없이 목표가 바뀐다. 책임져야 할 식구가 생겼고, 그 식구들이 안전하게 살아가려면 집도 필요하다. 어디 집뿐이겠는가. 차도 필요하다. 그러다 보니 광철의 목표는 자연스레 더 큰 집, 더 좋은 차가 되고 말았다. 가끔 여름휴가에 연차를 몽땅 붙여 유럽 여행을 다녀왔다는 젊은 직원을 보면 괜히 배알이 꼴릴 정도로 부러웠다.

그렇게까지는 못하지만, 이번에 나도 푹 쉬다 오지, 뭐. 회사도 내가 없어봐야 소중함을 알 거다.

광철은 최저가 항공권을 찾아주는 사이트에서 다음다음 주에 출발하는 발리행 비행기표 네 장을 끊었다. 호화롭지는 않지만 진아와 두 아들과 쉬기에 충분해 보이는 풀빌라도 예약했다. 일사천리로 진행되는 뜻밖의 휴가에 광철은 스스로의 추진력을 칭찬했다. 이광철이, 대학 시절에 여행 다니던 짬 어디 안 갔네.

기분 좋게 편의점에 들러 네 캔에 1만 원 하는 맥주를 사들고 가벼운 발걸음으로 집에 돌아왔건만.

광철은 발을 디디자마자 느껴지는 시베리아보다 더 싸늘한 거실 공기에 저도 모르게 흠칫 몸을 떨었다. 냉기의 원인은 진아였다. 소파 한가운데에 조직의 보스처럼 앉아 있는 진아. 막 세수를 한 모양인지 진아는 머리를 하나로 묶고 앞머리를 삭 올려 실핀으로 고정해 둔 상태였다. 그 때문인지 진아의 눈썹이 유독 치켜 올라간 것처럼 보였다. 그런 얼굴로 눈을 부라리니 오금이 저릴 정도다.

"왜, 왜…?"

"즐거운여행. 267만 원. 뭐야?"

딱딱 끊어 말하는 저음이 묵직하다. 광철은 맥주가 든 봉지를 최대한 소리 나지 않게 식탁 위에 올려두며 아무렇지 않게 대답했다.

"오랜만에 가족끼리 여행 좀 갈까 해서. 우리 가족을 위한 이

광철의 서프라이즈지."

"서프라이즈? 혹시… 상여금 받았어? 아직 때 아닌데?"

귀신이다. 광철은 저보다 돈 관리에 투철한 진아가 어째서 재무가 아닌 시각디자인을 전공했는지 가끔 의아했다. 그쪽도 재능이 있어서 장기간 육아로 인한 경력 단절 후에도 진아는 새로운 회사에 상품 디자이너로 입사해 8년째 근속 중이었다.

"왜 대답이 없어? 무슨 돈으로 267만 원이나 긁었냐니까?"

"돈은 무슨. 그냥 좀 쉬고 싶어서 지른 거지. 당신도 알잖아. 나 몇 달 동안 쉬지도 못하고 일한 거. 저번엔 신입이 사고 친 거 수습하느라 주말에도 내내 출근했고."

"감성적인 사유 말고 이성적인 사유를 듣고 싶은데. 듣고 내가 납득 가능한 그런 사유 말이야."

광철은 회장님에게 보고할 때보다 더 긴장했다. 그러고 보니 두 아들이 보이지 않았다. 이럴 때 두 아들이 있으면 자연스럽게 분위기를 넘겨보는 건데.

광철이 우물쭈물하며 대답을 미루자 진아가 짧게 한숨을 쉬었다.

"취소해."

"뭐?"

"취소하라고. 24시간 이내는 바로 취소되잖아. 당장 취소해."

"아니, 내 얘기는 들어보지도 않고 덜컥 취소부터 하라는 게 뭐야."

"이유 물었잖아. 당신은 대답 못 했고."

"발리 가고 싶었어! 당신이랑 애들 데리고 발리 가려고 끊은 거야. 당신이랑 애들도 좋은 곳에서 쉬면 좋잖아."

진아가 말문이 막힌 듯 허, 하고 숨을 들이마신다. 3초간의 정적. 그러고는.

"누가 발리 가고 싶대? 당신 생각이 있어, 없어? 지금 우리가 허리띠 졸라맬 때지, 쉬고 싶다고 발리나 갈 때야? 당신이 재벌이야? 라멘 먹고 싶다고 일본 가고, 짜장면 먹고 싶다고 중국 가는 재벌이냐고!"

라멘은 홍대, 짜장면은 인천 차이나타운이지. 광철은 목울대까지 치민 말대꾸를 꾹 눌러 참았다. 불붙은 진아에게 기름을 부을 순 없었다.

"허리띠 졸라매다가 말라 죽겠다! 밥 못 먹어서 말라 죽는 게 아니라 감성이 메말라 죽는다고. 적당히 쉬고 적당히 일하며 살아야지. 그리고 당신도 힘들잖아. 애들도 학교 다니느라 힘들고. 이참에 애들이랑 같이 좋은 데서 힐링…"

"내가 누구 때문에 힘든데!"

기어이 터진 진아의 사자후에 광철이 눈을 끔뻑였다.

"당신이 매번 멋대로 사고를 치니까 힘든 거잖아. 오랜만에 동창 만난다고 나가서 덜컥 안마의자를 사 오질 않나, 확인도 안 하고 폐차 직전 똥차를 거금 들여 사 오질 않나! 거기다 나 몰래 깬 적금 통장을 주식으로 홀랑 날리질 않나! 그때마다 당신 뭐라고 그랬어? 뭐? 나랑 애들을 위해서 그랬다고? 그게 정말 나랑 애들을 위한 거야?"

"아니, 왜 그 얘기까지 꺼내고 그러냐…"

디자인을 전공한 진아의 고질병은 어깨였다. 유독 오른팔을 많이 쓴 탓에 회전근개가 파열된 진아는 몇 년을 버티다 가방조차 제대로 들지 못할 정도가 되어서야 수술을 했다. 원래대로라면 수술 후 퇴사를 하고 이제 고등학교 입학을 앞둔 큰아들의 뒷바라지만 해야 할 테지만, 광철의 잘못된 선택으로 그 계획은 무산되었다.

시간을 돌릴 수만 있다면, 광철은 3년 전 자신에게 찾아가서 절대로 주식 같은 건 손도 대지 말라고 으름장을 놓을 거다. 용돈으로 작게 시작했던 주식으로 몇 번 이득을 보자 손이 점점 커진 게 화근이었다. 마침 만기가 된 적금을 몽땅 들이부었던 주식은 반의반 토막이 났다. 그때라도 발을 뺐으니 망정이지, 때를 놓쳤으면 10분의 1도 건지지 못할 뻔했다. 어디 가서 재무 팀 팀장이라는 명함을 내밀기가 창피할 정도의 참패였다.

그 일 이후, 집에서 광철의 입지는 훅 줄어들었다. 경제권은 모두 진아에게 헌납했다. 한때 살얼음 위를 걷듯 아슬아슬했던 가정이 겨우 안정을 찾은 건 얼마 되지 않았다. 그런 위기에도 가정을 지켜준 진아에게 고맙긴 한데… 난 뭐 힘들다는 말도 못 하냐 이 말이다. 나도 사람인데! 내가 싼 똥 내가 치우겠다고 발바닥에 땀 나도록 버티고 있는데!

"쓸데없이 연차 쓸 생각하지 말고 나중에 수당으로 받아. 한 푼이라도 모아야지."

야속한 진아의 말에 광철의 서러움이 폭발했다.

"내가 돈 버는 기계야? 내 맘대로 하루도 못 쉬어?"

"돈은 뭐 당신만 벌어? 그렇게 따지면 나는 돈 버는 기계에 살림 기능까지 추가된 기계거든?"

아차. 진아가 하이브리드라는 걸 잊어버렸다. 광철은 잠시 움찔했지만, 다시 기세를 몰아 되받아쳤다.

"그래! 당신 잘났다! 난 당신이랑 달라서 기계처럼은 못 살아. 나 혼자라도 갈 거야!"

황당함으로 일그러진 진아를 쏘아본 광철이 보란 듯이 지갑을 챙겨 밖으로 뛰쳐나갔다.

근처 식당들이 하나둘 문을 닫는 야심한 시각. 광철은 편의점

앞 야외 테이블에서 고독한 저녁 식사를 시작했다. 오늘 저녁이 칼몬드가 될 줄은 몰랐다. 서러워해야 할 와중에 왜 맛은 있고 그러냐.

호기롭게 집을 뛰쳐나와 차에 올라탄 것까진 좋았다. 무작정 바퀴가 굴러가는 대로 떠날 참이었는데, 광철은 자신의 차가 30만을 주행한, 연식이 15년 된 차라는 것을 간과했다. 그것도 모르고 돈 필요하다는 친구 말에 이 차를 덜컥 산 내가 등신이지.

사람도 나이가 들면 이곳저곳이 고장이 나듯, 반질반질했던 시절은 온데간데없이 똥차라는 오명을 뒤집어쓴 광철의 차는 기어이 도로 위에서 그 오명이 진실임을 증명하려 했다.

금방이라도 숨을 거둘 듯 덜덜거리는 차를 끌고 고속도로에서 빠져나왔다. 생전 처음 보는 동네에 진입한 차는 한적한 갓길에 다다라서야 장렬히 숨을 거두었다. 당장 보험사에 연락해야겠지만, 그랬다간 이 항쟁은 그대로 끝이 날 것이다. 곧바로 진아 귀에 들어갈 테니까.

잘못 탄 기차가 목적지에 데려다준다는 말도 있다지.

어차피 뚜렷한 목적지가 있던 것도 아니니, 여기가 목적지인 셈 치면 된다. 생전 처음 들어본 동네이긴 하지만.

이 동네는 유독 고요했다. 서울은 이 시간까지도 불빛이 번쩍거리고 소란스러운데, 이 동네에서 가장 번화가처럼 보이는 길에 지나다니는 사람조차 드물다. 편의점 아르바이트생은 지루한 얼굴로 핸드폰만 쳐다보고 있다. 그 모습을 물끄러미 바라보던 광철이 플라스틱 테이블 위로 엎어졌다.

어디서부터 잘못됐을까.

모든 시작은 좋았다. 광철의 최우선 순위는 그의 가족, 그러니까 진아와 두 아들뿐이었다. 합병으로 칼춤을 추는 회사에서 간신히 버티고 있는 이유도 오직 가족 때문이다.

진아의 역린이 된 주식 사건도 마찬가지다.

광철은 진아의 닳은 어깨를 보는 것이 마음 아팠다. 모아둔 용돈을 투자해 봤다가 두 배의 수익을 거둔 후, 광철은 만일 투자했던 돈이 이보다 컸으면 더 큰 수익을 얻었을 거란 아쉬움에 사로잡혔다. 하지만 일개미의 숙명은 광철을 쉽게 놓아주지 않았다. 깊지 않은 지식으로 뛰어든 주식 시장은 광철에게 쓰라린 패배와 상처만 안겼다. 누군가에겐 크지 않을 돈일지 몰라도 광철에게는 10년 동안 안 먹고 안 입고 모았던 피와 땀 그리고 눈물이었다. 그걸 한순간에 날렸으나 그 누구도 탓할 수 없었다.

앞으로의 10년을 보장할 수 없으니 다시 그 돈을 모을 수 있다는 희망조차 품을 수 없었다. 좋은 남편, 좋은 아버지가 되고 싶었던 광철의 소박한 바람은 이룰 수 없는 꿈처럼 희미해졌다. 끊길 듯 끊기지 않는 간당간당한 지하철에 몸을 싣고 광철은 스스로를 깎아내렸다.

아무리 덜떨어져도 그렇지, 어떻게 그렇게 큰돈을 몽땅 다 집어넣을 수가 있냐.

분명 취기는 슬슬 오르는데 머릿속은 말짱했다. 지난 일의 수치스러움이 면피를 쿡쿡 찌를 정도다. 도저히 집으로 돌아갈 엄두가 나지 않았다.

아르바이트생이 잠을 깰 생각인지 찌뿌둥한 얼굴로 밖으로 나왔다. 먹다 만 칼몬드를 봉해 주머니에 넣은 광철이 아르바이트생에게 물었다.

"여기 모텔은 어디 있어요?"

김이 팍 샜다. 저녁 식사 후, 멧돼지 출몰 소식을 거의 괴담처럼 풀어놓던 서독 언니는 생각보다 미용사들의 반응이 무덤덤하자 인상을 구겼다.

"다들 왜 이렇게 무신경해? 멧돼지한테 습격당할 수도 있다니까?"

"미용실 쪽이 아니라 반대편이라면서요."

"보보 넌 박 순경인지 뭔지 하는 놈이랑 짰니? 어쩜 이렇게 똑같이 맹한 소리를 해? 걔들은 다리가 없어? 거기에만 붙어 있겠니?"

보보는 분했지만, 논리적으로 딱히 받아칠 말이 없어 입만 비죽였다.

"미용실 있는 쪽은 산세도 험하고 먹을 것도 없어서 아마 이 쪽으론 안 올 거예요."

"먹을 거 찾아서 민가도 덮친다잖아. 요즘엔 사람들 다니는 산책로까지 뛰어든대. 뉴스 안 봤어?"

한풀 꺾이긴 했지만, 스피아 쌤의 말에도 서독 언니는 여전히 곤두세운 신경을 여과 없이 드러냈다. 잠자코 듣고 있던 제인이 나섰다.

"서독 언니. 멧돼지한테 털끝 하나 다칠 일은 없을 테니까 걱정 말고 자. 내일 언니가 오픈이잖아."

"제인까지 진짜 왜 이래? 왜 이렇게 태평하냐고! 안전불감증이 얼마나 무서운지 몰라?"

휘젓던 티스푼을 딱 소리가 나도록 내려놓으며 서독 언니가 앙칼지게 소리쳤다. 삽시간에 거실 분위기가 싸늘해졌다. 눈치 빠른 미미는 슬그머니 일어나 냉수 한 잔을 서독 언니의 앞으로 내밀었다. 마침 목이 탔는지 서독 언니는 싫다는 말도 없이 순식간에 물을 반쯤 비워냈다. 인간의 몸은 수분이 70퍼센트라지 않던가. 냉수가 들어가자 뜨겁게 끓어올랐던 흥분기가 조금 가라앉았다. 그걸 확인한 미미가 멧돼지 사태가 불거진 이후 줄곧

궁금했던 것을 조심스레 물었다

"근데… 멧돼지가 마녀보다 세요?"

남은 물을 마시려던 서독 언니가 돌처럼 굳었다. 허를 찔린 것이다. 뜨거운 드라이기 바람을 쏘인 것처럼 얼굴이 화끈거렸다.

"그, 그건…"

"그리고 여긴 2층이고, 계단에는 따로 문까지 있는데…"

"그러니까…"

슬슬 다른 미용사들의 얼굴에도 웃음기가 비실비실 올라오기 시작했다. 서독 언니는 입만 옴짝달싹할 뿐, 자신이 놓친 전제가 있다는 걸 쉽사리 받아들이지 못했다. 근데 미미 쟤는 평소에는 맹하다가 오늘따라 왜 이렇게 예리해? 나 먹이는 거 아냐?

궁지에 몰린 서독 언니가 이제는 자신의 오판을 인정하는 쪽으로 기울던 그때, 창문이 후드득 흔들렸다. 살짝 열린 틈 사이로 산바람이 들어온 모양이었다. 잽싸게 일어난 미미가 창문을 닫으려다 말고 움찔 멈췄다.

밖에 누가 있다.

제대로 된 가로등 하나 없는 산 아래라 보이는 건 어둠뿐이었지만, 미미는 확신했다. 밖에 뭔가가 있었다. 그게 사람인지, 서독 언니가 주장한 멧돼지인지 모르겠지만.

"문 안 닫고 뭐 하니?"

산바람에 계속해서 창문이 흔들리자 서독 언니가 괜히 소리를 질렀다. 동시에 쾅쾅, 하고 뭔가를 내리치는 소리가 들렸다. 그것이 1층에 있는 미용실 문을 쳐대는 소리라는 걸 알아차린 제인과 미용사들의 표정이 굳었다.

"그거 봐. 정말로 멧돼지가 왔잖아!"

서독 언니는 두려운 얼굴로도 의기양양하게 소리쳤으나, 뒤이어 들리는 소리에 자신이 옳았다는 자신감은 곧 수그러들고 말았다.

"사장님 방 좀 주세요! 사장님! 저 이광철입니다!"

웬 방? 그리고 이광철은 또 누군데? 미용실 문을 두드리는 남자의 목소리에서는 얼큰한 술냄새가 나는 듯했다. 계산이 딱 나온다. 저 남자는 머리하러 온 손님이 아니라 취객이다. 영업이 끝나고 뒷정리를 할 때 밖에서 하도 문을 두드리기에 나가보니 술에 떡이 된 취객이 술집인 줄 알고 찾아왔던 적이 제인살롱에서도 더러 있었다. 하지만 여긴 미녀미용실인데. 그것도 시내에서 한참 떨어진, 산 밑에 있는 미용실에 어느 취객이 찾아와 난동을 부린단 말인가.

어찌 보면 멧돼지의 습격보다 더 무서운 상황일 수도 있다. 게다가 광철이란 남자는 지치지도 않는지 더 요란하게 문을 두

드리고 있었다.

"저거, 미친놈 아니야?"

"그러니까요. 절대 손님은 아닐 거예요."

어쩐 일로 보보가 서독 언니의 말에 맞장구를 치고 나섰다. 조용히 제 방에 들어갔다 온 스피아 쌤의 손에는 쫙 펼친 삼단봉이 들려 있었다.

"원장님, 처리할까요?"

고저 없는 목소리에 미미는 저도 모르게 흠칫 몸을 떨었다. 대체 어떻게 처리한다는 거지? 머릿속에는 온갖 끔찍한 상상이 솟구쳤다.

제인도 비슷한 생각인지 난처한 기색으로 대꾸했다.

"스피아 쌤의 의도는 아는데, 오해의 소지가 없는 단어를 쓰면 어떨까? 누가 들으면 우리가 저 아저씨를 죽이기라도 하는 줄 알겠어."

"죄송해요. 마땅한 단어가 생각나지 않아서."

멋쩍어진 스피아 쌤이 펼쳐둔 삼단봉을 집어넣는 걸 보며 제인이 미미에게 물었다.

"손님인 것 같니?"

미미는 이번에는 다른 의미로 흠칫 몸을 떨었다. 제인이 먼저 제게 손님인지 확인한 건 처음이었다.

원장님도 이제는 날 신뢰한다는 뜻이겠지?

기대에 부응하고 싶었지만, 애석하게도 이번에는 미미 역시 저 취객이 손님인지 아닌지 파악할 수가 없었다.

"술에 취해 있어서 그런지 목소리가 잘 안 들려요."

"흐음..."

제인은 짧은 고민에 빠졌다. 저런 취객쯤이야 손가락만 휘둘러도 간단히 해결할 수 있다. 문제는 지금 징계 중이라는 거다. 영업에 필요한 게 아니라면, 마법을 쓰는 건 자제하는 게 좋았다. 그게 누군가를 해치는 마법이라면 더더욱.

"손님도 아니면 그냥 경찰에 신고하자. 마침 요새 뻔질나게 미용실을 드나드는 경찰도 있잖아. 신고하면 금방 올 거야."

박 순경을 떠올린 서독 언니는 당장이라도 신고할 기세로 핸드폰을 쥐었으나, 제인은 고개를 저었다. 괜히 일을 크게 벌이고 싶지 않았다. 이곳으로 온 것도 사람을 피해서 온 건데.

"스피아 쌤, 삼단봉 다시 펼쳐요."

스피아 쌤이 군말 없이 삼단봉을 펼쳤다.

"적당히 겁만 줘서 쫓아내죠."

스피아 쌤을 선두로 미용사들은 PC골판이 덮인 계단을 살금살금 내려왔다. 조심스레 계단 입구에 있는 문을 연 스피아 쌤이 눈을 게슴츠레 뜨고 어둠 속에 숨어 잘 보이지도 않는 타깃을 주시했다.

"그러지 말고 경찰에 신고하자니까…"

112를 찍어둔 핸드폰을 손에 쥔 서독 언니가 볼멘소리로 중얼거렸으나, 듣는 이는 아무도 없었다. 내내 고함을 지르던 남자는 힘이 빠졌는지 이제 미용실 문고리를 잡은 채 휘청거렸다.

"원장님, 지금인 것 같은데요."

"최대한 때리진 말고 적당히 위협만 해요. 혹시 저쪽에서 달려들면 뭐, 어쩔 수 없고."

"네."

삼단봉을 손에 쥔 스피아 쌤이 문밖으로 한 걸음을 내디뎠을 때였다. 남자의 뒤쪽에서 엄지만 한 불빛 두 개가 두둥실 떠올랐다. 거친 숨소리 속에 꾸엑, 꾸엑, 하고 괴성을 뱉어내는 것은 분명히…

"메, 멧돼지! 진짜 멧돼지예요!"

"내 이럴 줄 알았어. 뭐? 반대편이라서 안 나타날 거라고? 이 멍청한 경찰들 같으니라고! 보보야, 문 닫아! 얼른!"

"그, 그럼 저 아저씬 어떡해요?"

호들갑을 떨며 문을 닫으려던 보보가 미미의 말에 멈칫했다. 남자는 등 뒤에 멧돼지가 있다는 것도 모르고 열릴 기미 없는 문고리를 잡은 채 휘청거리고 있었다.

"모두 올라가요. 여긴 내가 알아서…"

제인이 말을 마치기도 전, 스피아 쌤이 말릴 틈도 없이 튀어
나갔다.

"스피아 쌤!"

"언니!"

스피아 쌤의 손에 들린 삼단봉이 공중에서 휙 도는가 싶더니
뭔가를 강하게 내리쳤다. 둔탁한 타격음과 함께 쓰러진 것은 멧
돼지가 아닌, 남자였다.

"억!"

의도한 건 아닌 듯 스피아 쌤은 황망히 제 손에 들린 삼단봉
을 쳐다봤다. 멧돼지가 남자 쪽으로 움직이기에 쫓으려고 했는
데, 하필이면 그때 문고리를 놓친 남자가 뒤로 자빠지다가 삼단
봉에 맞아버렸다.

갑작스러운 소란에 멧돼지는 잔뜩 흥분한 듯했다. 스피아 쌤
을 향해 달려들려던 멧돼지는 불덩이가 날아들자 황급히 산속
으로 도망쳤다.

손에 남은 불씨를 홀홀 털어버린 제인이 다급히 스피아 쌤에
게로 걸어갔다. 계단 입구에 걸린 손전등을 챙긴 미미가 얼른
제인을 따라갔다.

"스피아 쌤! 괜찮아요?"

"저는 괜찮은데…"

스피아 쌤이 착잡한 얼굴로 쓰러진 남자를 쳐다봤다. 잠든 건지 기절한 건지, 광철이란 남자의 얼굴은 평화로웠다.

이번 일이 뭔가 심상치 않다는 걸 느낀 건, 광철이 진아의 전화를 무려 스무 번이나 무시했을 때였다. 이광철이 누구던가. 원체 잘 삐치고 토라지는 인간 아니던가. 이번에도 몇 시간 지나면 슬그머니 들어와 소파에 늘어지듯 앉아 야구나 볼 줄 알았는데, 야구가 끝날 때까지 코빼기도 안 비추더니 이제는 전화까지 안 받는다.

애도 아니고, 이런 일일수록 어른스럽게 대화로 풀어야 할 거 아냐?

밤 10시를 넘기자 진아는 광철의 입사 동기인 상진에게 전화를 걸었다. 상진은 5년 전에 퇴사 후 창업을 했는데, 여전히 광철의 둘도 없는 친구로, 진아와는 가족 동반으로 여러 번 만난 적이 있는 가까운 사이였다.

"지민 아빠, 늦은 시간에 미안해요. 혹시 준수 아빠랑 같이 있어요?"

"광철이요? 연락 없었는데."

무슨 일 있어요, 곧바로 물어오는 게 거짓말을 하는 것 같진 않다. 굳이 시끄러운 집안일을 알릴 필요는 없어서 진아는 아무렇지 않게 둘러댔다.

"일은요. 올 때가 됐는데, 늦길래 연락해 봤어요."

"그럼 다행이고요. 그나저나 광철이 말이에요, 괜찮죠?"

"괜찮냐뇨?"

상진의 목소리가 사뭇 진지해졌다.

"광철이 녀석, 또 제수씨한테 말 안 한 모양이네. 광철이 회사, 합병 들어가잖아요. 그 일로 여럿 그만둔 모양이에요. 광철이야 회사에서 보기에 아직 쓸 만하니 간신히 자리보전은 한 모양인데… 분위기가 뒤숭숭하니 일이 손에 잡히겠어요? 그러니까 제수씨가 신경 좀 써주세요. 걔가 원래 그런 얘기 잘 못 하잖아요."

처음 듣는 이야기다. 상진은 거래처 사장과 식사 중이었다며 다음에 애들 데리고 놀러 가자며 대화를 갈무리했다. 간신히 네, 네, 대답만 하다가 전화를 끊고도 진아는 얼이 빠진 채 핸드폰만 쥐고 있었다. 머릿속에서 빨간 불빛이 깜빡였다. 이건 보통 일이 아니다. 어쩌면 아주 심각하고 끔찍한 일이 벌어질지도 모른다. 불안감에 눈시울마저 붉어지던 찰나, 진아의 핸드폰이 울렸다.

6,550원 결제. 다율편의점.

광철이 쓰는 카드다! 그럼 광철이 다율편의점에 있다는 건데?

지도에 다율편의점을 검색해 보니 주소가 나온다. 다율동 56-14번지. 집에서 차로 꼬박 1시간 거리다. 아무 연고도 없는 곳엔 왜 갔대?

하지만 깊이 생각할 겨를이 없었다. 진아는 핸드폰으로 어디론가 전화를 걸었다. 광철 모르게 이미 몇 번이나 통화했던 터라 번호가 익숙했다.

"저예요. 지난번에 말씀드린 거… 지금 될까요?"

의식이 사라지기 전, 광철이 느낀 감각은 통증이었다. 눈앞이 번쩍인다 싶더니 오른쪽 어깨가 아팠다. 그것도 끊어질 듯 심각하게. 꿈이라기엔 너무 생생한 통증이었다. 사고라도 당한 건가? 아니면 오십견? 울적한 마음으로 눈을 떴을 때, 광철은 저를 주시하는 눈 열 개와 마주해야 했다.

"으악! 누, 누구세요?"

"어머. 그건 우리가 할 소린데."

풍성한 머리숱을 자랑하는 통통한 여자가 태연히 대꾸했다.

"남의 영업장에 불쑥 찾아온 건 광철 씨잖아요."

"제가요?"

잠이 덜 깼는지 뇌가 느릿느릿 움직이는 듯했다. 어리둥절하게 주위를 둘러보던 광철은 무심코 주머니에 손을 찔러넣었다가 잡힌 칼몬드 봉지를 보고서야 자신이 모텔을 찾아왔다는 걸 떠올렸다. 그 이후로는 속전속결로 기억들이 휘몰아쳤다. 무슨 모텔이 이런 으슥한 곳에 있냐며 투덜대며 산길을 걷다 자빠지고, 어느 문을 뻥뻥 차며 고래고래 방 좀 달라 소리를 쳤던 기억까지. 덕분에 술이 확 깼다.

"아이고, 죄송합니다. 모텔을 찾아온다는 게 엉뚱한 데서… 늦은 시간에 큰 실례를 저질렀습니다."

다행히 미용사들은 광철의 추태를 추궁하지 않았다. 광철은 이상하리만큼 멀쩡해진 어깨를 두어 바퀴 돌리며 자리에서 일어났다. 지금 보니 완벽한 미용실이다. 아무리 고주망태가 되었대도, 방을 달라며 문을 두드린 게 한심스러울 정도로.

"그, 그럼 이만 가보겠습니다."

"이렇게 그냥 가시면 안 될 텐데?"

윤기 넘치는 풍성한 머리숱을 가진 여자는 섬뜩한 문장을 명랑하게 내뱉었다. 등골이 괜히 오싹해지는 건 창밖으로 보이는 칠흑 같은 어둠 때문일 거다. 눈앞에서 서슬 퍼런 눈으로 나를 노려보는 정체불명의 여자들 때문이 아니라.

"그, 그냥 가면 안… 된다니요?"

"지금 시간이 밤 11시예요. 우리 미용실은 시내에서도 한참

떨어진 곳에 있거든요. 광철 씨가 어떻게 여기까지 무사히 걸어
왔는지 의심스러울 만큼."

'무사히'라는 표현에 여자들이 짧게 고개를 끄덕인다. 아니,
미용실이 무사히 못 올 곳인 이유가 뭐길래.

"그래도 정 돌아가겠다면 말리지는 않을게요. 아, 조금 전에
멧돼지가 광철 씨를 습격하려고 했다는 건 알아두시고."

"예?"

그제야 광철은 창밖에 깔린 어둠이 도시의 어둠과는 좀 다르
다는 걸 깨달았다. 가로등 하나 없다. 아니, 손톱만 한 불빛 하
나조차도 없다. 대체 여긴 어디야?

광철의 마음을 읽었는지 어둠만큼이나 칠흑 같은 머릿결을
가진 여자가 대꾸했다.

"보다시피 미용실이에요. 난 이 미용실 원장 제인이고요. 우
리 미용실이 좀 특이한 곳에 있죠?"

"아… 예."

"어떡하시겠어요? 굳이 걸어서 나가신다면 말리진 않겠지만,
원하신다면 택시를 불러줄 수도 있어요."

"택시 불러주세요!"

다급한 광철의 외침에 원장이 가볍게 웃었다. 다른 여자들,
아니 미용사들은 여전히 표정이 없다. 아무래도 영업 후 들이닥

친 불청객이 달갑지는 않은 모양이다.

제인은 여긴 배차가 잘 안 되는 곳이라 택시가 오려면 족히 30분은 걸린다고 했다. 어쩔 수 없이 이 미용실에서 30분은 버텨야 한다는 건데… 원장은 편히 있으라고 했지만, 그건 서비스 정신에서 우러나온 말일 거다. 장사하는 입장에서 나 같은 사람이 얼마나 불편하겠어?

"저기… 그냥 있기 죄송해서 그런데, 괜찮으시면 머리 좀 다듬어도 될까요?"

"안 될 건 없죠. 미용실은 머리하는 곳이니까."

다행히 원장은 흔쾌히 광철을 미용 의자로 안내했다. 이제 원장을 제외한 네 여자는 광철의 등 뒤 의자에 나란히 앉아 있었다. 그중 둘은 이 늦은 시간에 들이닥친 불청객이 못마땅한 눈치였고, 한 사람은 신기한 듯했다. 그리고 가장 앳된 여자애는 눈을 이리저리 굴리며 눈치를 보는 것 같았다.

"서독 언니. 다들 데리고 들어가요. 이 손님은 내가 맡을 테니까."

"어? 어…"

서독 언니라 불린 키가 큰 여자는 한참을 뭉그적거리다가 느릿느릿 자리에서 일어났다. 뒤따라 쇼트커트를 한 여자와 눈이 동그란 여자도 미용실을 나섰지만, 가장 어린 여자애만 자리를 뜨지 않고 남아 있었다.

"미미 너도 올라가도 돼."

"아니에요. 저 별로 안 졸려요."

여자애는 일부러 눈을 동그랗게 뜨며 대답했다. 가만 보니 여자애는 기껏해야 고등학생 정도로 보였다. 이 원장의 딸인가? 닮은 구석은 별로 없어 보이긴 한데… 광철은 철들 기미라곤 눈곱만큼도 보이지 않는 제 아들 둘과 달리, 제 엄마가 힘들까 봐 함께 미용실에 남아 있으려는 여자애가 몹시 기특했다.

"딸이 최고예요. 그렇죠?"

앞치마를 매던 원장은 뭔 생뚱맞은 소리냐는 듯 눈을 세모나게 뜨더니 이내 빙그레 웃었다.

"딸이든 아들이든 아이가 있다는 건 최고의 기쁨이죠."

광철은 자신의 두 아들을 떠올렸다. 한 놈은 돈 필요할 때만 아빠를 찾고, 다른 한 놈은 아빠보다 친구를 더 좋아한다. 어릴 땐 퇴근만 하면 달려와 안기던 놈들이었는데.

그사이, 모든 준비를 마친 원장이 광철의 뒤에 섰다.

"머리는 어떻게 해드릴까요?"

미용실에서 듣는 가장 평범한 질문인데, 광철은 생각이 많아졌다. 생각해 보면 광철이 스스로 머리를 해야겠다고 작정하고 미용실을 찾았던 적은 없었다. 목이 좀 답답하다는 느낌이 들

때쯤이면 진아는 귀신같이 알고 광철을 자신의 단골 미용실로 데려갔다. 주문은 '다듬어 주세요'. 직장 생활을 시작한 이래, 같은 머리를 고수해 왔던 광철은 미용실에서 다른 말을 해본 적이 없었다.

"제가 그런 걸 잘 몰라서…"

광철은 겸연쩍게 뒷머리를 긁적였으나, 원장은 전혀 개의치 않는다는 듯 능수능란하게 물었다.

"그럼 제가 한번 살펴보고 말씀드려도 될까요?"

광철의 모발은 빳빳한 직모였다. 어찌나 빳빳한지 자를 때를 살짝 놓친 옆머리는 양옆으로 붕 뜨다 못해 가시처럼 바짝 뻗어 있었다. 제인은 손가락에 걸리는 빳빳하고 거친 광철의 모발을 매만지며 그의 역사에 집중했다.

어찌 보면 광철의 삶은 그의 모질과 비슷했다. 아무리 빗어도 오뚝이처럼 우뚝 서는 그의 머리카락만큼이나 광철은 그를 향해 부는 풍파에서 잠시 흔들릴지언정 결국에는 꼿꼿하게 서서 자리를 지켰다. 광철의 버팀목은 진아와 두 아들, 그의 가족이었다.

광철이 후회하는 일들의 동기는 전부 동일했다. 진아와 두 아들이 좀 더 행복하게 살길 바라는 마음에서였다. 안마의자를 산

것도 자주 어깨가 뭉쳐 고생하는 진아가 덜 아프길 바라는 마음에서 우발적으로 저지른 행동이었다. 감동할 줄 알았던 진아는 노발대발했다. 왜 묻지도 않고 덜컥 이런 비싼 안마의자를 사 왔냐고 며칠을 달달 볶았다. 주식도 마찬가지다. 진아는 돈을 날린 것보다 제게 묻지도 않고 일을 저지른 광철에게 크게 실망했다.

광철의 문제는 바로 그거였다. 제 방식대로 행동하는 것. 광철은 나름대로 진아와 두 아들을 끔찍이 여겼지만, 그 방식은 그의 머리카락만큼이나 저돌적이었다. 그렇다 보니 의도와 다르게 뻗어 나갔고, 때로는 사랑하는 가족 그리고 본인의 마음에 상처를 입히기도 했다.

'아무도 내 마음을 몰라주냐. 전부 우리 가족 생각해서 그런 건데…'

빠르고 독단적인 광철의 페이스를 따라올 수 있는 사람은 없었다. 광철은 모르는 새 고독해졌으나, 여전히 그 이유를 알지 못했다.

제인이 손을 떼자 반쯤 감겨 있던 광철이 언제 그랬냐는 듯 눈을 완전히 떴다. 저 아저씨는 무슨 일이 벌어졌는지 모르겠지. 숨죽여 그 과정을 전부 지켜본 미미는 아무리 봐도 신비로운 광경이라고 생각했다.

아무것도 모르는 광철이 괜히 뻑뻑한 눈을 끔뻑이는 사이, 제인이 금세 앞치마를 둘렀다.

"일단 머리를 좀 다듬으면 좋겠네요. 광철 씨의 모질은 단단한 직모라 조금만 길어도 옆으로 보기 싫게 뻗어 나가는 편이거든요."

"실은 머리 자를 때가 되긴 했는데, 요즘 일이 바빠서 이발하러 갈 시간이 없었어요. 머리만 좀 다듬어도 얼굴이 살 텐데."

"그런데 진짜 문제는 이발로 해결이 안 돼요."

"예?"

내 얼굴에 문제가 있다는 건가? 절로 얼굴이 붉어진 광철이 눈을 부릅떴다.

"이 옆머리가 특히 문제죠. 워낙 뻣뻣해서 주변과 상관없이 붕 떠버리고 말잖아요. 얼마나 외롭겠어요?"

외롭다는 말에 왜 마음이 움찔거리는 건지. 저 역시도 회사에서는 개꼰대, 집에서는 천덕꾸러기인 신세가 아니던가. 괜히 입안이 썼다. 광철은 쓴 미소를 지으며 힘없이 대꾸했다.

"그러게요. 외로워 보이네요. 저 혼자 따로 노는 것도 아니고."

"머리는요, 어울림이 중요해요. 미용사가 아무리 멋지고 화려한 헤어스타일을 해주면 뭐 해요? 정작 그 머리가 손님에게 어울리지 않으면, 결과는 우스꽝스러워질 뿐이죠. 좋은 미용사는

손님의 마음을 먼저 헤아린답니다. 그래야 손님을 감동하게 할
수 있거든요."

평소 같으면 코웃음 칠 거창한 말이었으나, 어쩐 일인지 광철
은 웃음이 나지 않았다. 원장이 말한 미용사에게서 기시감이 느
껴졌다. 이유는 모르겠지만.

그때 제인이 손으로 광철의 옆머리를 가볍게 눌러주었다.

"광철 씨의 머리카락도 그래요. 유독 옆머리가 붕 뜨는 편이
죠. 뒷머리와 어우러질 수 있도록 조금 눌러주면 여태 광철 씨
가 본 적 없던 본인의 새로운 모습을 볼 수도 있을 거예요."

자신만만한 제인의 말에 광철이 침을 꼴깍 삼켰다. 이 모습으
로 살아온 게 수십 년이다. 머리 좀 한다고 크게 달라질까. 의구
심이 드는 한편, 제인의 말대로 달라졌으면 하는 바람이 동시에
들자 광철이 간절한 얼굴로 물었다.

"정말 그게 될까요?"

"그럼요. 우리 미용실에서 안 되는 건 없답니다."

부드러운 제인의 미소가 광철을 안심시켰다. 금세 누그러진
광철이 거울 속 제 얼굴을 마주했다. 새로운 모습이라.

"잘 부탁드립니다."

그 시각, 평화로워야 할 다율동 지구대는 다른 지역에서 갑자

기 들이닥친 세 모자로 인해 골머리를 앓는 중이었다.

"아, 글쎄, 정식 실종신고를 하셔야 저희가 CCTV도 확인하고 남편분을 찾아드릴 수 있다니까요?"

"실종이 아니니까 신고를 못 하죠. 1시간 전까지만 해도 요앞 편의점에서 뭘 샀다고요. 내 핸드폰으로 결제 문자가 왔어요. 확인해 보니까 내 남편이 산 게 맞았고요. 모텔로 간 줄 알았는데, 이 근방 모텔을 싹 뒤져도 남편이 없어요."

광철이 들른 편의점까지 무사히 왔다. 아르바이트생에게 인상착의를 물으니 결제를 한 사람도 광철이 맞았다. 편의점에서 멀리 떨어지지 않은 공영 주차장에서는 광철의 차도 발견했다. 그렇다면 광철이 이 동네 어딘가에 있는 건 확실한데, 구체적으로 그곳이 어디인지를 모르겠다는 게 진아가 봉착한 문제의 핵심이었다.

"아주머니, 남편분과 다투셔서 마음이 안 좋으신 건 제가 잘 알겠어요. 근데 경찰이라고 해서 마음대로 CCTV를 볼 수 있는 게 아니에요. 그거 보려면 절차가 얼마나 까다로운데요."

진아와 경찰의 대화가 좀처럼 거리를 좁히지 못하며 평행선처럼 달려가던 때였다. 조금 전, 멧돼지 출몰 신고 전화를 받고 지구대를 나섰던 경찰 둘이 투덜거리며 지구대로 복귀했다.

"참나, 멧돼지가 나왔으니 오랬다가, 다시 안 와도 됐댔다가.

무슨 똥개훈련도 아니고."

"선배님. 제가 예전부터 느낀 건데… 그 미용실 진짜 이상하지 않아요?"

"또 시작이다, 또. 박 순경아, 거기 제대로 영업 신고된 업장이라고 몇 번을 말하냐? 어?"

"불법 안마소들도 겉으로는 건전 안마소인 것처럼 해요! 그리고 생각해 보세요. 무슨 미용실이 산 밑에 있어요? 말도 안 되죠. 그리고 뭔가 남자 목소리도 들린 것 같았고."

산 밑에 있는 미용실? 남자 목소리? 문득 광철이 가르쳐 준 모텔 방향을 무시하고 산 쪽으로 걸어갔다던 편의점 아르바이트생의 말이 떠올랐다. 심장이 덜컹 내려앉았다. 어언 20년을 살 부딪히고 산 부부의 감이 말하고 있었다. 그 산에 있는 미용실에서 들린 남자 목소리가 광철인 것 같다고. 근데 방금 들은 바로는 그 산에 멧돼지가 출몰하는 듯하다.

그 미용실에 준수 아빠가 있으면 어떡하지?

불길한 촉에 진아가 벌떡 자리에서 일어났다. 조금 전, 산 밑 미용실이 수상하다고 한, '박 순경'이라고 불린 경찰의 앞까지 빠르게 걸어간 진아가 그의 손을 덥석 붙잡았다.

"박 순경님, 그 미용실이 어디죠?"

경력이 얼마나 되는지는 몰라도 원장의 솜씨는 훌륭했다. 미용에 문외한인 제가 보기에도 이런 산 밑에 틀어박혀 있기에 아까울 정도였다. 원장의 딸인 여자애도 조용히 허드렛일을 도왔다. 미미라고 했던가. 광철은 원장과 적당히 거리를 유지하면서도 말하지 않아도 제인이 필요한 물건을 척척 찾아 건네는 미미에게 감탄했다.

다운펌이라고 해서 긴 시간이 걸리면 어쩌나 걱정했는데, 의외로 빠르게 끝났다. 거울 속 모습이 낯설었다. 제자리를 찾지 못하고 붕 떠 있던 옆머리는 다른 머리카락들과 열을 함께했다. 차분히 정돈된 헤어스타일 덕분인지 인상도 좀 달라 보인다. 밝고 부드럽게 보인다. 뭔가 좀 젊어 보이는 것도 같고.

"어떠세요?"

"제 얼굴이 낯서네요. 꼭 다른 사람 같아요."

어서 집으로 돌아가고 싶었다. 진아와 아이들이 보고 싶었다. 발리 여행은 안 가도 좋다. 그냥 진아와 두 아들과 통닭을 뜯고 웃긴 예능 프로그램을 보면 그만이다. 진아와 두 아들의 웃음소리야말로 광철의 원동력이니까. 광철은 엉거주춤 일어나 뒷주머니에서 지갑을 꺼냈다.

"감사합니다. 얼마 드리면 될까요?"

"돈 안 주셔도 돼요. 돈이 필요해서 머리해 드린 게 아니거든요."

그래도 염치가 있지. 광철은 다급히 오만 원짜리 한 장을 꺼냈다. 더 주고 싶었지만, 하필이면 지갑에 든 현금이 오만 원뿐이었다.

"지갑에 현금이 이것뿐이네요. 이거라도 받아주세요. 제가 너무 감사해서 그래요."

"이건 내가 광철 씨에게 주는 선물이에요."

내민 손이 민망해지려던 순간, 광철이 미미에게로 시선을 돌렸다.

"그럼 따님이 대신 받아요."

"네? 아, 아니에요! 저는…"

광철은 막무가내로 미미의 손에 돈을 쥐여주고는 털털하게 웃었다.

"늦은 밤 진상 손님 때문에 고생 많았어. 아저씨가 미안해요."

미미는 원장의 눈치를 살피더니 고맙습니다, 하고 기어들어 갈 듯한 목소리로 간신히 대답했다.

"댁으로 가시려면 서두르셔야 할 거예요. 택시가 올 때가 됐는데…"

원장이 막 핸드폰을 쥐고 다시금 다율동 유일의 콜택시 회사에 전화를 해보려던 참이었다. 창밖에 불빛이 번쩍거리는가 싶더니 요란한 사이렌 소리가 들렸다.

"원장님, 순찰차 온 것 같은데요?"

얼떨떨한 미미의 말에 고개를 끄덕인 원장이 벌컥 문을 열었다.

기어이 미용실 앞까지 밀고 들어온 순찰차에서 내린 건 그간 익히 미녀미용실을 드나들던 박 순경이었다.

"안녕하세요. 다율동 지구대…"

"박 순경님, 무슨 일이시죠?"

제인이 냉큼 말을 끊고 다소 딱딱하게 묻자 멋쩍어진 박 순경이 스읍, 하고 코를 마셨다.

"제 일은 아니고요. 저기."

박 순경이 가리킨 방향에서 하얀색 승용차가 한 대 들어오고 있었다. 무슨 소란인가 싶어 미용실 밖으로 빼꼼 고개를 뺀 광철이 급히 멈춘 차에서 내린 사람을 보고 기함했다. 운전석에서 내린 사람은 다름 아닌 진아였다.

"여보!"

"여, 여보. 여긴 어떻게 알고 왔어?"

눈물이 그렁그렁해진 진아가 광철의 가슴팍을 퍽, 하고 내리쳤다.

"다 늙어서 가출이야? 내가 얼마나 놀랐는데! 핸드폰은 왜 먹통이야?"

"아!"

그제야 화딱지가 나서 핸드폰을 비행기 모드로 전환하고 주머니에 넣어두었다는 게 떠올랐다.

"미안. 다시 켜둔다는 걸 깜빡했네. 근데… 저 차는 뭐야?"

콧방울이 빨개진 진아가 광철에게 차 키를 건넸다.

"중고차긴 한데, 당신이 지금 끄는 것보다 훨씬 괜찮은 거야. 아는 언니 통해서 싸게 샀어. 당신 가끔 일 때문에 차 끌고 나가면 고속도로에서 퍼지는 건 아닌가 늘 불안했거든. 이왕이면 새 차로 바꿔주고 싶었는데… 여윳돈이 이거밖에 안 되더라."

"여보…"

목울대에 나뭇가지가 걸린 기분이다. 진아는 말하지 않아도 내 마음을 아는구나. 내 필요를 아는구나. 목이 메어 아무 말도 나오지 않았다.

"지민 아빠한테 들었어. 요즘 회사 사정이 안 좋다며? 밀리는 차 사느라 조금 힘들고, 강원도 쪽 풀빌라가 좋대. 거기라도 다녀올까?"

그때 두 아들이 쭈뼛거리며 다가왔다. 두 아들의 손에는 여전히 핸드폰이 들려 있었지만, 시선은 광철에게 향해 있었다.

"찾아보니까 요즘 고성이 뜬대."

"고성?"

큰아들이 하얀색 봉투를 내밀었다. 그 안에는 꼬깃꼬깃한 만 원권, 오천 원권 지폐가 여러 장 들어 있었다. 언젠가 진아가 그랬다. 플슨가 플러슨가 하는 게임기를 사겠다며 큰아들이 열심히 돈을 모으고 있다고. 봉투의 출처를 짐작한 광철이 아랫입술을 꾹 깨물었다.

"여기 봐봐, 아빠. 되게 좋지?"

작은아들이 건넨 핸드폰 화면은 고성의 푸른 바다였다. 그걸 보는 순간, 광철의 마음에 어떤 파도가 이는 듯했다. 벅찰 듯 밀려온 파도는 광철의 마음을 어지럽히고 있던 불순물을 순식간에 밀어냈다.

"아빠, 여기서 서핑도 해볼 수 있대. 나 서핑해 보고 싶어."

"아빠 낚시 좋아하잖아. 배낚시도 할 수 있나 봐. 고기 잡아서 회 먹자."

"여보, 애들이 거기 유명한 카페도 있다네. 아침에 느긋하게 커피 마시면 되겠다. 그치?"

"어…"

꽉 눌린 광철의 목소리에 진아와 두 아들이 어리둥절한 표정으로 눈을 끔뻑였다.

"여보, 울어?"

광철은 대답 대신 진아와 두 아들을 와락 끌어안았다. 마음과 마음이 닿는 순간, 뾰족하게 오른 독은 언제 그랬냐는 듯 스르르 가라앉았다. 그리고 마침내 보이는 건 사랑하는 이들의 얼굴이었다. 진아. 우리 아들내미 둘.

"아이참, 이 아저씨가 왜 이래…"

멋쩍은 진아가 광철의 등을 아프지 않게 손바닥으로 찰싹 때렸다. 두 아들은 갓난아기처럼 광철의 품에 얌전히 안겨 있었다. 품에 가득 차는 이 체온이 어찌나 좋은지… 광철은 이제 흐르는 시간이 야속해질 지경이었다. 진아와 두 아들을 품에서 놓아준 광철이 시뻘게진 눈으로 세 사람을 눈에 담았다.

"그래. 가자. 가서 회도 먹고 서핑도 하고 낚시도 하고 카페도 가자. 가서 다 하고 오자. 우리 가족이 하고 싶은 거 몽땅 다."

이제는 진아와 두 아들의 목소리에 귀를 기울이리라. 혼자 저만치 앞서가지 않으리라. 눈앞에 있는 이들이야말로 광철이 가장 사랑하는, 그리고 광철을 가장 사랑하는 '가족'이라는 사실은 세상이 두 쪽 나도 변치 않는 진리라는 걸 알았으니까.

쪽방에 이부자리를 깔고 누운 미미는 광철이 억지로 쥐여주고 간 오만 원짜리 지폐를 빤히 쳐다봤다.

기억은 사진과 같아서 어떤 기억은 그 위로 잉크를 쏟은 것처럼 아무리 기억해 내려 애써도 떠오르지 않기도 한다. 엄마와 아빠가 그렇다. 아무리 애를 쓰고 뇌를 쥐어짜 내도 두 사람의 얼굴은 떠오르지 않는다. 가정에 애정이 없던 남자와 신경질적인 여자의 결혼 생활이 행복할 리 없다는 걸 미미는 자신의 부모님을 보며 뼈저리게 느꼈다. 서로에게 미미에 대한 책임감을 떠넘기던 부모는 미미가 초등학생이 됐을 무렵부터는 대화조차 나누지 않았다. 이미 해체된 가족에게 집은 잠자는 곳, 그 이상도 그 이하도 되지 못했다.

그저 좀 더 편한 곳에서 잠을 자고 싶었다. 불편한 침묵이 흐르는 곳이 아닌, 자그마한 인기척이라도 들리는 곳에서 머물고 싶었다. 그 무렵, 어울리기 시작한 친구 중 하나가 자취를 하고 있었다. 친구는 좁은 방의 한편을 흔쾌히 미미에게 내어주었다. 처음엔 하루. 그다음엔 이틀. 사흘, 일주일, 한 달. 집에 들어가지 않는 날이 점점 길어져도 미미를 찾는 이는 아무도 없었다. 친구의 자취방에는 미미와 비슷한 사정을 가진 친구들이 자연스럽게 모여들기 시작했다. 몸을 제대로 누이기도 어려울 만큼 방이 비좁아졌을 때, 한 친구가 그랬다. 돈을 벌어서 더 큰 방으로 이사를 가자고.

'아는 오빠가 아르바이트 소개해 준대. 돈 많이 준다는데, 너도 같이 갈래?'

슬슬 눈치가 보이던 참이었다. 겨우 찾은 보금자리를 잃고 싶지 않아 친구를 따라나섰다. 친구가 아는 오빠라던 남자는 척 봐도 불량해 보였다. 묘하게 위압적인 분위기에 발을 뺄 수도 없어졌다. 그 남자에 이끌려 도착한 곳이 허름한 모텔이라는 걸 알았을 때, 미미는 저를 이곳에 데리고 온 친구가 보이지 않는 다는 걸 깨달았다.

'잘하면 5만 원 줄게.'

보금자리로 믿었던 곳은 실은 보금자리가 아니었다. 배신감에 온몸이 떨렸다. 머릿속에서는 빨간불이 깜빡이고 있었다. 도망쳐야 했다. 악을 쓰고 발버둥을 쳤다. 손에 잡히는 걸 휘둘렀고 소란에 모텔 주인이 방을 찾았을 때를 틈타 남자에게서 도망쳤다.

그 5만 원과 이 5만 원은 천지 차이다.

내 힘으로 그 간극을 좁힐 수 있을까?

괜스레 서러워졌다. 오만 원권 지폐를 만지작거리다가 베개 밑으로 쏙 집어넣었다. 금방이라도 목구멍을 넘어올 것처럼 일렁이는 서러움을 간신히 눌러낸 미미가 억지로 눈을 감았다.

날 기다리는 사람은 없어.

날 찾는 사람은 없어.

이 세상에 내가 믿을 수 있는 사람은…

차마 말을 맺을 수 없어 미미는 오래도록 뒤척였다.

8

인생 컬러는 무엇인가요?

어쩌자고 여기까지 와버렸을까.

해원은 등산로 출입구가 폐쇄되었다는 안내 문구를 보며 절망했다. 핸드폰 배터리를 꼼꼼히 확인하지 않은 것이 화근이다. 아니, 어제 피곤하다는 핑계로 핸드폰 충전도 잊고 그대로 쓰러져 잠든 게 화근일지도. 아니, 아니. 어쩌면 그런데도 이 귀하디귀한 주말에, 굳이 해본 적도 없는 등산을 하겠다고 생전 안 하던 등산에 나선 것부터가 문제일지도 모르겠다.

해원은 무겁게 메고 온 배낭을 바닥에 툭 내려놓았다. 배낭에는 편의점에서 사 온 김밥과 생수, 당이 떨어졌을 때를 대비한 초코바 몇 개, 등산 중 수분을 보충할 오이와 우산, 갈아입을 티셔츠 등이 차곡히 들어 있었다. 빽빽한 배낭을 뒤져 오이를 꺼낸 해원이 아작아작 오이를 씹으며 그림의 떡이 되어버린 다율산을 아련히 쳐다봤다.

이래서 사람은 안 하던 짓을 하면 안 된다는 건데.

평소 같았으면 침대와 한 몸이 되어 보냈을 주말, 해원이 굳이 안 하던 등산에 나선 것은 다름 아닌 '결혼식' 때문이다.

그래, 그거다. 결혼식만 아니었으면 날씨도 좋은 주말 오전에 휑한 폐쇄된 등산로 앞에 쪼그리고 앉아 오이를 씹는 일 따위는 절대로 없었을 거다.

해원은 태양열로 움직이는 손목시계로 시간을 확인했다. 동생 정원의 결혼식까지는 30분 남짓 남았다. 이곳은 정원의 결혼식장에서 30킬로미터나 떨어진 곳이니 아무리 속도를 내도 시간 내에 갈 수 없다. 아니, 가서도 안 된다. 해원은 정원의 결혼식장에 참석하는 자격을 박탈당했다. 엄마에게.

해원의 엄마 정지화 씨는 대단한 사람이었다. 정지화 씨는 학창 시절 1등을 놓쳐본 적이 없던 수재로, 서울대에서 심리학을 전공한 후, 하버드에서 박사까지 취득한 인재였다. 더 놀라운 건, 정지화 씨가 하버드에서 박사 과정을 밟을 때 해원이 여섯 살, 정원이 네 살이었다는 점이었다. 사람들은 정지화 씨를 두고 대단한 워킹맘이라고 추켜세웠지만, 실은 미국 유학 시절, 해원과 정원의 육아는 엄마인 정지화 씨가 아닌 아버지 윤재찬 씨가 도맡아 했다는 걸 아는 이는 드물었다.

언젠가 들은 적이 있다. 어린 해원이 잠든 줄 알고 이런저런 이야기를 흩어놓던 친척 어른들은 정지화 씨와 윤재찬 씨를 두고 '급이 안 맞는 결혼'을 했다고 했다.

급이 안 맞는 결혼이 뭘까.

오랫동안 뇌리에 남았던 급이 안 맞는 결혼의 정의는 해원이 결혼을 할 때쯤에야 알게 됐다.

강현은 해원의 서양화 전시를 기획하고 담당한 큐레이터로, 해원보다 세 살이 어렸다. 강현과는 처음부터 대화가 잘 통했다. 무던하고 소탈한 그의 성품은 함께 있으면 편안함을 주었고, 세상을 향한 그의 탁 트인 시야와 관점은 해원에게 새로운 즐거움을 주었다. 자연스럽게 강현과 가정을 꾸리는 날을 그리기 시작했을 때, 급이 안 맞는 결혼이라는 말이 해원의 앞을 가로막았다.

저명한 심리학 교수이자 권위자로 여러 차례 방송 출연도 했던 정지화 씨는 종종 강연에서 자신의 두 딸에 대해 이야기하곤 했다. 큰딸은 서양화 교수로, 작은딸은 아나운서로 키워낸 것이 정지화 씨의 큰 자랑거리였다. 실제로 정지화 씨가 두 딸의 육아 노하우를 기록한 책은 베스트셀러를 기록했고 그 덕에 해원과 정원까지 유명세를 치르기도 했다. 그런 엄마의 기준에 평범하디 평범한 강현이 눈에 찰 리가.

결혼을 극렬히 반대하는 정지화 씨의 주장은 단 하나였다. 급에 맞지 않는 결혼은 불행해진다는 것.

결국, 해원은 엄마에게 졌다. 자식 이기는 부모는 없다던데, 해원의 집에서 승자는 늘 엄마 정지화 씨였다. 해원은 대학도, 전공도, 심지어 직업까지도 전부 엄마 정지화 씨의 뜻대로 정했다. 엄마가 얼마나 대단한 사람인지 알기에 웬만해서는 해원도 엄마 정지화 씨의 뜻을 따랐으나 강현의 일은 해원에게도 큰 상처로 남았다.

해원의 나이가 서른셋이 넘자 정지화 씨는 '급이 맞는' 사윗감들을 여럿 데려와 매주 선을 보게 했다. 그중 원석과 결혼하게 된 것도 순전히 엄마의 뜻이었다.

"집안에 의사가 있으면 좋아. 나이 들어가는데 병원 갈 일도 많고."

애정 없이 치러낸 결혼은 심각한 부작용을 만들어 냈다. 원석은 바깥으로 나돌았고 해원도 그런 원석을 모른 척했다. 급이 맞는 결혼을 했는데도 불행해진 이유를 정지화 씨는 설명해 주지 않았다. 원석과 같은 집에 살면서도 서로 대화를 하지 않은지 석 달이 지났을 무렵, 해원은 이 지루하고 무의미한 결혼을 끝내기로 결심했다. 해원의 이혼을 두고 가장 펄쩍 뛴 것은 해원의 엄마 정지화 씨였다.

"엄마를 실망시킬 셈이니? 내가 널 어떻게 키웠는데!"

이혼은 해원이 정지화 씨를 상대로 얻어낸 첫 승리였다. 승리의 기쁨도 잠시, 혹독한 승리의 대가가 해원을 기다리고 있었다. 의사 사위를 잃은 정지화 씨는 철저히 해원을 무시했다. 집안 모임에 해원은 참석이 금지됐다. 아직 이혼 소식을 모르는 친척이 있다는 이유에서였다.

"내 얼굴에 침 뱉게 둘 순 없다."

해원의 자리는 전부 정원이 대신했다. 정지화 씨는 해원의 세상에서 하나씩 색을 빼어 가려는 듯했다. 색을 잃고 흑백이 되어버린 해원은 그림자 신세를 면치 못했다.

그러던 중, 정원의 결혼식이 정해졌다. 산뜻한 초여름, 야외에서 치러질 결혼식이었다. 정원의 결혼식을 며칠 앞둔 어느 날, 정지화 씨는 해원을 따로 불러냈다.

"너 설마 정원이 결혼식에 참석할 생각이니?"

참석할 생각이냐니? 해원과 정원은 애틋한 자매지간이었다. 어릴 땐 자주 싸웠지만, 대학교 때 해원이 미국으로, 정원이 영국으로 유학을 가면서 떨어져 있는 시간이 많아 어쩌다 만날 때면 서로 끔찍이 챙기곤 했다. 정원의 결혼 소식을 가장 먼저 알게 된 것도 해원이었다. 어머니의 소개로 만난 남자가 의외로 마음에 들었다던 정원은 그 남자와 연애를 시작한 지 1년쯤 지나자 결혼을 할 생각이라며 조심스레 해원에게 털어놓았다.

기가 막힌 해원에게 정지화 씨가 냉랭히 말했다.

"오지 마라. 정원이를 위한다면."

"엄마!"

"정원이한테 좋은 날이야. 거기서 네 이혼 소식이 알려지면 어떻게 되겠니? 그 좋은 날 정원이한테 상처 주고 싶어?"

"엄마가 나한테 상처 주고 있다는 건 몰라요?"

"그러게 엄말 실망시키지 말았어야지!"

"딱 한 번이에요! 딱 한 번 그랬다고요. 지금껏 엄마 뜻대로 살았잖아요! 학교도, 직장도, 심지어 먹는 것, 입는 것도 전부 엄마 뜻대로 했어요. 근데 어떻게 딱 한 번, 엄마 뜻 어기고 이혼했다고 이렇게까지 사람을 몰아세울 수 있어요?"

"네 실수에 대한 책임은 네가 지는 거다. 내 이름에까지 먹칠하게 둘 순 없어."

"엄마는 엄마의 명예가 나보다 중요한 거네요."

이미 눈치껏 알던 사실을 이렇게 듣게 되니 새삼 충격이었다.

"정원이 결혼식, 갈 거예요. 정원이한테 정식으로 초대받았고, 무엇보다 나한텐 내 행복이 엄마의 명예보다 중요하니까."

그대로 자리를 벗어났다. 이번에는 물러설 생각이 눈곱만큼도 없었다. 정말로 정원의 결혼식에 참석하려고 샵도 예약했으나, 정원에게 상처를 주고 싶냐는 엄마의 말이 귀에서 떠나질 않았다.

정원의 결혼식에 해원 혼자 나타나면 오지랖 넓은 친척들이 남편은 어디 갔느냐고 물어볼 게 빤한데, 출장을 갔다고 둘러대기도, 그렇다고 솔직하게 이혼했다고 밝히기도 난처해질 터였다.

오랜 고민 끝에 해원은 정원의 결혼식 당일 아침, 미리 사둔 원피스 대신 등산복을 입었다. 서울에 있는 결혼식장이 아닌, 경기도 외곽 한적한 동네로 차를 몰았고.

이런 것도 일탈이라고 할 수 있을까. 어찌 보면 이것도 엄마의 뜻대로 이루어진 일탈이 아니던가. 어쩌면 엄마는 나타나지 않은 해원을 보며 흐뭇해하고 있을지도 모른다. 이번에도 자신이 이겼다고 승리감에 도취해 있을지도 모르고.

해원은 완벽한 엄마의 콤플렉스가 무엇인지 알고 있다. 이혼. 해원의 엄마 정지화 씨는 결혼 20주년을 앞두고 이혼했다. 아니, 이혼당했다. 해원의 아버지는 주말에 텃밭 가꾸기를 좋아하고 이웃과 함께 세차하는 게 취미인 소탈한 사람이었는데, 해원의 엄마는 그걸 쓸데없는 오지랖이라고 여겼다. 왜 그리 남의 사정에 끼어들지 못해 안달이냐며 해원의 아버지를 몰아붙일 때도 종종 있었다. 어릴 땐 늘 당하는 아빠가 불쌍했다. 믿었던 아버지가 이웃집 아줌마와 바람이 나 엄마에게 이혼을 요구했다는 걸 알게 되기 전까지만 하더라도.

그 일은 해원의 엄마에게 크나큰 상처를 남겼다. 해원과 정원은 큰 타격을 입지 않았다. 고등학교 때부터 기숙사 생활을 했던 터라 부모님과 깊은 유대관계를 쌓지 않은 덕분이었다. 세상에, '덕분'이라니. 스스로 생각하기에도 몹시 아이러니한 표현에 해원의 입 안이 씁쓸해졌다.

지금도 해원과 정원은 아버지와 가끔 연락을 주고받는다. 아마도 정원은 아버지에게도 결혼 소식을 알렸을 것이다. 물론 아버지는 정원의 결혼식에 오지 못한다. 아버지는 엄마에게 큰 죄를 지었으니까. 정원의 결혼식에 갈 수 없는 건 죄를 지은 아버지 그리고 해원뿐이다. 그렇다면 난 무슨 죄를 지었지?

어느덧 오이 하나를 뚝딱 해치운 해원의 시야에 빙글빙글 도는 뭔가가 들어왔다. 가만 보니 미용 간판이다. 미용 간판? 그게 왜 여기에 있지?

뭔가에 홀린 듯 해원이 미용 간판 쪽으로 다가섰을 때였다. 미용 간판 옆 건물 문이 열리더니…

"마녀 아니고 미녀미용실이에요."

앳된 여자애가 나와 묻지도 않은 걸 조곤조곤 대답했다. 그제야 건물에 달린 간판이 들어온다. 애매한 곳에 흠집이 있어 '미'

를 '마'로 흔히들 오해하는 듯했다.

아니, '흔히들'이라는 표현도 웃긴다. 애초부터 여긴 미용실이 있을 만한 위치가 아닌데.

"머리하러 오셨어요?"

"아니요. 등산하러 왔는데…"

해원이 멋쩍게 폐쇄 공지문을 가리키자 여자애가 흔한 일인 듯 고개를 끄덕인다. 정말 이런 일이 흔한 건가. 뭐, 어찌 됐든 이만하면 돌아가도 될 것 같았다. 지금쯤이면 결혼식은 끝났을 테니까.

다시 배낭을 짊어진 해원이 여자애에게 눈인사를 건네고 차에 올라탔다. 차에 핸드폰 충전기가 없다는 게 못내 아쉽지만, 내장된 내비게이션도 집까지 돌아가기엔 쓸 만할 듯했다. 시동을 걸고 내비게이션에 집 주소를 입력하려는데, 이상하다. 글자 입력이 안 된다. 수십 번을 두드려도 내비게이션은 꼼짝도 하지 않는다. 그러게 핸드폰을 충전해 왔어야 했는데. 제 머리를 콩콩 쥐어박은 해원의 눈앞에 다시 빙글빙글 도는 미용 간판이 들어왔다.

잠깐 핸드폰 충전 좀 해달라고 부탁해도 되려나?

침을 꼴깍 삼킨 해원이 핸드폰을 들고 다시 차에서 내렸다. 부디 이 미용실에 인류애가 존재하길 바라며.

해원은 미용실로 들어온 걸 후회했다.

어떻게든 일단은 시내로 차를 끌고 나갔어야 했는데. 시내에 편의점이든 카페든 있을 테고, 그러면 핸드폰 충전은 얼마든지 할 수 있었을 거다. 이렇게 불편한 시선들 속에 어색하게 앉아 있는 상황 또한 피할 수 있었을 거고.

"저기… 제가 너무 민폐를 끼치는 것 같은데."

"그게 아니라 그쪽 머리가 좀 이상해요."

다섯 명의 여자 중 가장 키가 크고 마른 여자가 빠른 말투로 톡 쏘았다. 표정을 보니 악의는 없어 보이는데, '이상하다'는 말이 기분 좋을 리 없었다. 그리고 해원은 얼마 전에 압구정 로데오에 있는 단골 샵에서 머리를 다듬었다. 이상할 리가 없는데.

"머리 다듬은 지 얼마 안 됐는데요."

"아니에요. 커트가 완전히 잘못됐어. 이거 봐요, 양쪽 어깨에 닿는 머리 길이가 다르잖아요."

어떻게든 머리를 자르게 하려는 상술 아냐? 해원은 세모눈을 뜨고 거울 속 제 상태를 살폈다. 아주 근소한 차이였으나 키가 큰 여자의 말이 맞았다. 왼쪽은 머리카락이 어깨에서 살짝 떠 있다면, 오른쪽은 어깨 위에 딱 맞게 닿아 있었다.

"누가 머리를 이렇게 잘라놨대?"

"그러게요. 가위밥도 났고."

"음, 초보가 잘랐을까요? 실습 삼아?"

키 큰 여자를 시작으로 나란히 앉은 세 미용사는 아예 해원의 머리를 씹어대기 시작했다. 아니, 정확히는 머리가 아니라 머리를 자른 묘령의 미용사를 씹어댔다. 저 정도로 잘라놨으면 돈을 안 받아야 하는 거 아니냐는 둥, 하여간 미용사 자격증을 아무나 주면 안 된다는 둥. 해원의 머리를 잘라준 미용사가 들었다면 눈물이 쏙 빠질 만큼 매서운 채찍질이 쏟아졌다.

"이거 나름 압구정에서 유명한 샵에서 자른 건데… 요."

원래 나서거나 유난 떠는 성격도 아닌데, 하도 억울해서 슬그머니 끼어드니 세 미용사의 눈초리가 더 매서워진다.

"압구정 어디요?"

말하면 안다는 눈치다.

"로데오 거리 쪽에 있는 더샤론이라고…"

"아, 더샤론. 키 작은 남자 실장 있는 곳이네. 이름이 제임스였나?"

진짜 아는 눈치다.

"설마 제임스 실장한테 자른 건 아니죠? 다른 건 몰라도 제임스 커트 실력은 괜찮은데."

"예에… 제임스 실장님이 바쁘셔서 리나 실장님한테 잘랐어요."

스스로 술술 내뱉고 있다는 게 이상할 정도다. 이 미용사들이 어떻게 압구정 로데오에 있는 단골 샵 사정을 이렇게 속속들이 잘 아는지도 미스터리고.

"리나? 옛날에 서독 언니한테 커트 못해서 엄청나게 혼났던 걔 아녜요? 쌍꺼풀 짙고 눈꼬리가 좀 처진."

"어, 맞아. 리나가 더샤론으로 갔구나."

"솔직히 커트는 제가 리나보다 잘하는데."

"그건 인정. 리나 걔는 항상 선을 못 맞췄어. 여전하구나. 조금도 늘지 않았을 줄이야. 더샤론도 그렇다. 기본도 안 된 애한테 실장을 주니?"

"제 말이요. 유배만 풀려봐요. 바로 복귀해서 압구정 기강을 잡아줄 거예요!"

"그래! 더샤론이 대수니? 우리가 다시 접수하자, 압구정."

대체 무슨 소리들인지. 여기가 압구정도, 자신이 리나가 아닌데도 더 듣고 있기가 가시방석이다. 해원은 자리에서 일어났다. 어차피 시간도 많은데 머리나 자르고 가지, 뭐.

"그럼, 여기서 다듬고 갈게요. 머리 좀 자를 수 있죠?"

신나게 씹어댈 땐 언제고 막상 머리를 자른다고 하자 세 여자는 입을 다문 채 어느 한 사람만 바라본다.

"다듬는 건 큰 영양가도 없고. 제인이 알아서 해."

제인, 그러니까 거대한 파도처럼 굽실굽실한 웨이브를 한 여자가 이 미용실의 원장이라고 했다. 근데 제인이라. 어디서 들어본 이름인데? 워낙 흔한 영어 이름이라 그런가.

제인 원장이 앞치마를 두르자 세 미용사가 자리에서 일어났다. 미련 한 톨 없어 보이는 태도를 보니 알겠다. 머리가 이상하다던 건 상술이 아니란 걸.

남은 건 맨 처음 머리를 하러 오셨냐며 자연스럽게 호객을 한 앳된 여자애다. 미용사라기엔 너무 어려 보인다. 허드렛일을 돕는 스태프 정도 되려나.

여자애는 이 미용실에 꽤 오래 근무했는지 빠릿빠릿하게 움직였다. 커트보를 가져와 해원에게 둘러주고 분무기와 빗을 세팅했다.

"두상이 참 예뻐요. 어디 하나 모나거나 눌린 부분도 없고요. 옛날엔 짱구 베개 같은 것도 없었는데, 어릴 때 어머니께서 많이 신경 쓰셨나 봐요."

"아… 네."

어릴 때 해원의 뒤통수를 신경 쓴 건 엄마 정지화 씨가 아니라 아빠다. 아이러니하게도 우리를 키우고 우리를 떠나버린 아빠. 하지만 오늘 처음 만난, 그리고 앞으로 만날 일 없는 낯선 미용사에게 속사정을 털어놓을 필요는 없다. 해원은 애매하게 답을 얼버무렸다.

아주 미세한 입자로 분사된 수분이 머리카락에 내려앉는 게 보였다. 해원의 머리를 빗는 손길이 섬세했다. 저렇게 촘촘한 빗으로 빗는데도 머리카락 한 올 걸리는 것이 없다. 머리를 만져서일까, 아니면 이른 아침부터 부산을 떨어서일까. 해원의 눈꺼풀이 무겁게 가라앉았다.

"많이 지쳐 보여요. 다듬는 것만으로는 해결이 안 될 것 같은데."

지친 건 맞는데 머리를 다듬는 것과 무슨 상관이 있지? 따져 묻기엔 온몸에 기운이 하나도 없었다. 이윽고 달콤한 잠이 해원을 덮었다.

해원은 드물게도 건강하고 탄력이 넘치는 모발을 갖고 있었다. 초등학생은 물론, 중고등학생들도 방학 때면 화려한 염색을 하고 다니는 요즘, 이렇게 건강한 모발은 보기 드물었다. 해원은 염색을 해본 적도, 파마를 해본 적도 손에 꼽았다. 학창 시절엔 교칙을 잘 따르는 모범생이었고, 성인이 되어서도 화려하거나 튀는 걸 싫어하는 엄마의 눈치를 보느라 딱 두 번, 증명사진을 찍을 때 어두운 갈색으로 염색을 했던 것과 앞머리 파마를 시도했던 것을 제외하면 언제나 중단발을 유지했다.

사람들은 그런 해원을 두고 참을성이 좋다고 했다. 한결같은 머리를 유지하는 것도, 10년이 넘도록 꿋꿋이 그림을 그리며 교수까지 된 것도, 늘 같은 시간에 필라테스를 하고 중국어 공부를 하는 것도 참을성이 있어 가능한 것이라고 했다.

하지만 누가 알까.

해원이 머리를 다듬으러 갈 때면 이번에는 어떤 머리를 할까 들뜬 얼굴로 잡지를 뒤적이는 다른 손님을 늘 부러워하고 있다는 걸. 그림에 특출난 재능이 없단 걸 진즉에 알았지만, 엄마 때문에 꾸역꾸역 여기까지 끌고 왔다는 걸. 필라테스를 하는 것도, 중국어 공부를 하는 것도 엄마의 품위에 맞추기 위한 자기 관리일 뿐, 실은 때려치울 날만 기다리고 있다는 걸.

그런 해원을 참을성 있는 사람으로 포장한 건 다름 아닌 해원의 엄마 정지화 씨였다. 정지화 씨는 자존심이 세고 무엇보다 자신이 이룬 것에 대한 자부심이 대단한 사람이었다. 그런 정지화 씨를 엄마로 둔 '덕분에' 해원은 늘 부단히 움직이고 애를 써야 했다. 태어났을 때부터 해원에게는 엄마의 명예에 누를 끼치면 안 된다는 의무감이 있었다. 특히 해원의 아빠가 가정을 떠났을 때, 해원은 처음으로 무너져 우는 엄마를 보고 큰 충격을 받았다.

'해원아, 엄마한텐 이제 해원이랑 정원이뿐이야. 넌 절대로

엄마를 실망시키지 마. 아빠처럼 엄마를 상처 주지 않겠다고 약속해.'

오직 엄마를 위로하려는 마음에 했던 약속은 해원의 족쇄가 되었다. 해원의 세상을 그려나가는 사람은 정지화 씨였다. 정지화 씨의 취향대로 칠해진 해원의 세상은 해원의 이혼 후, 정지화 씨가 손을 거두면서 하나씩 망가졌다. 붉은색이, 푸른색이, 초록색이, 노란색이 사라졌다. 이제 그 안은 미세먼지를 가득 머금은 하늘처럼 탁한 회색으로 변했다. 다시 색을 칠하고 싶어도 어떤 색이 자신의 세상에 어울리는지 해원 스스로 알 수 없었다. 그 세상은 한 번도 해원의 손으로 칠해본 적 없던 캔버스였으니까.

까무룩 잠이라도 들었나. 그새 마른 목에 해원이 큼큼, 헛기침하자 여자애가 재빠르게 미지근한 물을 한 컵 떠다 주었다. 목을 축이고 나서야 해원은 조금 전과 분위기가 사뭇 달라졌다는 걸 느꼈다. 분명 가위가 들려 있어야 할 제인 원장의 손에는 아무것도 들려 있지 않다. 머리를 다듬기로 하지 않았나?

"해원 씨, 머릿결이 참 좋아요. 탄력도 좋고 모발도 단단한 편이죠."

"아, 네…"

그야 머리에 뭘 해본 적이 없으니까. 근데 내 이름은 어떻게 알았지? 잠시 고개를 갸웃거린 해원은 미용실 한쪽에 있는 TV를 보고는 최근 모 프로그램에서 했던 엄마의 강연을 봤을 수도 있겠다고 생각했다. 거기서도 엄마는 자랑스럽게 해원과 정원의 이야기를 했고, 친절하게도 프로필 사진까지 띄워줬으니까.

"우리 미용실에 오는 손님들은요, 대부분 머리카락에 문제가 있는 분들이에요. 곱슬이 너무 심하다거나, 영양이 부족해 뚝뚝 끊긴다거나. 관리가 힘든 분들이 주로 이 미용실의 손님들이랍니다."

미용실을 찾는 대부분이 그렇지 않나. 아무 문제가 없으면 미용실을 찾을 이유가 없지.

떨떠름한 해원의 표정에도 원장은 개의치 않고 수다스럽게 말을 이었다.

"물론 이유 없이 미용실을 오는 손님도 있어요. 커트나 염색을 할 필요가 없는데도 주기적으로 꼬박꼬박 미용실을 찾아오시죠. 전 그런 손님들의 머리를 만져드리지 않아요."

설마 쫓아낸다는 건 아니겠지?

"그럼요?"

"그분들에게 필요한 걸 드리죠."

이 원장의 말은 수수께끼 같다. 해원은 자신에게 이렇게 호기심이 많았나 의심하며 다시 원장에게 물었다.

"그게 뭔데요?"

"시간. 그분들에겐 시간이 필요하거든요. 누군가에게 마음을
터놓을 수 있는 시간. 함께 화를 내고 함께 웃고 함께 이야기를
나눌 시간이 필요해서 미용실을 찾아오니까요."

"그건 굳이 미용실이 아니어도 할 수 있는 거 아니에요? 카페
에서 친구나 지인을 만날 수도 있고…"

"가끔은 처음 보는 사람이 더 편할 때가 있잖아요. 오히려 비
밀도 보장되고."

해원이 저도 모르게 입을 다물었다. 원장의 말대로다. 가끔은
처음 보는 사람에게 더 쉽게 속을 털어놓게 된다. 특히 꽤 유명
한 사람을 엄마로 둔 해원으로서는 사방이 벽으로 둘러 막힌 기
분을 종종 느끼곤 했다. 해원의 주변인 대부분이 해원의 엄마
정지화 씨를 알았다. 심지어 단골인 압구정 로데오 미용실의 담
당 미용사조차도.

이 동네는, 그러니까 다율산은 해원이 난생처음 와본 곳이었
다. 강현과 사귈 때, 강현이 어릴 때 살던 동네에 대해 들은 적
이 있다. 스치듯 들었던 터라 '밤이 많은 산'이라는 것만 기억에
남아 인터넷을 뒤져 강현이 말한 곳이 다율산이라는 걸 알아냈
다. 집에서부터 꽤 먼 거리, 거기다 연고도 없는 이 낯선 곳을

일부러 찾아온 건 잠시라도 정지화 씨의 그늘을 벗어나고 싶었기 때문이다.

"우리 엄마는요… 대단하신 분이세요. 한 번도 져본 적이 없으시거든요. 누구도 내 앞에 있어서는 안 된다. 그게 엄마의 지론이거든요. 정말로 엄마는 그렇게 사셨어요. 어디서든 최초 아니면 최고가 되셨으니까요."

정지화 씨는 그 무엇도 자신이 가는 길을 막아서는 안 된다고 여겼다. 가족조차도. 그런 정지화 씨가 무너진 유일한 순간은 단란하다고 믿었던 가정이 깨졌을 때였다.

"어쩌면 엄마한테 저는… 우리 가족은 유일하게 이기지 못한 상대일지도 몰라요. 아니, 승부 내기를 미루고 있는 껄끄러운 상대가 맞겠네요."

"해원 씨는 어머니께서 일부러 봐주고 있다고 생각하세요?"

해원은 잠시 생각하다가 고개를 끄덕였다.

"전 절대로 엄마를 이길 수 없거든요. 그럴 생각도 없고요."

하지만 정지화 씨는 다르다. 마음만 먹으면 얼마든지 해원 같은 건 치워버릴 수도 있다. 해원의 이혼은 어쩌면 정지화 씨가 승기를 잡은 확실한 순간이었을지도 모른다. 호적에서 쫓겨난 대도 겸허히 받아들였을 거다. 해원 또한 평생을 봐온 엄마의 성격을 누구보다 잘 알고 있으니까. 그런데 정지화 씨는 그러지 않았다. 며칠간 냉전은 치렀으나, 결국에는 예전처럼 돌아올 수 있었던 건 정지화 씨가 눈감아 줬기 때문이 분명하다.

"난 해원 씨 생각과 다른데."

몇 마디로 말로만 사정을 들은 것치곤 원장은 꽤 뻔뻔하게 주장했다. 그리고 대뜸 물었다.

"해원 씨, 무슨 색 좋아해요?"

"저요? 보라색 좋아하는데… 그건 왜 물어보세요?"

"해원 씨는 피부톤이 아주 밝고 깨끗해요. 아까도 말했다시피 두상도 예쁘고요. 그건 어떤 머리를 해도 해원 씨는 소화할 수 있다는 거예요."

원장이 눈짓하자 앳된 여자애가 염색표를 가져왔다. 염색표에는 수십 개의 염색 표본 머리가 영롱한 빛깔을 뽐내고 있었다.

"세상에는 이렇게 많은 색이 있답니다. 해원 씨가 좋아하는 보라색도 있죠."

설마 나더러 보라색으로 염색하라는 건가?

"아무리 보라색을 좋아해도 보라색으로 염색하는 건 좀 그런데요. 그런 화려한 색은 해본 적도 없고… 직업 특성상 너무 화려한 머리는 할 수도 없어요."

해원은 머리를 보라색으로 염색한 채 강의하는 제 모습을 상상했다. 늘 같은 헤어스타일, 무채색의 옷만 입던 해원이니 그 여파는 심각할 게 분명하다. 학과장한테 불려가서 된통 깨질지도 모른다. 물론 그중 제일 펄펄 뛸 건 당연히 정지화 씨일 거다.

"하기 싫다는 건 아니네요?"

원장의 말이 해원의 마음 깊숙한 곳에 자리한, 한 번도 꺼내 본 적 없는 욕구를 콕 찔렀다. 하도 움츠리고 있어 아주 작은 줄로만 알았던 그 욕구를 얕잡아 봤던 모양이다. 순식간에 원래 모습을 되찾은 욕구는 해원의 상상 이상으로 커다랬다.

"지금 머리 말고 다른 색으로 염색해 보고 싶긴 한데…"

"그럼 해봐야죠. 해원 씨 머리인데, 한 번쯤은 해원 씨가 좋아하는 색으로 물들여 봐도 괜찮지 않나요?"

해원이 고개를 떨구었다. 눈앞에 엄마의 얼굴이 어른거렸다. 또 자신을 실망시켰다며 해원을 몰아붙일 엄마의 얼굴이.

안 봐도 순순히 그려지는 미래에 암담해진 한편, 그간 외면해 왔던 의구심이 고개를 들었다.

엄마를 실망시키지 말라니. 이건 너무나도 일방적이고 불공평한 약속이 아닌가? 엄마의 인생이 날 위해 만들어진 게 아니듯 내 인생도 엄마를 위해 만들어진 게 아닌데.

해원은 실은 엄마 정지화 씨를 존경했다. 그녀는 누구의 엄마, 누구의 아내도 아닌 늘 '정지화'라는 사람으로 존재했으니까. 한때는 그게 못내 서운했지만, 정지화 씨가 '정지화' 씨로 존재하는 일이 얼마나 고되고 힘든 일이었는지 깨닫게 된 순간, 그 서운함은 눈 녹듯 사라졌다.

아버지가 가정을 떠난 날, 무너진 정지화 씨가 서럽게 운 건 패배감 때문이라고 여겼다. 완벽한 정지화 씨에게 있어 그건 유일한 오점이 될 테니까.

'해원아. 정원아. 엄마가 미안해.'

깊은 새벽. 해원은 부드러운 손길로 머리를 쓰다듬던 엄마의 축축한 목소리를 잠결에 들었다. 일어났을 때, 식탁에는 간이 맞지 않은 바지락 된장찌개와 보라색 히아신스 다발이 꽃병에 꽂혀 있었다.

"그래도 아직 보라색은 감당할 자신이 없어서…"

해원의 눈이 빠르게 염색표 위를 훑었다. 그림을 그릴 땐 수많은 색을 쓰면서도 정작 제 머리에는, 제 인생에는 아무것도 칠해보지 못했다.

"밝은 갈색으로 해주세요."

한번 확인해 보자. 어떤 결과든 해원은 받아들일 수 있을 것 같았다. 해원이 직접 선택한 색이니까.

빵빵하게 충전된 핸드폰이 무색하리만큼 핸드폰이 꺼져 있던 동안 엄마에게서는 연락 한 통 없었다. 정원을 비롯해 해원과 친하게 지낸 친척들 몇몇 사람에게서만 왜 결혼식에 안 왔느냐 는 메시지가 와 있을 뿐.

그래, 우리 엄마는 원래 그런 사람이지. 어쩌면 엄마는 자신 의 뜻대로 되었다고 기뻐하고 있을지도 모른다.

차에 올라타기 전, 해원은 오랜 망설임 끝에 환히 웃는 얼굴 로 찍은 셀카를 엄마 정지화 씨에게 전송했다.

엄마, 실망시켜 드려서 죄송해요. 그래도 난… 엄마가 날 실망시켜도 괜 찮아요. 엄마는 나한테 정지화 씨가 아니라 나의 엄마니까.

운전 중 룸미러에 비친 밝은 머리를 보고 몇 번 놀라긴 했지 만, 집에 도착할 때쯤엔 어느 정도 적응했다. 문 앞에 다다라서 야 하루 종일 먹은 게 오이 하나란 게 떠올랐다. 배낭에 든 김밥 은 이미 쉬었을 테고. 배낭만 내려놓고 집 앞 식당에서 뭐라도 사 먹고 올 생각에 문을 열었을 때였다. 된장찌개 냄새가 났다. 바지락을 듬뿍 넣었음 직한 된장찌개. 그리고 식탁에는 그날처 럼 보라색 히아신스 다발이 꽃병에 담겨 있었다.

누가 다녀갔는지 묻지 않아도 알 것 같았다. 엄마다. 보라색 히아신스의 뜻을 해원은 이미 알고 있었다.

미안하다. 그리고 널 영원히 사랑해.

엄마는, 정지화 씨는 날 이길 수 없다. 내가 엄마를 이길 수 없듯. 아니, 처음부터 싸움이 될 수 없다. 해원은 엄마의 딸이고, 엄마의 딸은 해원이니까.

이제 해원은 눈앞에 있는 엄마를 버겁게 따라가지 않을 셈이었다. 스스로 만든 길 위에서 해원은 자신의 세상을 좋아하는 색으로 채워 넣을 생각이었다. 엄마 정지화 씨가 그랬던 것처럼, 엄마와는 다른 길로.

해원의 핸드폰이 울렸다. 발신자는 정지화 씨, 해원의 엄마였다.

9

밀어줄게

오늘 걸음 수 81. 건강 애플리케이션에 설정된 목표 걸음 수 6,000이라는 숫자가 무색하리만큼 옹색하기 짝이 없는 숫자에 하민은 흡족한 듯 고개를 끄덕였다. 걸음 수가 적다는 건 그만큼 의자에 엉덩이를 붙이고 앉아 온전히 집중했다는 뜻이니까. 그리고 81이라. BPM 81이면 미디엄템포 노래에 딱이다. 지금 작업 중인 게 미디엄템포의 곡인데. 이건 운명이다!

별것 아닌 일에 흥분한 하민은 뻑뻑한 눈을 비비적거리고 다시 헤드셋을 착용했다. 쿵짝. 쿵짝. 팅팅팅팅. 두둠. 두둠. 퓌이익. 장 여사가 들으면 기괴한 소음이라고 여길 테지만, 이건 엄연한 비트다. 하민은 발까지 까딱이며 박자를 맞추다가 떠오른 악상을 적재적소에 덧입혔다. 마스터 키보드 위를 춤추는 하민의 손가락이 꽤 분주했다.

이건 집을 짓는 일과 같다. 원하는 집의 모양을 스케치하듯 멜로디를 스케치하고, 필요한 재료를 모은다. 드럼 소리, 피아노 소리, 전자 기타 소리, 어쿠스틱 기타 소리 등등. 가끔은 파도 소리나 비행기 소리, 바람 소리처럼 특이한 재료가 필요할 때도 있다. 그다음엔 모은 재료를 적재적소에 배치한다. 아, 물론 장비도 필요하다. 노트북, 시퀀서, 마우스, 마스터 키보드, 헤드셋, 마이크 등등. 얼마나 좋은 장비를 가졌느냐에 따라 완성도가 달라진다. 뭐든 장비발이라는 말도 있지 않던가.

온 신경이 곤두선다. 이럴 땐 세포 하나하나가 춤을 추는 것 같다. 모처럼 필이 왔다.

"아씨…"

근데 촌각을 다투는 이 중요한 순간에 앞머리가 나를 방해할 줄이야. 하필이면 굴러다니는 노란 고무줄도 없다. 수북한 책상 위를 굴러다니는 건 온통 쓰레기뿐이다. 어설프게 볼펜 클립으로 앞머리를 고정하려다 애꿎은 볼펜만 분질러 먹었다. 날이면 날마다 오지 않는 영감이 온 순간이었는데. 행여 어렵게 모신 영감님이 도망이라도 갈까 마음이 조급해진 하민이 비실비실 자리에서 일어났다. 책상에서 방문까지는 일곱 걸음. 책상에서 침대까지 세 걸음이면 끝났던 것에 비하면 두 배나 되는 거리다. 아니나 다를까, 다섯 걸음쯤 걸었을 때 무릎에서 급격히 힘이 빠지는 기분이 들었다. 엉거주춤 다리를 채 펴지도 못한 채 간신히 문고리를 잡고 방 밖으로 반쯤 빠져나왔을 땐.

"세상에, 이 꼬락서니 좀 봐! 이게 사람이야? 마늘 먹는 곰도 너보다 깔끔하겠다!"

하필 거실로 나온 엄마와 딱 마주칠 줄이야. 저도 모르게 뒷걸음치려는데, 장 여사의 안광이 번뜩인다. 날쌘 호랑이처럼 달려든 장 여사의 두툼한 손이 우악스럽게 하민을 끌어당겼다.

"오늘 결판을 보자. 더는 못 참겠다."

"시, 싫어!"

"나는 네 꼴이 싫어, 이놈아! 다 늙은 엄마 속을 꼭 이렇게 썩여야 속이 시원하겠냐?"

장 여사는 여러모로 대단한 엄마였지만, 아가페적 사랑으로 아들을 감싸주는 타입은 아니었다. 그렇잖아도 오늘은 거사를 치르리라 결심했던 터였다. 하민이 방구석에 처박혀 바깥출입을 하지 않은 지 일주일째였다. 문 앞에 가져다 놓은 음식도 거의 건드리지 않은 걸 보면, 분명 저 안에서 몸에 나쁜 캔 콜라나 시리얼 바 같은 걸로 끼니를 때웠으리라.

우리가 돈이 없어? 재벌은 못 돼도 이 동네에서 알아주는 유지가 바로 난데! 대체 내 아들은 왜 피죽 한 그릇도 못 얻어먹은 상거지의 몰골을 하고 있느냐 이 말이다.

무 뽑히듯 방 밖으로 쏙 빠져나온 하민은 그대로 장 여사의 차에 실렸다. 몇 번 탈출을 위해 푸드덕거렸으나 그때마다 장 여사의 매서운 손바닥이 날아왔다. 어째서 우리 엄마는 나날이 손이 매워지는 걸까. 화끈거리는 팔뚝을 문지르는 하민의 귀에 장 여사의 잔소리 폭격이 시작됐다. 대체 학교는 왜 안 가냐는 둥, 밥은 왜 안 먹냐는 둥. 묵묵부답으로 일관하던 하민이 용케도 챙겨 온 블루투스 헤드셋으로 귀를 막았다. 헤드셋에 의해 귀가 눌리는 감각이 아늑했다. 핸드폰에 연결된 헤드셋에서 음악이 흘러나오자 하민이 스르르 눈을 감았다. 엄마는 모르겠지만, 하민은 머리를 자를 생각이 눈곱만큼도 없었다.

모처럼 미녀미용실이 조용했다.

서독 언니는 이른 아침부터 볼일이 있다며 외출에 나섰고, 스피아 쌤은 산으로 운동을 하러 갔기 때문이다. 지난밤, 아이스크림을 세 개나 먹고 배탈이 난 보보는 어떻게든 출근을 하겠다는 의지를 보였으나, 제인은 일손이 필요하면 부르겠다며 보보를 타일렀다.

덕분에 미용실에는 제인과 미미 단둘뿐이었다.

제인은 독서 중이었는데, 흠뻑 책에 빠져 있는지 미미에게는 단 한 번 눈길도 주지 않고 있었다. 괜히 행동을 조심하게 된다. 미미는 더는 쓸 것도 없어 무용지물이 된 빗자루를 한편에 세워 두고 살그머니 빈 미용 의자에 앉았다.

차라리 손님이라도 오면 좋을 텐데. 한 번도 손님을 기다려 본 적은 없는데, 지금만큼은 누구라도 이 미용실에 와주기를 바랐다. 누구든 와서 이 지루하고 불편한 분위기를 깨주면 좋으련만…

때마침 자동차 엔진 소리가 들렸다. 진짜로 왔다! 손님이! 창밖으로 미용실 앞에 낯익은 차 한 대가 멈춰 서는 것이 보였다. 운전석에서 내린 사람은 이 미용실의 첫 손님이자 슬슬 단골이 되어가고 있는 장 여사였다. 벌떡 자리에서 일어난 미미가 재빠르게 미용실 밖으로 달려 나갔다.

"어서 오…"

"진짜 이럴 거야?"

채 인사를 마치기도 전에 조수석을 향해 버럭 내지르는 장 여사의 고함에 미미가 흠칫 몸을 떨었다. 그제야 생각났다. 장 여사는 미용실에 오기 전 항상 예약부터 하고 온다는 게.

보니까 한 사람이 더 있다. 차 시동은 진즉에 꺼졌건만, 조수석에서 안전벨트도 안 풀고 꼼짝없이 앉아 있는, 길게 늘어진 앞머리가 눈을 넘어 입술까지 내려온, 그래서 당최 어디를 보고 있는 건지 알 수가 없는 남자.

미미의 곁에 인기척이 느껴졌다. 어느새 제인이 와 있었다.

"장 여사님, 예약도 없이 무슨 일이세요?"

"아유, 원장님. 오늘 영업하죠?"

"하긴 하는데. 머리하시게요? 아직 머리하실 때는 아닌 것 같은데."

장 여사가 미용실을 다녀간 지 열흘밖에 되지 않았다. 미미까지 덩달아 고개를 갸웃거리자 장 여사가 붉으락푸르락하며 조수석에 앉은 남자를 가리켰다.

"오늘은 내가 아니라 저놈, 내 아들 머리하러 왔어요."

장 여사의 주장과 달리 조수석에 앉은 장 여사의 아들은 여전히 미동도 없다.

"아드님은 머리할 생각이 없어 보이는데?"

장 여사가 성난 헐크처럼 가슴을 쿵쿵 쳤다.

"그러니까 그게 문제예요!"

우연한 첫 방문 후, 한 달에 한 번씩 뿌리염색을 하러 오는 장 여사는 이제 제인과 미용사들을 둘도 없는 친구처럼 여기는 듯했다. 미용실로 들어오자마자 연료를 넣듯 믹스커피 한 잔을 뚝딱 비워낸 장 여사가 제인을 붙들고 본격적인 한풀이를 시작했다.

그녀의 작은아들 하민이 고등학교 2학년 때부터 1년째 등교 거부를 하고 있다는 것과 방 밖으로도 나오지 않는다는 것. 이러다간 대학은커녕 퇴학 처리가 될지도 모른다는 학교 측의 연락을 얼마 전에 받았다는 것까지.

"내 배로 낳았지만, 저 아이 속을 모르겠어요!"

쉴 틈 없이 쏟아내는 장 여사의 말을 묵묵히 들어주던 제인은 오늘 저놈이 머리를 깎지 않으면 여기서 한 발짝도 나가지 않겠다는 장 여사의 굳은 의지에 얄팍한 클리어 파일을 하나 가져왔다.

"추천 헤어 리스트예요. 아드님한테 여기서 골라보라고 하죠."

"고르기나 하면 다행이게요. 일단 저 지저분한 앞머리부터 잘랐으면 좋겠어요. 저래서 앞이나 보이나 몰라."

"요즘에는 장발을 선호하는 남자들도 많은걸요."

장 여사의 입꼬리가 축 내려앉았다. 세대 차이 때문인지 장 여사는 아직까지 남자가 긴 머리를 한다는 게 도무지 받아들여지지 않는 듯했다.

"그냥 쌈박하게 잘라주시면 안 되나?"

"우리는 머리하는 손님의 의견이 가장 중요해요. 그게 우리 미용실 방침이거든요. 아드님이 선택한 대로 해드릴게요."

"뭐, 그러세요."

장 여사가 마지못해 대꾸하자 제인이 미미에게 파일을 건넸

다. 눈치 빠른 미미가 파일을 들고 밖으로 나갔다. 그리고 잠시
후, 다시 미용실로 들어온 미미는 혼자였다.

"우리 하민이는?"

"없는데요."

"뭐?"

"차에 아무도 없어요."

이럴 수가. 장 여사가 자리에서 벌떡 일어나 그대로 미용실
밖으로 달려 나갔다. 정말로 없다. 조수석 창문은 그대로 열어
둔 채 이놈이 튀어버렸다! 순식간에 속이 타들어 간 장 여사가
두 주먹을 불끈 쥔 채 하늘을 향해 소리쳤다.

"송수만! 거기서 놀지만 말고 당신 아들 좀 어떻게 해봐!"

다율동은 작지만, 작아서 좋은 점도 있다.

"버스가 드물긴 하지만, 한 번만 타고 시내에 나오면 뭐든 다
있잖아. 마트도 있고, 빵집도 있고, 미용 상사도 있고. 귀찮게
여기저기 옮겨 다녀야 하는 대도시보다 나은 것 같아."

파마약이 떨어지자 보보는 냉큼 미미의 손을 잡고 자신이 시
내에 다녀오겠다고 나섰다. 징계로 인해 활동 영역이 제한된 이
곳에서 미용 상사가 있는 시내에 나가는 일은 크나큰 행사나 마
찬가지였다. 아직 젊다 못해 어린 미미까지 덩달아 미용실에 콕

박혀 있는 것이 마음에 걸렸던 보보는 이참에 미미에게 콧바람이라도 쐬어주고 싶었다.

미용 상사에서 산 것이라곤 파마약 큰 통 두 개가 전부. 거기다 근처 마트에서 산 소면 한 봉지, 시리얼 한 통까지 오늘 일정은 진즉에 마무리되었으나 보보는 모처럼 외출을 만끽하기 위해 이 작디작은 시내를 여러번 도는 중이었다. 그러다 보니 어느새 허기가 졌다. 매콤한 떡볶이가 눈앞에서 어른거렸다. 찰진 순대와 고소한 튀김까지도.

"미미야, 우리 떡볶이…"

보보는 말을 채 끝맺지 못했다. 시내에서 가장 손님이 많은 장수버거에서 웬 소란이 일어났기 때문이다. 소란의 주인공은 장 여사와 그의 아들 하민이었다. 정확한 사정은 몰라도 장 여사의 우악스러운 손이 하민의 등짝을 난타하고 있었기에, 대부분은 하민을 동정 어린 시선으로 바라보고 있었다.

"제발! 제발 말 좀 들어! 언제까지 이 엄마 속만 썩일 거냐? 응? 방에만 처박혀 있으니까 네 엄마 늙는 건 보이지도 않지?"

"이, 이거 놔. 간다니까. 놓으라고…"

"가긴 어딜 가? 돈 받았으면 밥값을 해! 그래, 그 답답한 머리 좀 자르자. 내가 그것만 보면 속 터져 미쳐!"

꿈틀거리는 하민의 옷소매를 장 여사가 더 꽉 움켜쥐었다. 판

판하게 늘어난 옷소매가 아슬아슬할 정도였다. 대단한 광경에 보보가 저도 모르게 주춤대던 그때, 하필이면 장 여사와 눈이 마주쳤다.

"거기, 미녀미용실 선생님 아냐? 얼른 이리 와요! 아, 얼른!"

"저, 저요?"

장수버거는 손님이 많다. 쏟아지는 시선에 압도당한 보보는 어쩔 수 없이 장 여사에게로 걸어갔다.

"무슨 일로?"

"주방에 가위 있어요. 그걸로 이놈 머리 좀 잘라줘요."

"예?"

"아, 얼른요! 나 이놈 이러는 거 더는 못 봐."

보보가 할 말을 잃은 사이, 하민이 젖먹던 힘까지 짜내 크게 꿈틀거렸다.

"시, 싫다니까!"

보보와 이야기를 하느라 손아귀에서 힘이 빠졌던 장 여사는 다시 하민을 붙잡으려고 했으나, 하민은 날쌘 미꾸라지처럼 장 여사의 손을 피해 도망치기 시작했다.

"저, 저, 저놈 새끼, 저놈 새끼 좀 잡아줘! 얼른!"

펄쩍 뛰는 장 여사의 시선은 한 발짝 뒤에 있던 미미에게 향해 있었다. 마주친 보보의 눈이 슬그머니 미미의 등을 떠밀었다. 미미는 영문도 모르고 하민을 뒤쫓아 달리기 시작했다.

  제때 끼니를 챙겨 먹지 못해서인지, 아니면 타고난 운동신경
이 둔한 건지 하민의 달리기 실력은 그리 뛰어난 편이 아니었
다. 덕분에 미미는 금세 하민을 따라잡았지만, 나서서 하민을
장 여사에게 끌고 가고 싶지는 않았다. 그럴 기분도 아닌 데다
애초부터 등을 떠민 보보도 장 여사가 하도 펄쩍 뛰니 고객 위
로 차원에서 시늉만 하길 바랐을 터였다.

  시내 인근 공원으로 들어간 하민은 숨이 가빴는지 벤치에 주
저앉아 한참을 헉헉댔다. 하민이 볼 수 없을 만큼, 그러나 하민
이 잘 보이는 위치에 쪼그리고 앉은 미미가 그런 하민을 유심히
관찰했다. 덥수룩한 앞머리를 하고도 하민은 넘어지지 않고 잘
도 달렸다. 앞이 보이긴 하나 보네.

  어느 정도 호흡이 가라앉자 하민은 메고 있던 숄더백에서 노
트북을 꺼냈다. 잘 안 보일 것 같은데 익숙하게 이것저것 누르
더니 노트북에 이어폰을 연결했다. 뭘 듣는지 유일하게 훤히 드
러난 입매가 꽤 다부지게 다물려 있었다.

  그냥 저러고 있는 건가. 그럼 더 보고 있을 필요는 없을 것 같
은데.

  하민의 위치도 파악했으니, 돌아가 장 여사에게 알려줄 참으

로 자리에서 일어났을 때였다. 어디선가 담배 냄새가 난다 싶더니 하민이 고장 난 로봇처럼 뭔가를 보고 있었다.

하민에게 껄렁거리는 걸음으로 다가오는 사람은 하민보다 키는 한 뼘 정도 더 크고 몸통은 두 배쯤 될 것 같은 남자애였다. 그 애의 옆에는 그와 비슷한 체구를 가진 남자애 서넛이 히죽거리고 있었다.

"구, 구자혁…"

하민이 신음처럼 흘린 이름을 듣는 순간, 미미는 이 상황이 심상치 않은 상황이란 걸 깨달았다. 머리카락 때문에 잘 보이진 않아도 드러난 얼굴 안색이 하얗게 질려 있었다. 황급히 닫은 노트북을 쥔 손가락에는 어찌나 힘이 실렸는지 끝이 빨갰다.

하민의 옆에 붙어 앉은 구자혁이란 남자애가 어깨동무를 하자 하민이 소라게처럼 움찔 쪼그라들었다. 그걸 보고 낄낄거리는 걸 보니 이런 일이 한두 번은 아닌 듯했다.

"야. 노트북 좋은 거 쓴다? 이거 완전 최신형 아냐?"

하민이 고개만 떨군 채 아무 말도 하지 않자 구자혁이 낮게 욕설을 내뱉더니 하민의 귀를 잡아당겼다.

"아!"

"'아'가 아니라 끼끼 울어야지. 원숭이 소리 몰라? 멍청한 새끼. 사람 말도 씹고 이거 안 되겠네."

거구의 구자혁이 하민의 멱살을 잡아 올렸다. 하민은 바들바들 떨면서도 노트북을 꽉 쥔 손은 풀지 않았다.

"야, 뺏어."

구자혁이 지시하자 다른 남자애들이 하민에게 달려들었다. 하민은 누에고치처럼 몸을 만 채 필사적으로 저항했다.

"이게, 진짜!"

뜻대로 안 되는 게 분했는지 구자혁이 직접 나섰다. 구자혁이 하민의 등을 걷어차자 하민이 윽, 하고 바닥을 뒹굴었다. 그런데도 노트북은 꼭 끌어안고 있다. 자혁은 분이 풀리지 않는지 씩씩대며 하민을 향해 발길질을 시작했다. 하민의 코에서, 입에서 피가 흘렀다.

저러다가 하민한테 큰일이 날지도 모른다는 생각이 들었다.

경찰에 신고해야 하는데 미미에게는 핸드폰이 없었다. 그렇다고 하민을 두고 멀리 나갔다가 그새 하민이 어떻게 되기라도 하면?

하필이면 공원에 왜 이리 사람이 없는지 모르겠다고 한탄하던 순간, 미미의 눈에 익숙한 뒤태가 들어왔다. 낡은 하늘 걷기 기구 위에서 쉴 새 없이 다리를 움직이고 있는 사람은 분명.

"바, 박 순경 아저씨!"

"아이고, 깜짝이야!"

등 뒤에서 갑자기 나타난 미미에 경기를 일으킨 것도 잠시, 박 순경의 시선이 미미가 가리키는 방향을 따라 움직였다.

박 순경은 빠르게 상황을 파악했다. 덩치 큰 놈들이 여럿. 얻어맞고 있는 놈이 하나. 그러니까 지금 내가 보고 있는 게 집단 구타의 현장인가?

"도, 도와주세요! 제발요!"

박 순경의 피가 무서운 속도로 끓기 시작했다. 너무나도 아무 일도 없어 휴식 중이던 정의감이 살아 숨 쉬는 게 느껴졌다.

악의 도시 고담시는 배트맨이 지켰다. 다율동은 내가 지킨다.

막중한 사명감을 짊어진 박 순경이 호루라기를 들고 집단 구타의 현장으로 뛰어들었다.

"야이, 비겁한 놈들아! 여럿이서 한 명을 패? 너희들 거기 안 서?"

"아이씨."

구자혁과 그 패거리는 박 순경이 요란법석을 떨며 달려오자 침을 퉤, 뱉고는 전동 킥보드를 타고 잽싸게 달아났다.

"괜찮아?"

많이 얻어터졌는지 하민은 여전히 몸을 웅크린 채 아무 말이 없었다. 걱정스러운 마음에 미미가 살짝 하민의 팔을 건드리자 하민이 불에 덴 것처럼 신음했다.

"마, 많이 다쳤어?"

하민이 겨우 몸을 일으켰다. 코와 입가에 피가 좀 흘렀지만, 생각보다 상태는 괜찮아 보였다. 아니, 머리 때문에 콧등 위로는 보이지 않아서 잘 모르겠지만.

끈질기게 구자혁과 그 패거리를 쫓던 박 순경은 사람의 다리로 모터를 따라잡기란 무리라고 판단했는지 하민에게로 다가왔다.

"저놈들 뭐 하는 놈들이냐? 아는 놈들이니? 평소에도 널 괴롭히던 놈들이야?"

이번에도 하민은 묵묵부답이다. 가방에 노트북을 소중히 챙겨 넣은 하민이 자리에서 힘겹게 일어났다.

"얘야, 난 경찰이야. 요 앞 지구대에서 근무하는 경찰. 아저씨한테 말해봐. 저놈들이 평소에도 널 괴롭히는 게 맞지? 같은 학교 애들이야?"

"시, 신경 쓰지 마세요…"

"집단 구타 혹은 학교 폭력은 엄연히 범죄다. 경찰이 범죄 현장을 목격했는데 어떻게 신경을 안 써? 그리고 넌 그 범죄의 피해자란 말이다. 여기서 진술하기 힘들면 지구대로 함께 가서…"

"됐어요! 신경 쓰지 마시라고요!"

다가온 박 순경을 밀쳐낸 하민이 또다시 도망치기 시작했다.

얼이 빠진 박 순경이 미미를 쳐다봤다. 또다. 의도가 무엇이든 박 순경의 시선에 등을 떠밀린 미미가 하민을 뒤쫓아 달려갔다.

얻어맞은 탓인지 하민은 얼마 가지 않아 멈춰 섰다. 개수대 앞 계단에 힘없이 주저앉은 하민은 불만스럽게 미미를 노려보고 있었다. 정확히는 노려보는 듯했다. 치렁치렁한 앞머리 때문에 눈은 보이지 않지만, 그 시선이 느껴졌으므로.

"왜, 왜 자꾸 쫓아와?"

"보보 언니랑 장 여사님이 쫓아가래서."

드러난 입매만으로도 하민이 지금 얼마나 황당해하는지 또한 충분히 느껴졌다.

"너도 내가 우스워?"

좀 당황스러운 질문이었지만, 미미는 단호하게 고개를 저었다. 우습다고 여긴 적은 없었다.

"아니, 대단하다고 생각해."

이번에는 하민이 놀랐는지 한참 대답이 없다. 그 틈에 미미는 하민보다 한 칸 아래 계단에 슬그머니 앉았다. 실은 내내 하민을 쫓아다녔던 터라 다리가 무겁게 느껴지던 참이었다. 마침 그늘이 져 있어 해가 쨍쨍한데도 그리 덥지 않았다.

"나 같으면 노트북 주고 말았을 거야."

"노트북이 비싸서 안 준 거 아냐. 노트북에는… 내 보물이 들어 있어.”

“보물?”

고개를 끄덕인 하민의 입매가 전보다는 유연해져 있었다.

“음악… 파일. 노래 만들거든. 취, 취미로.”

“궁금하다. 들려주면 안 돼?”

하민의 목울대가 크게 움직였다. 쟨 왜 이렇게 직설적이지?

“아직 하, 한 번도 누구 들려준 적은 없는데…”

“싫으면 말고.”

“아, 아냐! 싫은 건 아니고…”

하민은 소심하게 손가락을 꿈지럭거리더니 곧 가방에서 노트북을 꺼냈다. 이것저것 누르더니 곧 노트북에서 그럴싸한 멜로디가 흘러나오기 시작했다. 한 번도 들어본 적은 없는, 가사도 없는 멜로디였지만 듣기에 나쁘지 않았다.

미미의 등 뒤에서부터 바람이 훅 불었다. 갑작스러운 바람은 반쯤 가리고 있던 하민의 무거운 머리카락을 손쉽게 헤집어 놨다. 짧은 순간이었지만, 하민의 이목구비가 훤히 드러났다. 하민은 당혹스럽다 못해 경악한 표정이었다. 허둥지둥 머리카락, 특히 옆통수에 붙은 머리카락을 손바닥으로 누른 남자애의 손끝이 붉었다.

한동안 침묵이 흘렀다. 언제 그랬냐는 듯 바람은 잠잠히 가라앉았다. 그 덕에 노트북에서 흘러나오는 멜로디가 더욱 선명하게 들렸다.

"좋다."

"어?"

"지금 나오는 노래. 좋다고."

번쩍 고개를 든 하민은 믿을 수 없다는 듯한 얼굴이었다. 하민이 필사적으로 누르고 있던 옆통수에서 손을 내리자 가라앉은 머리카락 사이로 삐져나온 귓둘레가 보였다.

"안 이상해?"

"안 이상한데."

또 말이 없었다. 슬슬 기다림이 지루해지려던 순간, 노트북에서 흘러나오던 멜로디가 멈췄다. 기다렸다는 듯 노트북을 정리한 하민이 자리에서 일어났다.

"고, 고마워…"

또다시 바람이 불었다. 바람이 나부끼자 틈이 벌어진 나뭇가지들 사이로 빛이 들어왔다. 아주 가늘지만, 충분히 눈부신 빛줄기가.

제인은 거울을 통해 하민을 물끄러미 바라보았다.

제 발로 미용실로 들어온 건, 분명 머리를 자를 의지가 있다는 건데. 어찌 된 일인지 하민은 미용 의자에 앉자 석고처럼 굳어버렸다. 아니, 석고보다는 구운 오징어라는 게 더 정확한 표현 같다. 잔뜩 위축된 하민은 제대로 고개도 들지 못한 채 양손으로 커트보를 움켜쥐고 있었다.

하는 수 없지. 먼저 상태부터 보는 수밖에.

제인은 머리를 어떻게 할 거냐고 묻는 대신 먼저 하민의 모질과 모형을 살피기 시작했다.

척 봐도 다듬은 지 한참이나 된 머리다. 무작정 기른 머리카락은 하민의 목덜미를 무성히 덮었고 앞머리는 코까지 내려왔다. 꼬리빗으로 나누면 완벽한 5 대 5로 갈릴 정도로 하민은 곱슬기 하나 없는 생머리를 가지고 있었다. 무조건 아래로만 쭉쭉 뻗으려는 하민의 머리카락과 두피의 거리가 가깝다. 그래서다. 딱히 모질이 나쁜 것도, 모근이 약한 것도 아닌데 힘없이 축 늘어져 보이는 건.

제인이 빗으로 하민의 머리카락을 슥슥 빗어 넘겼다. 구석구석 넘기던 빗이 귀 위 옆통수에 닿자 하민이 양손으로 제 귀를 얼른 감추었다. 얼굴이 빨갛게 달아오른 건 당연한 수순이었다.

"귀, 귀는 거, 건드리지 말아…주세요."

하민은 기어들어 가는 목소리로 간신히 요청했다.

"하지만 머리를 자르려면 빗이 귀에 닿는 건 어쩔 수 없단다."

마지못해 슬그머니 손을 내리자 양옆으로 부채처럼 펼쳐진 귀가 드러났다. 금세 머리카락을 뒤덮여 오래 볼 순 없었지만.

하민의 머리통은 흡사 거대한 버섯갓을 가진 버섯 같았다. 돌출귀 위로 덮인 머리카락이 옆통수를 따라 죽 내려오지 못하고 비스듬히 꺾였기 때문이다.

콤플렉스가 있구나. 미용실에 오는 손님 중 태반이 콤플렉스를 갖고 있다. 아니, 세상에 콤플렉스가 없는 사람이 존재하긴 할까. 제인 역시도 통통한 손가락이 콤플렉스였다. 그래서 반지를 껴도 태가 나지 않는다는 게 마음에 들지 않았다.

여태껏 머리를 기른 이유가 어느 정도 짐작은 된다. 그런데 그렇다고 등교를 거부하고 방에만 틀어박힌다고? 물론 그럴 수도 있지만, 그 이유만으로 방에 틀어박혔다기에 하민은 심지가 굳은 편이었다. 주눅은 좀 들었어도 제 할 말을 하는 걸 보면.

꼭 단체 생활에 적응해야만 훌륭한 어른으로 성장한다는 법은 없다. 성장하는 속도는 각자 다르지 않던가. 그저 학교로 돌아가기를 거부하는 열아홉 동갑내기가 이 미용실에 둘이나 있다는 게 공교로울 뿐이다.

끝날 기미가 보이지 않는 하민의 침묵에 제인이 분무기를 들고 왔다. 이대로 질질 끌 순 없다. 시간은 우리를 기다려 주지 않으니까.

"네게만 살짝 귀띔해 주자면, 난 머리카락을 만지는 즉시 고객의 니즈를 단번에 파악할 수 있는 엄청난 손을 가졌단다."

통통하면서도 길쭉한 손가락이 하민의 앞에서 보란 듯이 춤을 췄다. 생뚱맞은 행동에 하민은 얼이 빠진 채 원장을 멀거니 쳐다보았다.

"찾아온 이유는 각기 다를지 몰라도 나는 내 미용실에 온 손님들이 모두 행복해졌으면 좋겠어. 이 미용실은 손님들의 기쁨으로 유지된단다. 그건 내 삶의 동력이 되기도 해. 내 입으로 말하긴 겸연쩍지만, 난 아주 유능한 미용사란다. 덕분에 무척이나 오래 살았지. 지겨울 정도로 말이야."

원장은 많이 쳐줘도 하민의 엄마보다 열 살쯤은 젊어 보였다. 그런데 지겨울 정도로 살았다니. 무슨 농담을 저렇게 천연덕스럽게 할까. 진담 같은 원장의 농담에 하민은 웃지도, 어쩌지도 못한 채 어정쩡하게 고개만 끄덕였다.

어느새 원장의 손에 들린 가위가 날이 잘 갈린 검처럼 빛이 반짝였다. 분무기로 충분히 머리를 적신 원장이 여러번 빗질을 하고 능숙하게 섹션을 나누었다. 뒷머리가 아닌 옆머리부터 시작이다. 뭔가 좀 이상하다고 느낀 순간, 거울을 통해 원장과 눈이 마주쳤다. 가윗날만큼이나 원장의 눈빛이 번뜩인다 싶더니 하민의 왼쪽 옆머리가 숭덩 잘려 나갔다. 동시에 훤히 드러난 귀에 하민이 비명을 지르며 손으로 제 귀를 가렸다.

"지, 지금 뭐 하시는 거예요!"

"커트 중에는 함부로 손을 들면 안 돼. 손 다치거든."

머리를 자르기로 마음은 먹었지만, 그래도 이건 너무 갑작스러웠다. 게다가 등 뒤에는 난생처음 본 여자애도 있다. 드러난 건 왼쪽 귀인데 마치 발가벗고 있는 것처럼 수치스러웠다.

"이, 이건 너무 갑작스럽잖아요! 전 아직 마음의 준비가…"

"그러면 거기서 계속 그러고 멈춰 있을 참이니?"

원장의 말투는 곱상했지만, 뾰족했다. 원장이 든 건 가위가 아니라 정말로 검이었나 보다. 어찌나 날카로운지 가슴이 욱신거릴 정도로 따끔거렸다.

"도로에 튀어나온 과속방지턱은 안전한 운전을 위해 만들어진 거지, 거기서 영영 멈추라고 만들어진 게 아니란다."

방 안에서 갇혀 보낸 무수한 시간이 떠올랐다. 내가 그 안에서 나올 수 있을까. 한 치의 틈도 없이 꽉 닫힌 방문을 볼 때마다 공포감과 무력함이 전신을 지배했다. 나의 세상은 거기까지인 줄로만 알았다.

속을 꿰뚫어 보듯 원장이 부드럽게 다독였다.

"힘껏 밀어줄게. 앞으로 나아가도록."

콧날이 시큰해졌다. 언젠가 형 충민이 해준 조언이 떠올랐다.

눈물이 날 것 같을 땐 침을 삼키면 눈물이 쏙 들어간다던. 울컥 치미는 것을 꿀꺽 삼킨 하민이 한결 단단해진 눈으로 고개를 끄덕였다.

그 미용실에 뭐가 있긴 있는 모양이다. 처음 갔을 때부터 보통 미용실은 아니라는 건 눈치챘지만…

하민을 데리러 온 장 여사는 먼저 눈을 의심했다가 다음에는 귀를 의심했다.

"시, 시간이 필요하다고?"

무슨 바람이 불었는지, 하민의 머리는 짧게 변해 있었다. 솔직히 진짜로 머리를 자를 거라고는 생각하지 않았다. 잘라봤자 개미 눈물만큼이나 자르고 오겠지. 근데 커트가 끝났으니 데리러 와줄 수 있냐는 하민의 전화를 받았다. 반신반의해서 와보니 하민은 정말 다른 사람처럼 변해 있었다. 순간적으로 제 아들을 알아보지 못했을 정도로.

우중충하게 내려앉은 머리카락을 치워냈기 때문인지, 아니면 충분한 햇빛을 맞아서인지 하민의 낯빛이 밝아 보였다. 그것만으로도 충분히 감격스러운데, 집으로 돌아온 하민은 처음으로 제 생각을 장 여사에게 털어놓았다.

"학교를 계속 다닐지, 아니면 자퇴를 할지 조금만 더 생각해

볼게요."

"그, 그래. 네가 그렇다면… 그래야지."

"그리고 엄마, 나 하고 싶은 거 있어."

"어?"

"나중에 엄마한테도 들려드릴게요."

허, 이제는 묻지도 않은 꿈까지 고백한다. 얘가 왜 이래? 정말 내 아들 송하민 맞아?

행여 놀란 기색이라도 보였다가 또다시 아들이 입을 다물까 봐 장 여사는 떨리는 심장을 애써 가라앉혔다.

"하고 싶은 게 있으면 해야지. 도박, 술, 범죄만 아니면 이 엄마는 찬성이다."

모처럼 하민의 얼굴에 밝은 미소가 떠올랐다. 웃는 얼굴을 보니 어린 시절의 하민이 떠올라 금세 코끝이 찡해졌다.

"먹고 싶은 건 없어? 엄마가 해줄게."

잠시 고민하던 하민이 호박전, 하고 대답했다. 괜스레 목이 멘 장 여사가 고개만 겨우 끄덕였다. 하민이 밝게 웃으면 웃을 수록 눈시울이 뜨거워졌다. 주책이야, 정말. 장 여사가 얼른 자리에서 일어났다. 주방 옆으로 난 창문을 통해서 붉은 석양빛이 눈부시게 쏟아져 들어왔다.

들숨에 섞인 매캐한 향이 심상치 않다는 걸 깨달은 건 미미가 잠자리에 누운 지 3시간이 지났을 무렵이었다.

처음에는 보보가 야식으로 고구마나 옥수수, 감자 같은 걸 구워 먹는 줄 알았다. 배고픔을 견디지 못하는 보보는 종종 야심한 시각에 주방을 배회하곤 했다. 그럴 때면, 주방과 가장 가까운 쪽방에는 금세 냄새가 들어찬다. 그래도 금세 냄새가 사그라지니 조금만 견디면 될 줄 알았는데, 매캐한 냄새는 숨쉬기 힘들 정도로 짙어졌다. 뭔가 이상하다는 걸 느낀 순간.

"미미야, 일어나!"

컴컴한 가운데 눈앞이 아득했다. 그때였다. 불쑥 튀어나온 단단한 팔이 미미를 끌어당긴 것은.

10

줄탁동시

미녀미용실을 둘러본 박 순경이 머쓱한 듯 코를 쿵, 들이마셨다. 아무리 봐도 이상하다. 분명 불이 크게 났다고 들었는데, 어찌 된 일인지 이 오래된 미용실은 외벽에 그을음만 조금 남았을 뿐 내부는 멀쩡했다. 절대로 이럴 수가 없는데.

"인명피해가 없는 건 정말로 다행이지만, 그래도 화재 사건, 아니 방화 사건이니만큼 강도 높게 사건을 처리하려고 합니다. 하마터면 미용실은 물론, 다율산까지 홀랑 탈 뻔했으니까요."

"그건 박 순경님과 지구대에서 알아서 처리해 주세요."

"웬만한 건 그래드릴 순 있는데, 그래도 조사는 좀 받으셔야 합니다. 일단은 피해자시니까요."

하마터면 목숨을 잃을 뻔한 큰일을 겪은 것치고는 제인 원장과 세 미용사는 심각한 기색이 전혀 없었다. 다만, 귀찮은 일을 떠맡은 사람처럼 찝찝한 표정으로 경찰들이 드나드는 미용실을 쳐다볼 뿐이었다. 하긴, 지구대로 신고 전화를 건 것도 이 미용사들이 아니라 야간 산행 중이던 다율동 주민이었지. 이 중 그나마 사람답게 놀란 건 미미라는 아이뿐이다.

그럴 만도 하지. 박 순경은 속으로 혀를 차며 미미를 안쓰럽게 바라보았다.

미녀미용실에 고의로 불을 지른 놈들은 박 순경도 아는 얼굴이었다. 지난번, 공원에서 장수버거 둘째 아들을 지독하게 괴롭히던 고라니 같던 놈들. 일명 구자혁과 그 패거리라 불리는 녀석들은 미성년자 주제에 미용실에서 얼마 떨어지지 않은 다율산에서 만취 상태로 붙잡혔다. 공원에서 박 순경을 불러온 미미에게 앙심을 품고 있다가 술김에 미용실에 불을 지른 모양이었다. 자세한 건 조사해봐야 알겠지만.

"그놈들이 나쁜 놈들이지 네가 잘못한 건 하나도 없어. 아저씨가 그놈들 아주 혼구녕을 내줄 테니 걱정하지 마. 알았지?"

"네에…"

기어들어 가는 목소리로 간신히 대답하는 걸 보고 마음 한쪽이 더 무거워진 박 순경이 정의감을 불태웠다.

구자혁과 그 패거리의 재보복을 두려워하는 거리라 확신한 박 순경이 힘을 주어 미미를 달랬으나, 애석하게도 그의 추측은 영 빗나갔다. 미미가 걱정하는 건 미용사들이었다. 아니, 어쩌면 본인 스스로일지도 모른다. 어쨌든 구자혁이 미용실에 불을 지른 건 자신 때문이 아니던가.

주변에서 발견된 방화 도구에 비해 생각보다 미용실 피해가 적다며 의아한 표정으로 고개를 갸웃거리는 박 순경과 소방대원들은 모를 거다. 실은 이 미용실에 큰불이 났었다는 걸. 그 불을 단번에 꺼뜨리는 제인을 미미는 두 눈으로 똑똑히 봤다. 덕분에 피해는 거의 없었지만, 깍두기처럼 끼어 사는 주제에 엄청난 재앙을 일으킬 뻔했다는 죄책감이 자꾸만 미미의 마음을 짓눌렀다. 기껏 마음을 연 제인과 미용사들이 저를 내쫓는다고 해도 할 말이 없을 테니까.

박 순경은 따로 참고인 조사 연락을 드리겠다는 말을 남기고 돌아갔다. 경찰과 소방대원들이 떠난 뒤, 미용사들은 잠이 다 깬 얼굴로 다시 2층 숙소로 올라갔다. 조사랍시고 경찰들이 들쑤시고 간 덕분에 온 집 안이 쑥대밭이었다.

"아휴, 이걸 언제 다 치운담? 날밤 까겠네."

"원장님. 내일 오픈 시간 조금만 미뤄주시면 안 돼요?"

심란한 보보가 볼멘소리로 묻자 스피아 쌤이 제인 대신 대답했다.

"내일 아침에 예약 있잖아."

"아, 맞다!"

내일 오전에는 매직펌 손님이, 점심때는 염색 손님이 있고 저녁에는 커트 손님이 있다. 하루에 손님이 무려 셋이라니! 예약 전쟁을 치르던 제인살롱에 비할 바는 아니지만, 파리만 날리던 몇 달 전에 비하면 괄목한 만한 성장이었다.

기분 좋은 부담감과 피곤함이 미용사들 사이에 흘렀다. 산 밑 폐가나 다름없던 곳은 이제 어엿한 미용실의 구색을 갖추었다. 그건 다른 말로 이곳을 떠나도 될 시기가 곧 도래한다는 것과 같다. 다른 사람은 몰라도 보보는 기껏 정든 이곳을 떠날 생각을 하니 괜히 콧날이 시큰해졌다. 그래봤자 섣부른 생각이다. 원장님에게선 아직 아무런 말도 없지 않던가.

잡념과 함께 방을 정리한 보보가 주방으로 나왔다. 야심한 시각이지만, 아닌 밤 중에 소란을 피웠더니 허기가 졌다. 다른 미용사들도 마찬가지인지, 보보가 라면을 끓인다고 하자 평소 야식은 입에도 안 대는 서독 언니와 스피아 쌤, 미미까지도 먹겠다고 나섰다.

절로 군침이 돌 만큼 자극적인 라면 냄새가 코를 찌를 때였다. 라면을 끓인대도 답이 없어 잠든 줄 알았던 제인이 주방으로 들어왔다. 막 한술 뜨려던 보보가 엉거주춤 일어났다.

"원장님도 한 젓가락 하시려고요?"

제인의 목적은 라면이 아니었다. 제인이 들고 있던 걸 식탁 위에 내려놓자 미용사들은 반사작용처럼 눈이 휘둥그레진 미용사들이 젓가락을 내려놓았다.

감히 세월을 짐작할 수 없을 만큼 늙고 묵은 단풍나무 함은, 아니 저 단풍나무 함에 든 것은 분명 블루 다이아몬드 목걸이였다.

제인과 미용사들을 이곳에 감금시키고 색을 지워버린 블루 다이아몬드 목걸이.

그 일 이후, 푸른빛을 읽고 탁한 돌덩이처럼 변해 있던 목걸이는 언제 그랬냐는 듯 영롱하게 푸른빛을 빛내고 있었다. 그게 무슨 뜻인지 깨달은 서독 언니, 스피아 쌤, 보보가 제인을 쳐다봤다.

"유배가 풀렸어."

제인의 말이 마치 무죄 선고 같았다. 세 미용사는 얼떨떨한 얼굴로 서로를 쳐다보다가 이내 환호성을 내질렀다. 특히 징계의 원인을 제공했던 스피아 쌤은 눈물까지 글썽거렸다.

"그럼 이제 압구정으로 돌아가는 거예요?"

"어머, 스피아 쌤도 참. 압구정이 뭐야? 어디든 갈 수 있으니 이제 더 넓게, 멀리 봐야지. 이를테면 뉴욕?"

"서독 언니, 파리는요? 저 에펠탑 야경을 보고 싶어요."

"그것도 좋지."

들뜬 건 세 미용사뿐. 미미는 영문도 모른 채 멀뚱멀뚱 그들을 바라보았다. 마녀니 징계니 어쩌고 하는 건 알고 있었어도, 막상 눈앞에서 뉴욕이니 파리니 떠드는 걸 보니 좀처럼 실감이 나질 않았다. 뉴욕이든 파리든 이들과 함께 있을 제 모습이.

"미미야, 너는 어디 가고 싶어?"

"그래. 미미 의견도 중요하지. 가고 싶은 곳 있어?"

마치 여행지를 정하듯 세 미용사가 기대감 가득한 눈빛으로 미미를 쳐다봤을 때였다. 미미의 입술이 채 벌어지기도 전, 제인이 대답을 가로챘다.

"미미는 돌아가야지."

미미는 귀를 의심했다. 말로 뒤통수를 얻어맞는다면 바로 이런 느낌일까. 세 미용사도 미미와 별반 다르지 않아 보였다. 정작 이 공간을 얼어붙게 만든 제인은 태평한 기색이었다.

"원장님, 그게 무슨 말씀이세요?"

"혹시 불난 것 때문에 그러세요? 그건 미미 탓이 아닌 거 원장님도 잘 아시잖아요."

"다들 잊고 있었어? 난 당분간만 미미가 이 미용실에 있도록 허락해 준 걸로 기억하는데."

"그건 그렇지만… 그간 든 정도 있는데, 미미 의견도 들어보고…"

제인이 듣기 싫다는 듯 손을 뻗었다. 단호한 제인의 표정에 서독 언니조차도 설득을 포기하고 입을 앙다물었다.

"이 미용실은 마녀에게만 허락된 곳이야."

슬프게도, 그건 반박할 수 없는 진실이었다.

마녀의 미용실에 머물 수 있는 건 마녀뿐이다. 평범한 사람은 이 미용실을 잠시 다녀가는 손님밖에 될 수 없고. 잠시 잊고 있던, 아니 어쩌면 모른 체하고 있던 진실이 수면 위로 떠오르자 세 미용사는 애처로운 눈길로 미미를 바라보았다.

"그럼 저도 마녀가 되게 해주세요. 저도 마녀가 될게요!"

"그건 안 돼."

"어째서요? 제가 되고 싶다니까요?"

"내가 그러고 싶지 않으니까."

마녀는 선택받는다. 선택권이 있는 유일한 진짜 마녀 제인이 단호하게 거절하자 미미는 눈시울이 붉어진 채 입술을 깨물었다.

분위기가 숙연해졌다. 여태껏 미미를 동조하던 세 미용사도 이번에는 제인과 뜻이 같은지 아무 말도 없었다. 실은 세 미용사도 알고 있었다. 겉모습이야 같을지 몰라도 자신들과 미미는 엄연히 다르다는 걸.

미미는 아직 어리다. 아직 꽃도 피우지 않았다. 어떤 꽃을 피울지도 모르는 아이에게서 벌써부터 스스로 만들어 갈 행복과 기쁨의 기회를 빼앗을 순 없었다.

마녀가 된다는 건 구원이지만, 그 구원은 칠흑 같은 절망에서 시작된다는 걸 제인을 비롯한 세 미용사는 알고 있었다. 제인과 세 미용사는 앞으로 남은 미미의 나날에 희망을 걸어보고 싶었다. 부디 이 작은 아이에게만큼은 자신들처럼 소망 없는 절망에 빠지는 순간이 오지 않기를 바랐다.

"우리는 함께할 수 없다. 네가 있던 곳으로 돌아가렴."

입에 발린 위로라도 덧붙이면 좋으련만, 제 할 말만 마친 제인이 미미에게 눈길 한 번 주지 않고 등을 돌렸다.

순간, 고요하던 미미의 마음에 거센 해일이 일었다. 이대로는 밀려날 수 없었다. 용기에 객기까지 버무려지자 두려울 것이 없었다. 미미는 허락도 받지 않고 제인의 침실까지 쫓아 들어갔다.

제인과 세 미용사를 흥분하게 했던, 그리고 저를 이곳에서 쫓아내도록 종용했던 블루 다이아몬드 목걸이는 단단한 함 속에 자취를 감추고 있었다. 제인은 막 그 함을 침대 옆 협탁에 올려 두려던 참이었다. 미미의 눈에 담긴 불순한 감정을 읽어낸 제인이 반듯하게 몸을 세웠다.

"원장님은 제가 무슨 생각을 하는지 다 아시죠?"

"나는 마녀지 점쟁이가 아니야. 실망하게 해서 미안하지만, 남의 속마음을 읽는 재주는 없단다."

제인의 목소리엔 군더더기가 없었다. 잡고 늘어지려고 해도 어찌나 깔끔한지 손이 미끄덩거리는 것만 같다. 허망한 기분에 미미는 아랫입술을 깨물었다. 자격이 없다는 걸 알면서도 배신감이 치밀었다.

거짓말. 당신은 다 알잖아. 다 알고 있으면서 어떻게 내게 이럴 수 있어?

제인은 곰살맞고 털털한 편은 아니었다. 그렇다고 서독 언니처럼 까칠하거나 뾰족한 사람도 아니지만. 제인은 누구든 쉽게 상대하면서도 정작 본인은 누구도 쉽게 상대할 수 없는 사람이기도 했다. 그런데도 제인은 미용실을 찾은 손님에겐 늘 친절했다. 차비가 없는 손님에겐 차비를 쥐여주고, 꿈을 잃은 사람에겐 에둘러 그 마음을 북돋워 줄 정도로. 그런데 이곳에서 몇 달을 지낸 제게는 왜 이리 모진 걸까.

"저, 저는… 돌아갈 곳이 없어요."

맨발로 내달리던 밤, 등 뒤에서 불어오던 바람이 생생했다. 깨끗이 아문 발바닥에서 아릿한 통증이 느껴지는 듯했다. 괴로운 미미는 손을 뻗었다. 허둥대던 손끝에 닿은 건 제인의 옷자

락이었다. 그것이 구원이라도 되는 듯 미미는 강하게 제인의 옷
자락을 붙잡았다. 이곳은 미미가 찾은 유일한 도피처였다. 얼마
가 됐건 안전히 머물 수 있는.

손등 위로 온기가 닿았다. 잠시 품었던 미미의 기대는 제인이
옷자락에서 미미의 손을 떼어내는 순간, 물거품처럼 사라지고
말았다.

"그건 네 사정이지."

너와 나는 다르다는 걸 증명하려는 듯 제인의 눈이 푸르게 반
짝였다. 그 눈빛이 어찌나 차가운지 미미는 혈관 속 피가 차갑
게 식는 것 같았다. 아랫입술을 꾹 깨문 채 서러움을 참아낸 미
미가 고개를 떨구었다. 제인이, 아니 스스로가 원망스러웠다.
이곳만큼은, 제인만큼은 다를 거라고 여겼던 자신이.

쪽방으로 돌아왔을 때, 베개 위에는 돈이 든 도톰한 봉투와
새 핸드폰이 있었다. 미련이라곤 털끝만큼도 없는 제인이 미웠
다. 정말로 바라는 게 무엇인지 알면서도 일부러 돈과 핸드폰을
놓아둔 제인의 저의가 원망스러웠다. 참았던 눈물이 쏟아졌다.

오늘이 이곳에서 보내는 마지막 밤일 터였다.

미미가 떠났다는 걸 가장 먼저 알아차린 건 스피아 쌤이었다.

밤새 잠을 이루지 못한 스피아 쌤은 날이 밝기가 무섭게 미미가 머무르는 쪽방의 문을 두드렸다. 평소라면 뒤척이는 인기척이라도 들렸을 텐데, 노크 소리만 공허하게 울리자 스피아 쌤이 조심스레 문을 열었다. 이부자리는 깨끗하게 정리되어 있었다. 미미의 흔적은 한 톨도 남아 있지 않았다. 대신 하얀색 봉투와 새 핸드폰만이 가지런히 놓여 있었다.

"원장님, 미미가 떠났어요."

평소보다 이른 시간, 커피를 내리러 주방에 나온 제인의 목에는 완전히 빛을 되찾은 블루 다이아몬드 목걸이가 자리하고 있었다. 한때 압구정을 주름잡던 압구정 마녀 '제인', 그 모습 그 자체였으나 스피아 쌤은 어쩐지 반가움보다 아쉬움이 더 짙게 느껴졌다.

"원장님, 미미가 이곳에서 나갔어요."

"나간 게 아니야. 돌아간 거지."

제인의 생각을 전부 알 수 없다. 한 가지 확실한 건, 제인이 누군가에게 나쁘게 구는 사람은 아니었다는 사실이었다.

원두가 채워진 종이 필터 위로 뜨거운 물이 쪼르르 부어지는 소리와 함께 향긋한 커피 향이 올라왔다. 창밖으로 들어오는 볕은 오늘 날씨가 환상적일 것이라고 예고하는 듯했다. 제인과 마녀들을 이곳에 묶어두던 사슬도 풀렸다. 이제 매일이 충만하게 채워질 일만 남았는데, 스피아 쌤은 마음속 난 자리가 자꾸만 신경 쓰였다.

"원장님, 마녀는 나쁜 존재가 아니죠?"

김이 폴폴 나는 커피를 후룩 마신 제인이 살짝 미소를 지었다.

"마녀라고 사람과 뭐가 다를까."

"이곳에 머물 수 있는 건 마녀뿐이라고 하셨잖아요."

어조는 덤덤했으나 스피아 쌤은 분명 제인에게 따져 묻고 있었다. 어째서 미미를 여기서 쫓아냈느냐고.

"스피아 쌤, 나는 그 아이가, 미미가 불쌍해요. 그래서 이곳에 그냥 둘 수가 없었어."

스피아 쌤의 입이 헤, 벌어졌다. 자주 떠올리지 않으려 애쓰는 기억이지만, 마녀가 된 순간이 불현듯 떠올랐다. 쿵, 내려앉은 심장에서부터 차가운 기운이 온몸으로 퍼져나갔다. 숨을 내뱉는 것조차 무의미하게 느껴질 만큼 괴롭고 절망스럽던 순간이었다. 다시는 겪고 싶지 않을.

"난 미미를 포기하거나 버린 게 아녜요. 다만 그 아이를 통해 증명하고 싶어요."

희망을 잃고 싶지 않았다. 수백 년이나 살았는데 아직도 희망을 믿냐며 누군가 조롱할지도 모르겠지만, 적어도 제인은 꽃봉오리에 불과한 미미가 꽃은 피워볼 수 있도록 기회를 주고 싶었다.

"미미의 끝이 이곳이 되어선 안 된다는 걸."

그 마음이 전해졌는지 스피아 쌤이 무겁게 고개를 끄덕였다. 식탁 위에 하얀색 봉투와 새 핸드폰을 두고 스피아 쌤은 오전 조깅을 하겠다며 자리를 떴다.

홀로 남겨진 제인의 안색이 흐려졌다. 김이 완전히 식은 듯 커피잔에서는 이제 아무것도 피어오르지 않았다. 미지근한 커피잔을 만지작거리던 제인이 목덜미를 더듬었다.

아주 가끔 그런 생각을 했다. 시간을 되돌린다면, 그래서 이 목걸이를 처음 받았던 그날로 돌아간다면 나는 어떻게 할까.

목이 뻐근했다. 수백 년간 거의 매일 이 자리를 지키고 있던 목걸이라는 게 믿기지 않을 만큼.

원래 이렇게 무거웠나?

아니면, 세월이 쌓여 무거워졌나?

목걸이를 쥔 채 제인이 숨을 깊게 들이마셨다. 어느덧 기억은 태초의 순간으로 향하고 있었다.

11

마녀

기억의 한계는 얼마나 될까.

제인은 때로는 기억을 덜어내고 싶다고 생각했다. 아니면, 숭덩숭덩 잘라서 어딘가에 묻어놓을 수 있다면 얼마나 좋을까 상상하기도 했고. 징그러울 만큼 겹겹이 쌓인 600년의 삶 중, 좋은 기억과 나쁜 기억을 분리한다면 나쁜 기억 쪽으로 추가 기울 것이리라. 대부분의 사람이 그러하듯.

제인에게 있어 이름은 두꺼운 책의 목차와도 같았다. 목차에 따라 이야기가 달라지듯 제인 또한 거쳐온 이름에 따라 삶이 달라졌다. 그중 '제인'이라는 이름은 제인이 직접 지은 이름으로, 가장 마음에 드는 목차이자 결말이 되기를 바라는 목차이기도 했다.

처음에는 '초희'라고 불렸다. 장초희張楚姬. 아버지가 지어준 이름은 혼인을 하던 열다섯까지 쓰이다 버려졌다.

결혼 생활이 어땠는지는 기억나지 않는다. 살아온 세월이 많으니 그만큼 기억할 것도 많다. 아주 좋거나 아주 싫은 기억이 아니면 자연스레 기억들은 사라진다. 아마도 결혼 생활은 특출나게 좋지도, 나쁘지도 않았던 모양이다. 다만, 아들 강이를 얻은 기쁨은 또렷했다.

초희가 열아홉, 강이가 세 살이 되었을 무렵, 왜란이 시작됐다. 임금이 궁궐을 버리고 도망쳤으니, 초희와 그 식구들도 더는 집을 지키고 있을 수 없어졌다. 초희와 식구들은 여기저기를 떠돌다 영월에 자리를 잡고 거기서 3년을 머물렀다. 영월에서 지내던 동굴이 왜군들에게 발각된 후에는 급히 강릉으로 피난했다. 놀란 가슴을 채 진정시키기도 전, 왜군들은 불을 피웠던 흔적을 보고 초희와 식구들의 은거지로 들이닥쳤다.

오로지 아들 강이를 지켜야 한다는 생각뿐이었다. 아들을 꼭 끌어안고 버티던 초희를 밀쳐낸 것은 왜군이 아닌 초희의 남편이었다.

"이, 이 여자를 줄 테니 우린 살려주시오!"

초희를 왜군에게 떠민 남편이 작게 속삭였다.

"몸을 더럽힐 순 없으니 자결하시오."

그리고 도망치던 남편의 얼굴에는 부부의 연을 맺은 지아비의 신의도, 죄책감도 없었다. 이제 너는 우리 집안 사람이라고 단단히 이르던 시부모는 노쇠한 몸을 이끌고 잘도 도망쳤다. 마음에 비수가 날아와 꽂히는 순간에도 바라는 것은 오직 하나였다. 우리 강이만 제발 살려주세요. 왜군에게 붙들린 채 악다구니를 썼다. 그러나 비정한 남편은 대꾸도 없이 영영 사라져 버렸다.

　비참하게 죽을 뻔했던 목숨은 때마침 들이닥친 승병들 덕분에 간신히 건졌다. 오로지 아들을 다시 만나겠다는 마음으로 물어물어 남편을 뒤쫓아 갔을 때, 초희를 기다리던 건 싸늘한 주검이 된 아들 강이었다. 강이는 바닷가에 쓰러져 있었다.

　"먹을 걸 찾으려다 왜군들에게 발각된 모양이에요. 아들이 넘어져 못 따라오니 그대로 버리고 도망간 거지. 어린아이가 참 안됐어. 쯧쯧."

　따라 죽으려던 목숨은 주변 아낙네들 덕분에 간신히 건졌다. 살면 살아진다던가. 강이를 겨우 마음에 묻을 때쯤 어느 밤, 왜군들이 마을에 닥쳤다. 불을 지르고 남자들을 죽였다. 겁에 질린 여자들과 쓸 만한 아이들을 포박해 배에 태웠다. 그게 일본 나가사키로 향하던 배였고, 배에 탄 순간부터 노예가 되었다는 건 항구에 다다라서야 깨달은 사실이었다.

　함께 배에 탔던 여자들과 아이들은 뿔뿔이 흩어졌다. 아니,

팔려나갔다. 어떤 이는 비단 한 필에, 어떤 이는 조총 한 자루에 일본, 중국, 포르투갈, 네덜란드 등으로 끌려갔다.

초희를 구입한 사람은 당근처럼 주홍빛이 도는 머리카락에 다갈색 눈을 한 덩치 큰 네덜란드 노예상이었다. 그는 초희에게 '초이'라는 이름을 붙여줬다. 조선에서 온 노예 초이는 서양인들의 이목을 끌어당겼다. 마침 네덜란드를 여행 중이던 이탈리아 상인이 초이를 마음에 들어 했고, 초이는 곧장 이탈리아로 끌려갔다.

서양인들은 키가 작고 새카만 머리카락에 자신들보다 짙은 피부색을 가진 초이를 신기한 동물처럼 여겼다. 어떤 서양인은 하루 종일 초이를 전시하기도 했고, 어떤 서양인은 초이를 저보다 높은 귀족에게 선물하기도 했다. 그럴 때면 영문도 모른 채 마차에 태워져 낯선 곳에 끌어내려지곤 했다.

말을 알아듣지 못해 얻어맞거나 동양인이라는 이유로 구박당하는 일이 빈번했다. 그럴 때마다 끝을 생각했지만, 질기디질긴 목숨은 좀처럼 거둬지지 않았다.

이탈리아로 끌려온 지 3년이 지났을 무렵, 몇 번의 죽을 고비를 넘긴 초이는 이제 라틴어와 이탈리아어를 알아듣고 가끔은 중국에서 온 상인의 말을 통역할 수 있어 쓸모 있는 노예로 인정받기 시작했다. 당시 초이를 데리고 있던 가문의 수장은 초이의 사정을 딱하게 여겨 그녀를 조선으로 돌려보내 주고 싶어 했다. 만약 그 가문이 망하지만 않았더라면 초이는 다시 '장초희'가 될 수 있었을지도 모른다.

가문이 망하자 다시 초이는 물건이 되어 북부 이탈리아로 팔려 갔다. 새로운 곳에 정착하기도 전, 기침에 피가 섞여 나오기 시작했다. 거금을 들여 초이를 샀다던 주인은 돈이 아깝다며 초이를 몽둥이질해 성 밖으로 내다 버렸다.

피투성이에, 폐렴에 걸린 동양 여인을 가련히 여기는 이는 아무도 없었다. 살 방법이 없었다. 이제는 정말로 끝이라고 생각했다. 그러자 반쯤 뜬 눈에서 눈물이 쏟아졌다. 말로는 형용할 수 없는 감정이 오물처럼 뒤섞인 가운데, 가장 또렷한 감정은 비참함이었다. 대체 신은 어디에 있기에 내 삶에 가느다란 빛 한 줌도 허락하지 않는단 말인가.

옅은 숨을 간신히 내뱉는 순간, 가까운 곳에서 걸걸한 기침 소리가 들렸다.

"이런. 아직은 잠들면 안 된다, 얘야."

세월이 묻어나는 목소리에는 거친 호흡이 뒤섞여 있었다. 거친, 그러나 따뜻하고 투박한 손이 초이의 얼굴에 묻은 핏자국을 조심스레 닦아냈다. 부드러운 손길에 고통으로 굳어 있던 몸이 차츰 이완됐다. 동전을 주고받는 소리가 들리더니 이윽고 몸이 들렸다.

"나와 가자."

노파의 이름은 '루이자'였다. 그것이 정말로 그녀의 이름이 맞는지는 모르겠지만, 그녀가 초이에게 소개한 이름은 분명 루이자였다.

어느 정도 초이가 건강을 회복하자 루이자는 초이를 데리고 고향인 독일로 향했다. 루이자는 사람들이 모여 사는 마을이 아닌 외딴 산속에 살고 있었는데, 덕분에 초이는 저를 신기해하거나 적대시하는 시선들에서 벗어날 수 있었다. 산에서 캔 약초로 치료제를 만들어 근근이 먹고살던 루이자는 초이에게 어느 것이 약초인지 독초인지 가르치기 시작했다. 그리고 초이 혼자서도 약초를 캘 수 있을 무렵, 루이자는 '잔느'라는 이름을 붙여줬다.

"초이보다는 잔느가 좋겠구나. 그게 덜 눈에 띌 것 같으니 말이다."

루이자는 말수가 적었고 비밀스러웠다. 자그마한 몸을 덮은 짙은 남색 로브 덕분에 잔느는 그녀와 함께 생활하면서도 루이자의 얼굴이나 몸을 본 적이 없었다.

루이자는 한 달에 네 번, 마을에 내려가 손수 캔 약초로 만든 치료제를 팔곤 했는데, 어느 순간부터 그 횟수를 줄이기 시작했다. 한 달에 두 번, 한 달에 한 번. 그러다 외출을 안 한 지 석 달이 넘었을 때쯤, 루이자는 무거운 목소리로 말했다.

"바깥세상이 돌아가는 상황이 좋지 않구나."

마을에서 '마녀사냥'이란 게 횡횡한다고 했다. 잔느는 심장이 덜컹, 내려앉았다. 이곳에 온 이래, 단 한 번도 입 밖으로 이야기를 꺼내지 않았지만, 실은 잔느는 기억하고 있었다. 루이자를 만났던 밤, 루이자가 제 몸에 손을 댄 순간, 마법처럼 고통이 사라졌던 걸. 더는 기침도, 피도 나오지 않았다는 걸.

차마 입 밖으로 꺼낼 순 없었다. 마녀라니. 저를 구해준 루이자가 마녀라는 건 상상하고 싶지 않은 가정이었다.

하지만 불편한 진실은 결국 그 모습을 뾰족하게 드러내고 만다. 누군가의 신고로 인해 마녀로 기소되었던 루이자 때문에 전전긍긍하고 있을 때였다. 늙은 루이자가 고문을 견디지 못해 죽으면 어떡하지? 마녀재판이 얼마나 혹독한지는 잔느도 소문으로 들어 알고 있었다. 그래서 운 좋게도 루이자가 무혐의로 풀려났을 때, 그래서 피투성이로 산속 오두막으로 돌아왔을 때, 잔느는 루이자의 생이 얼마 남지 않았다고 어렴풋이 생각했다. 그게 사람의 순리이니까.

다음 날, 상처 하나 없이 멀끔해진 루이자를 봤을 때, 잔느는 그간 묵인해 온 불편한 가정이 결국에는 진실이라는 걸 인정해야만 했다.

"너도 알고 있겠지만, 잔느. 나는 사람이 아니란다."

"그럼… 저, 정말로 마녀인가요?"

루이자는 말없이 서랍장에서 낡고 바랜 나무 함을 꺼냈다. 나무 함 속에는 알이 큰 푸른색 다이아몬드 목걸이가 고이 담겨 있었다. 어째서 이런 귀한 것이 루이자에게 있었나 의심이 들 만큼.

"우리에게 '마녀'라는 이름을 붙인 건 저 사람들이지. 우리는 그저 '끼인 삶'을 사는 존재에 불과해. 생生도 사死도 아닌, 경계에 우리의 삶이 있거든."

주름진 루이자의 손이 목걸이를 느리게 매만졌다.

"신께서는 자비로우시다, 잔느. 이 삶은 하나님께서 우리에게 베푸신 사랑과 자비야. 이 세상에서 행복과 기쁨을 모른 채 고통스럽게만 살았던 이들에게 주신 특별한 사랑. 그분께서는 어디에도 속하지 않은 '정지된 시간'을 통해 우리의 삶이 치유되기를 바라시지. 그래서 삶의 끝에 선 피투성이들에게 이 특별한 시간을 선물하셨단다."

잠시 거친 기침을 내뱉은 루이자가 호흡을 가다듬었다.

"우리는 아무것도 하지 않아. 저들이 말하는 것처럼 사람들을 현혹하지도, 악마를 숭배하지도 않는다. 우리는 그저 우리의 시간을 흘려보낼 뿐이야. 그분의 뜻대로."

한때 신을 원망했던 잔느는 루이자의 말을 어떻게 받아들여야 할지 혼란스러웠다. 하지만 거친 호흡과 잔기침 속에서도 말을 잇는 루이자의 표정이 무척이나 따뜻했기에 잔느는 그녀의 목소리에 집중했다.

"우리의 시간은 스스로 포기하지 않는 한, 사람들의 기쁨과 행복으로 유지된단다. 우리가 진짜 삶에서는 누리지 못했던 기쁨과 행복을 대신 경험하는 거지. 나는 수많은 사람의 기쁨과 행복을 대신 경험했어. 내가 만든 치료제 덕분에 열이 내린 사람, 두통이 사라진 사람, 상처가 아문 사람들을 수없이 보았지. 그때마다 내 마음이 얼마나 충만하던지."

작게 웃는 루이자의 얼굴이 몹시 평안해 보였다.

"다 채웠어. 이제 나는 그분의 곁으로 가고 싶구나."

나무 함에서 목걸이를 꺼낸 루이자가 잠시 그것을 꽉 쥐었다가 곧 잔느에게 내밀었다.

"이걸 네게 주마."

말문이 막혔다. 나는 신도 모르고, 그런 삶도 자신이 없다고 손사래를 치고 싶었는데, 몸이 돌처럼 굳어 움직이지 않았다. 결국, 루이자가 그것을 목에 걸어주는 것을 잔느는 막지 못했다.

"견습 생활은 이미 오래전에 끝났어. 이제 이 목걸이의 주인은 너야."

목에 엄청난 무게가 실렸다. 목이 부러질 것 같다던 루이자의 말을 그제야 이해할 것 같았다. 손가락 하나도 까딱거릴 수 없을 만큼 거대한 두려움이 잔느를 짓눌렀다. 간신히 무게를 이겨 낸 잔느가 겨우 가느다란 숨을 내뱉었다. 루이자의 까슬까슬하고 투박한 손이 잔느의 뺨을 어루만졌다.

"제, 제가 이걸 받아도 될까요?"

"선한 마음을 잃지 말아라. 그거면 돼. 그러면 이것이 네 길을 인도해 줄 테니."

루이자의 눈과 잔느의 눈이 아주 잠시 마주쳤다. 두려움에 두근거렸던 심장이 언제 그랬냐는 듯 가라앉았다.

"앞으로의 시간은 누구도 아닌, 누구의 것도 아닌 채로 살아라."

루이자의 손을 잡으려는 순간, 순식간에 바깥으로 내동댕이쳐졌다. 익숙한 오두막이 아닌, 낯선 길 위에 있었다. 훗날 루이자가 화형을 당했다는 소식을 듣고 엎드려져 며칠을 울었다. 그리고 처음으로 신을 찾아 맹세했다. 그녀의 당부대로 이제는 누구도 아닌, 누구의 것도 아닌 삶을 살겠다고.

제인Jane. 그 이름을 선택한 건 온전히 자신의 의지였다.

'제인'이라는 이름으로 시작된 삶은 분명히 이전과는 달랐다. 그것이 마녀가 되어서인지 아니면 스스로 선택한 이름 덕분인지는 모르겠다. 마녀협회로부터 '어떻게 누군가의 기쁨을 얻을 것인가?' 질문을 받았을 때, '미용사'라는 직업을 선택한 후로부터 제인의 삶은 순탄했다. 유능한 미용사였던 제인은 자연스럽게 유능한 마녀가 됐다. 덩달아 부릴 수 있는 능력도 늘어났다. 치유 쪽에 남다른 능력이 있던 루이자와 달리 제인은 기억과 관련된 능력이 주를 이뤘다. 손님의 기억을 읽고 손님의 아픔을 위로했다. 때로는 공감했고 때로는 함께 기뻐했다. 그리고 때로는 절망했다. 세월이 쌓이면 쌓일수록 줄기는커녕 늘어나는 마녀의 숫자와 덩달아 무거워지는 목걸이로 인해.

누군가의 기쁨과 행복을 짓밟는 존재는 세월을 거듭할 때마다 기하급수적으로 늘어났다.

어쩌면 절대로 끝나지 않는 싸움을 하고 있는 건 아닐까.

그 생각이 들 때면 충만했던 속에서 바람이 빠졌다. 제인살롱의 마지막 날도 그랬다. 강동수의 악한 마음을 본 순간, 자제력을 잃고 선한 마음을 잃어버렸다. 오랜 세월 억눌려 온 무언가가 폭발한 것일지도 모른다. 장초희를 내치고 초이를 짐승 취급하고 루이자를 죽인 상대들로부터 억눌려 왔던 무언가.

피투성이의 미미를 본 순간, 어째서인지 바닷가에서 죽은 강이를 발견한 날이 떠올랐다. 그 위로 성 밖으로 내쳐진 초이가, 모진 고문을 받고 풀려난 루이자가 겹쳐졌다. 아마도 그때부터

였을 것이다. 그때 제겐 없었던 다른 형태의 구원이 미미에게 있길 바랐던 것은.

그 아이의 삶이 저와 같지 않기를, 우리와 다르기를 바랐다.

'너의 끝은 처절한 절망이 아니라 희망이어야만 해. 나의 선택이 아닌, 누구의 선택도 아닌, 온전히 네 선택으로 너의 삶이 계속되어야만 한다.'

제인은 증명하고 싶었다. 완전한 삶을 누릴 권리가, 지난 숱한 날 속 우리에게도 있었다는 걸.

12

영원한 집

생각해 보면 인생은 배신의 연속이었다.

저를 열 달이나 품었다가 낳은 엄마도, 그런 엄마에게 행복한 가정을 약속했던 아빠도 서로에게 책임만 떠넘기다 슬그머니 뒷걸음질을 치지 않았던가. 대신 친구들을 믿었다. 피가 섞이지 않았어도 새로운 가족이 될 수 있을 거라고 여겼는데, 돈을 많이 준다던 아르바이트 자리가 불법 성매매였다는 걸 안 순간 그 기대는 산산조각이 나버렸다.

그러니까, 그런 맥락에서 돌이켜 볼 때 제인의 결정은 그리 놀라울 일도, 배신감에 치를 떨 일도 아니었다는 거다. 고작 몇 개월간 지내던 미용실, 그리고 그 미용실에서 만난 미용사였을 뿐이다. 심지어 진짜 이름도 모르는, 사람이 아닌 마녀들과 평생 살을 부딪치며 산다는 건 말도 안 되는 일이란 걸 아는데, 왜 눈물은 이리도 멈추지 않는 걸까.

미리 준비해 둔 봉투와 핸드폰을 봤을 때, 당장 제인에게 달려가 어떻게 이럴 수 있느냐고 따지고 싶었다. 하지만 울컥함이 한풀 가라앉으니, 그런다고 달라질 건 아무것도 없다는 게 선명해졌다. 마녀들이 사는 미용실에 사람인 저는 물과 기름처럼 섞일 수 없는 이방인이라는 게. 그렇다고 제인이 준비한 마지막 배려를 순순히 받아들이기엔 너무나도 원통했다. 다행인지 불행인지 제게는 지난번, 광철이 준 5만 원이 있었다.

동이 트자마자 신발을 신고 미용실을 떠났다. 시내까지 걸어가서 서울로 가는 가장 빠른 버스표를 구매했다. 한 치의 오차도 없이 정시에 터미널을 떠나는 버스 안에서 3만 원 남짓 남은 돈을 보고서야 미미는 다음 스텝이 없다는 걸 실감했다.

간다. 서울로 돌아간다. 그리고 다음은 이제 어떻게 하지?

하필이면 도로는 막히지도 않았다. 야속하게도 예정 시간보다 15분이나 빨리 고속버스터미널에 도착했다. 서울 한복판에 있는 터미널은 다율동 터미널과는 차원이 달랐다. 각자의 행선지를 찾아 떠나는 사람들로 정신없이 복작였다. 아마도 이 중 행선지가 없는 건 저 하나뿐일지도 몰랐다. 갈 곳도 없이 잠자코 의자에 앉아 있기를 1시간. 눈치 없이 배가 고파 왔다. 플랫폼에 적힌 시간을 보니 한창 점심시간이었다. 배에서는 밥을 달라고 아우성을 쳐댔고 더는 앉아 있을 수 없어 어쩔 수 없이 자리에서 일어났다.

처음 와본 터미널이라 사람들이 가장 많이 가는 방향을 향해 따라 걸었더니 백화점 식품관이 나왔다. 먹을 건 수두룩한데, 문제는 돈이었다. 당장 오늘 밤, 찜질방에라도 가려면 최대한 돈을 아껴야만 했다. 수중에 있는 돈은 3만 5,000원이 전부인데, 백화점 식품관이라 그런지 대부분의 메뉴가 만원을 훌쩍 넘었다. 그나마 가장 싼 것이 유부초밥이었다. 아이 주먹만 한 유부초밥은 하나에 3,000원 정도면 사 먹을 수 있을 것 같았다. 미미는 오천 원짜리 한 장을 들고 진열장을 주의 깊게 살펴보았다. 딱 하나만 먹으려니 선택이 신중해졌다. 진열장 앞에 서서 뚫어지게 유부초밥을 쳐다보는데, 옆에서 불쾌함이 섞인 헛기침이 들렸다.

"저기요, 아직 결정 못 했으면 먼저 주문 좀 할게요."

"아, 네…"

그제야 등 뒤로 길게 줄이 있다는 걸 깨달은 미미가 쭈뼛거리며 뒤로 물러났다. 맞은편 베이커리까지 속수무책으로 밀려난 미미의 어깨를 누군가가 덥석 붙잡았다.

"미녀미용실?"

목소리가 낯익었다. 게다가 미녀미용실이라니!

"어머, 맞네. 그때 원장님 옆에 있던 원장님 딸. 미미… 라고 했던가? 맞죠?"

옅은 갈색 머리에 웨이브를 넣어 잠시 알아보지 못했지만, 제 앞에서 반갑게 인사를 건네는 이는 분명 해원이었다. 손에 장바구니를 든 걸 보니 안쪽에 있는 마트에서 장을 보고 온 모양이었다.

"근데 여기서 뭐 해요?"

미미가 귓불이 붉어진 채 머뭇거리자 해원의 눈초리가 예리해졌다. 더 물을 것도 없었다. 장바구니를 단단히 움켜쥔 해원이 자유로운 다른 손으로 미미의 손을 잡아끌었다.

"일단 우리 집으로 가요."

가출 소녀를 달래기엔 사람이 붐비는 백화점보다는 조용한 집이 좋을 터였다.

다짜고짜 미미를 자신의 집으로 데리고 온 해원은 점심을 먹었냐고 물었다. 미미가 간신히 '아니요' 하고 대답하자 해원은 자신도 막 교회에서 주일 오전 예배를 마치고 나와 아직 점심 전이라며 머쓱한 얼굴로 라면 두 개를 꺼냈다.

"우리 집 여자들은 요리에 재능이 없어요. 요리할 시간에 자기 계발을 하라는 게 우리 엄마 지론이거든요."

물이 끓는 동안, 라면 부스러기를 아삭거리며 해원이 떨떠름한 표정을 지었다.

"실은 엄마랑 한판 하고 오는 길이에요. 원칙대로라면 주일 예배 후에는 엄마랑 동생네 부부랑 가족 식사를 하거든요. 근데 한판 하고 나니까 기분이 영 꽝이라서 그냥 집으로 와버렸어요. 오다가 생각해 보니 집에 먹을 게 없길래 부랴부랴 마트에 들러서 라면이랑 간식거리를 좀 사다가 미미 씨를 본 거고."

"네…"

"미안해요. 미미 씨라고 부르니까 좀 어색하죠? 내가 원체 말을 잘 못 놔요."

해원은 멋쩍게 웃고는 보글보글 끓는 물에 라면과 스프를 차례로 집어넣었다. 매콤한 라면 냄새가 순식간에 후각을 마비시켰다. 위장의 센서가 후각에 달려 있기라도 한 듯, 한동안 무감각했던 허기가 빠르게 미미의 위장을 자극했다. 해원이 끓인 라면은 비록 물이 많아 싱거운 데다 면도 살짝 퍼져 있었지만, 미미의 굶주린 위장을 채우기엔 충분히 만족스러웠다. 체면도 잊고 정신없이 먹고 나니 어느덧 해원이 저를 빤히 쳐다보고 있었다.

"서울은 혼자 온 거예요?"

뭐라 대답해야 할지 몰라서 가만히 있었다. 해원은 미미의 침묵에도 용케 답을 찾아낸 듯 빙그레 웃었다.

"미미 씨도 엄마랑 싸웠구나, 나처럼."

해원은 제인과 미미를 모녀라고 확신한 듯했다. 생각해 보니, 해원이 미녀미용실에서 머리를 했을 때부터 그 오해는 지속돼 왔는데 제인도, 미미도 굳이 고쳐주지 않았다. 한 번 보고 말 사람이라고 여겼기 때문이다. 그런데 이렇게 또 마주치고, 말하기 껄끄러운 상황까지 닥치니 미미는 어디서부터 이야기를 꺼내야 할지 막막했다. 그러니 다시 침묵을 선택할 수밖에.

"표정을 보니까 오늘은 절대 돌아갈 생각이 없는 것 같은데⋯ 맞죠?"

미미는 작게 고개를 끄덕였다. 실은 돌아가지 않는 게 아니라 돌아갈 수 없다는 게 더 정확하지만, 어쨌든.

"그럼 오늘은 여기서 지내요."

"네?"

그때도 느꼈지만, 해원은 마음이 따뜻한 사람이었다. 오해를 떠나서 해원은 홀로 서울까지 올라온 미미를 동감하면서도 안쓰럽게 여기는 듯했다. 갑작스러운 해원의 호의에 미미가 눈을 동그랗게 떴다.

"내일모레 마흔이 다 되어가는 나도 엄마랑 싸우면 잠깐은 엄마 얼굴 보기가 싫어요. 미미 씨는 오죽하겠어요? 그러니까 오늘은 여기서 지내고 가요. 모텔로 보내기엔 내가 좀 걱정돼서 그래요."

"고, 고맙습니다."

"엄마한테는 꼭 전화해요. 걱정하고 계실 테니까, 내일은 무슨 일이 있어도 집으로 돌아가고요. 알았죠?"

미미가 대답을 미룬 채 우물거리고 있자 화가 덜 풀린 것으로 오해한 해원이 미미의 앞으로 새끼손가락을 내밀었다.

"약속."

눈앞까지 닥쳐온 무언의 압박을 이겨내지 못한 미미가 마지못해 새끼손가락을 내밀었다. 지키지 못할 약속이란 걸 알기에 마음이 무거웠다.

해원이 내어준 방은 미녀미용실에서 쓰던 쪽방의 두 배쯤 될 정도로 큰 방이었다. 가끔 엄마나 친구가 놀러 올 때 쓰는 방이라 정리가 안 되어 있을 거라던 해원의 걱정과는 달리, 방은 깔끔하게 정돈되어 있었다. 은은한 섬유유연제 향이 묻어나는 이불은 기분 좋게 잠들기에 충분했지만, 미미는 거의 뜬눈으로 밤을 새우다 해원이 출근하는 소리를 듣고서야 자리에서 일어났다.

식탁에는 해원의 메모와 프랜차이즈 빵집에서 사 왔음 직한 샌드위치와 우유 그리고 3만 원이 놓여 있었다.

난 출근해요. 무슨 일인지는 모르겠지만, 화 풀고 집으로 돌아가요. 나도 엄마랑 화해할게요. 대접한 게 라면뿐이라 미안하네요. 가는 길에 맛있는 거 사 먹어요. 또 머리하러 갈게요.

정갈한 글씨에서 해원의 다정한 마음이 고스란히 묻어났다. 완벽한 해원의 배려에 코끝이 시큰한 것과 동시에, 이곳에도 머물 수 없다는 사실이 분명해졌다.

해원의 다정한 배려를 모른 체하고 미미는 빈손으로 해원의 집을 나섰다. 이른 오전의 거리는 저마다의 목적을 가진 사람들로 생기가 넘쳤다. 갈 곳을 정하지 못하고 떠도는 사람은 오직 저 하나뿐이었다.

회색빛 아스팔트 길이 꼭 바다 같았다. 저는 그 망망대해 위, 어디에도 정박하지 못하고 떠도는 조각배 같았고.

'이렇게 영영 떠돌며 살아야 할까?'

그 생각이 들자 막연한 나머지 눈앞이 캄캄해졌다. 갈 곳이 없다는 것, 그러니까 어디에도 속하지 못한다는 사실은 몹시도 저를 비참하게 만들었다.

울컥 치미는 감정에 제자리에 우뚝 멈춰 섰다. 무심코 손을 찔러넣은 주머니에서 지폐가 바스락거렸다. 그 순간, 머릿속에 해원의 메모가 맴돌았다.

'집으로 돌아가요.'

'집'이라고 부를 수 있는 곳은 단 한 군데뿐이었다. 미녀미용실. 비록 그곳에 들어간 건 우연이었지만, 그곳은 처음으로 미미에게 '집'이 되어준 곳이었다. 바람이 불어도 안전한 곳. 함께 밥을 먹고 시간을 보내고 마음을 나누던 곳. 두 발을 뻗고 잠들고 아침을 맞이할 수 있던 곳. 사람보다 더 사람 냄새 나는 마녀들이 있는 곳. 그래서 사람답게 머물 수 있는 곳.

미미는 마지막 힘을 쥐어짜 뱃머리를 돌렸다. 고속버스터미널로 향한 미미가 다율동으로 향하는 가장 빠른 버스표를 샀다. 막상 버스표를 쥐자 초조함에 다리가 덜덜 떨렸다.

'원장님이 쫓아내면 어떡하지? 그새 미녀미용실이 사라졌으면 어떡하지?'

가능성이 영 없는 것도 아니다. 협회에서 내린 유배가 풀리기가 무섭게 세 미용사는 뉴욕으로 가자, 파리로 가자 신나게 떠들지 않았던가.

하지만 아직 하루밖에 지나지 않았는데. 미미는 불안한 마음을 달래며 탑승 플랫폼으로 향했다. 만일 미녀미용실이 아직 거기 있고 제인이 저를 문전박대한다면 그 문고리라도 잡고 늘어질 작정이었다.

탑승 시간이 임박했음에도 다율동행 버스가 있는 플랫폼은 한산했다. 나른해 보이는 버스 기사에게 버스표 검수를 받고 지정된 좌석으로 향한 미미는 제 자리를 먼저 차지한 이를 보고 눈을 크게 떴다.

"원장님…"

뜨거운 열기가 눈가로 확 몰렸다. 울컥 치미는 이 감정은 분명 그리움이었다.

"거기 계속 서 있을 참이니? 곧 버스가 출발할 텐데."

엉거주춤 자리에 앉고서도 미미는 눈앞의 제인이 얼떨떨하기만 했다. 우연일까, 아니면 필연일까. 유일하게 답을 아는 제인은 물끄러미 미미를 바라보기만 했다.

"이건 네 선택이야. 그렇지?"

미미가 천천히 고개를 끄덕이자 제인은 안도한 듯 미소를 지었다. 막 출발한 버스가 살짝 덜컹거리자 미미의 팔이 제인의 팔과 닿았다. 미미는 그제야 버스 안에 있는 사람은 저와 제인이 유일하다는 걸 알았다.

그렇다면 이건 필연이라는 것도.

"너는 특별해. 스스로 내 집에 들어온, 마녀가 아닌 유일한 사람이니까."

제인은 자신의 세계에 나타난 유일한 오류이자 반가운 예외인 미미의 손을 단단히 붙들었다.

"돌아가자."

우리의 요새, 영원한 집으로.

에필로그

그 미용실의 위치는 뜬금없었다.

이 동네에서 가장 바쁜 미용실이 바로 이곳이라고 소개한다면, 열의 아홉은 왜 미용실이 시내도 아닌 이런 산 밑에 있는 거냐고 되물을 만큼.

그거야 미용실 원장 마음이지, 둘러대면 어김없이 다음 질문이 날아온다.

"그래서 '미'예요, '마'예요?"

하필이면 태풍에 밤송이가 날아들어 생채기가 났다던 간판은 처음 이 미용실을 찾는 손님들이라면 한 번씩 묻는 통과의례와도 같았다. 처음 한두 번이야 웃으며 설명해 준다지만, 그게 여러번 반복되니 이제는 간판의 '간'자만 나와도 목구멍이 아플 지경이었다. 그렇다고 간판이 어쩌다 저렇게 되었는지 그 사연을 미용실 벽면에 써 붙여놓을 수도 없고.

볕이 좋은 아침, 미용실 앞마당에 빨래를 널던 보보가 간판을 보며 고개를 절레절레 저었다. 어제도 손님에게 간판 이야기를 다섯 번이나 했다. 마지막에는 목이 멜 지경이었다. 원장님은 아무렇지도 않나?

보보가 잔뜩 아쉬운 눈빛으로 다시 미용실 간판을 쳐다보던 그때, 문이 열리며 서독 언니가 나왔다. 서독 언니는 편한 차림이던 평소와 달리 연한 베이지색의 정장에 앞코가 뾰족한 검은색 구두를 신고 있었다. 긴장이라도 한 듯 짙은 갈색 가죽 가방을 쥔 서독 언니의 손아귀에는 힘이 잔뜩 실려 있었다. 뒤따라나온 제인이 한껏 치켜 올라간 서독 언니의 어깨를 가볍게 두드려 주었다.

"긴장하지 말라니까."

"어, 어떻게 긴장을 안 해? 생각만 해도 다리가 덜덜 떨리는데."

코랄색 립글로스도 소용이 없는지 서독 언니의 안색이 창백했다. 그제야 오늘이 무슨 날인지 떠오른 보보가 널다 만 수건을 쥐고 서독 언니 앞으로 쪼르르 달려갔다.

"드디어 오늘이네요! 마녀 면접!"

지난 몇 년간 제인살롱에서, 그리고 미녀미용실에서 수련한 서독 언니의 경험치가 전부 채워진 것이 얼마 전이다. 마녀협회에서는 서독 언니에게 정식 마녀 면접을 보러 오라는 연락을 보내왔다. 마녀 면접에서 묻는 것은 딱 하나였다.

앞으로 어떻게 사람들의 기쁨을 얻어낼 것인가.

그 질문은 곧 마녀로서 앞으로 어떻게 살아갈 것인지를 스스로 정해야 한다는 것과 같았다.

마녀협회로부터 연락을 받은 후, 서독 언니는 몇 날 며칠간 잠을 이루지 못했다. 그토록 바라던 순간이 코앞까지 다가왔지만, 기쁘기보단 어쩐지 걱정이 더 컸다.

잘 해낼 수 있을까?

자신이 본 제인은 유능한 미용사이자 대단한 마녀였다. 죽었다 깨나도 제인처럼 살 수는 없을 것이다. 스스로에게 몹시 객관적인 서독 언니는 속으로 장담했다. 그래서인지 정식 마녀가 된다는 사실이 엄청난 부담으로 다가왔다.

"있잖아, 나 그냥 지금이라도 포기할까?"

서독 언니의 입에서 저도 모르게 약한 소리가 새어 나왔다. 불편한 정장도, 딱딱한 구두도 싫었다. 할 수만 있다면, 지금 당장 이 순간으로부터 도망치고 싶었다.

그때였다. 제인의 통통하면서도 길쭉한 손가락이 서독 언니의 어깨를 꽉 움켜쥔 것은.

"아, 아파!"

"그렇지만 시원하지?"

"그렇긴 한데… 그게 지금 무슨 상관이야? 다 그만두고 싶다
니까."

"언니, 제발 눈앞의 돌덩이 좀 치워버려. 그럼 이 어깨처럼 앞
길이 시원해질 테니까."

이번에는 제인의 손이 서독 언니의 어깨 위에서 부드럽게 움
직였다. 딱딱하게 굳어 있던 어깨 근육이 한결 부드러워진 것이
느껴졌다. 잔뜩 움츠러들었던 서독 언니의 어깨가 제자리를 찾
자 제인이 따뜻하게 덧붙였다.

"좋은 마녀가 될 거야. 언니는 좋은 사람이니까."

서독 언니로부터 연락을 받은 것은 더위가 한풀 꺾인 오후 무
렵이었다. 서독 언니는 별다른 설명 없이 그저 '잘 끝났다'는 짧
은 메시지를 보내왔다. 무뚝뚝하기 짝이 없는 메시지였지만, 덩
달아 마음 졸이고 있던 스피아 쌤과 보보의 긴장을 풀어주기엔
충분했다. 내색은 안 해도 신경 쓰고 있었던 모양인지 제인은
읽던 책을 내려놓고 곧바로 자리에서 일어났다.

"거봐, 잘할 거면서 괜히 엄살은."

흘끔 시계를 본 보보가 허둥대며 머리를 하나로 질끈 묶었다. 조금 전, 다율동 시내에 있는 마트에서 한아름 장을 보고 온 보보의 얼굴이 사뭇 비장했다. 날이 날이니만큼 성대한 만찬을 준비하겠다며 보보가 주방으로 향했다.

"원장님, 그럼 저희도 슬슬 준비해 볼까요?"

어느덧 공구함을 챙긴 스피아 쌤이 쪽방 쪽을 바라보며 물었다. 해야 할 일은 또 있었다. 오늘을 위해 스피아 쌤은 이른 아침부터 용달차를 빌려 외출까지 하고 왔다.

"시작하죠."

여닫을 때마다 덜컹거리는 미닫이문을 뜯어내니 겨우 이부자리만 있는 내부가 드러났다. 가늘게 뜬 눈으로 내부를 쭉 훑어보던 제인이 스피아 쌤에게 물었다.

"스피아 쌤, 물건은요?"

"준비했어요. 그런데 전부 다 들어갈까요? 아무래도 쪽방이라 크기가 작아서…"

스피아 쌤이 채 말을 다 잇기도 전, 제인의 손에서 보랏빛 실타래가 피어올랐다.

"어머, 내가 누군 줄 알고?"

제인이 그대로 손을 뻗자 쪽방의 가로 폭이 좀 더 넓어졌다.

"이만하면 될 것 같은데, 하나씩 채워볼까요?"

쪽방을 채우는 일은 일사천리로 진행됐다. 포근한 싱글침대, 책상과 의자, 방 안을 환히 밝혀줄 스탠드 조명과 방을 나서기 전 확인해 볼 거울까지. 마무리로 스피아 쌤이 미닫이문이 있던 자리에 여닫이문을 달자 쪽방은 어느덧 그럴싸한 누군가의 방으로 거듭나 있었다.

방을 쓸고 닦기까지 마치자 어느덧 스피아 쌤의 목덜미에 땀이 송골송골 맺혔다. 땀 때문에 목덜미에 달라붙는 머리카락이 거추장스러운 듯 스피아 쌤이 연신 손부채질을 해댔다.

"그러고 보니 스피아 쌤 머리가 많이 길었네? 자를 때 되지 않았어요?"

스피아 쌤이 멋쩍은 듯 목덜미를 만지작거렸다.

"다시 길러보려고요."

문득 스피아 쌤의 오래전을 떠올린 제인이 빙그레 웃었다. 변화는 분명히 모두에게 다가오고 있었다.

마침내 집으로 돌아온 서독 언니의 손에는 형형색색의 코스모스 꽃다발이 들려 있었다.

"웬 꽃이에요?"

"그냥… 꽃 싫어하는 사람 없잖아. 날도 날이고."

심드렁한 말투와 달리, 코스모스를 꽃병에 담는 서독 언니의 손길이 세심했다.

"참, 언니. 면접에는 뭐라고 대답하셨어요?"

"그냥 뭐…"

순식간에 달라붙는 여섯 개의 눈동자에 서독 언니가 다시 가시를 곤두세웠다.

"아니, 뭘 그런 걸 물어?"

"앞으로 저한테도 있을 일이니까 궁금해서 그렇죠! 혹시 언니가 떠나실 수도 있고…"

"은근히 기대하나 본데, 꿈 깨, 보보야. 난 앞으로도 여기 있을 거니까."

"아니, 왜요?"

"왜냐니? 내 맘이지? 불만이라도 있는 기세다, 너?"

또 한판 시작하려는 듯한 두 사람 사이에 스피아 쌤이 얼른 끼어들었다.

"저, 좋은 날이잖아요. 모두 진정하세요. 곧 시간도 됐고."

때마침 바깥에서 인기척이 들렸다. 모두가 기다렸다는 듯 자리에서 일어났다.

"다녀왔습니다."

묵직한 책가방을 멘 채 집으로 들어서던 미미가 제 앞에 정승처럼 서 있는 제인과 세 미용사를 보고 흠칫 뒤로 물러섰다. 그러더니 순식간에 눈앞이 컴컴해진다. 보들보들한 촉감을 보니 보보의 손이 제 눈을 가리고 있는 듯했다.

"왜, 왜 그러세요?"

"잠깐만."

스피아 쌤의 손을 잡고 미미는 조심스럽게 한 발짝씩 내디뎠다. 몇 걸음 걸었을까. 은은한 꽃향기가 날 때쯤, 미미의 눈을 가리고 있던 손이 치워졌다. 가장 먼저 보인 건 포근한 침대였다. 그리고 우드톤의 책상과 의자, 그 위에 놓인 코스모스 꽃병.

"생일 축하해, 미미야."

따뜻한 제인의 말에 코가 시큰거렸다. 말하지 않아도 안다는 듯 보보가 미미의 손을 꽉 붙잡았다. 똑같은 체온이 서로에게 나눠졌다. 이 기분은 낯설지만, 분명히 아는 것이었다. 그토록 바라던 가족이 탄생한 순간이었다.

보보는 저녁 식사부터 디저트까지 완벽하게 준비했다. 언제 파악한 건지 미미가 제일 좋아하는 음식들로만 미미의 생일상을 차려내더니 디저트로는 서독 언니가 가장 좋아하는 아이스 홍시를 내왔다. 늘 티격태격해도 서독 언니를 가장 잘 챙기는 건 역시 보보였다. 서독 언니는 내심 감동한 모양인지 눈시울이 붉어진 채 아이스 홍시를 두 개나 해치웠다.

달달한 맛에 기분이 나른해질 때쯤, 보보는 오전부터 짙어지고 있던 불만을 조심스레 토로했다.

　"원장님. 저희 간판 좀 바꾸면 안 돼요?"

　"간판을?"

　"그래. 보보 너 오랜만에 맞는 말을 한다?"

　어쩐 일인지 서독 언니가 보보의 말에 맞장구를 치고 나섰다.

　"손님들이 매번 묻잖아. 미녀냐, 마녀냐. 이제는 간판을 교체해야 할 때가 됐어."

　제인도, 스피아 쌤도 같은 생각인지 고개를 끄덕였다.

　의외로 쉽게 의견이 모이나 싶더니, 엉뚱한 곳에서 문제가 발생했다.

　"근데 뭐로 바꾸죠? 미녀미용실? 아니면, 마녀미용실?"

　"그야 당연히 미녀미용실이지."

　"그게 왜 당연해요? 마녀미용실이 될 수도 있죠!"

　잠시 훈훈한 분위기를 형성했던 서독 언니와 보보 사이에 다시 시베리아 고기압이 하강했다.

　"어머, 얘 좀 봐. 동네방네 우리 마녀예요, 광고할 일 있니? 스피아 쌤, 내 말이 틀려?"

　"음. 이젠 마녀미용실로 바꿔도 될 것 같기도 한데요."

　"하! 다들 왜 이래? 여태 미녀였던 걸 왜 마녀로 바꾼대?"

"우리가 마녀니까요!"

"아니, 그러니까 그걸 왜 대문짝만하게 공개하느냐 이 말이야!"

"거야, 간판에 우리가 마녀미용실이라고 달아놔도 우리를 마녀라고 생각하는 사람은 없을 테니까요! 우릴 보세요. 전혀 마녀처럼 생기지 않았잖아요."

"마녀처럼 생긴 게 뭔데? 보보야, 너 그거 편견이다?"

"그럼 원장님이 대답해 주세요. 원장님은 뭐가 좋으세요? 마녀죠?"

"스피아 쌤. 은근히 마녀로 밀어붙이지 말라고."

난감한 기색으로 세 사람을 보던 제인이 고심 끝에 답했다.

"미녀미용실이어야 하지 않을까? 처음부터 그렇게 정했으니까."

제인의 대답에 세 미용사의 낯빛이 제각각 변했다. 강력한 아군을 얻은 서독언니는 의기양양했고, 보보와 스피아쌤은 실망감에 어깨를 축 늘어뜨렸다.

"거봐, 제인이 미녀미용실이라잖아. 그럼 새 간판은 미녀미용실로 가는 거야."

"아직 승부 안 끝났거든요? 2 대 2 동점이라고요."

보보가 지푸라기라도 잡듯 미미의 손을 꼭 붙잡았다.

"미미야, 넌 어떻게 생각해?"

졸지에 결정권을 쥐게 된 미미가 저도 모르게 주춤댔다. 손님들이 미용실 간판에 대해 물어 오는 게 성가신 건 사실이다. 바꾸면 그런 성가신 일은 없어지겠지만…

"그냥 지금처럼 두면 안 돼요?"

팽팽하던 제인과 세 미용사 사이의 긴장감이 사르르 녹아버렸다.

김샜다. 찬물 아니면 뜨거운 물이지, 미지근한 건 또 뭐란 말인가.

"전 미녀미용실이면서 마녀미용실이었으면 좋겠는데."

"그게 무슨 소리야?"

"제 이름은 미녀미용실에서 따왔잖아요. 마녀미용실로 바꾸면 '마미'가 될 텐데 그건 좀… 하지만 정말로 마녀들이 있는 미용실이니까 가끔 마녀미용실로 보이는 것도 괜찮을 것 같아요. 근데 간판 꼭 바꿔야 해요? 아직 멀쩡한 것 같은데."

우문현답이다.

허를 찔린 제인이 웃음을 터뜨렸다. 덩달아 서독 언니와 스피아 쌤, 보보의 입가에도 미소가 피어올랐다. 미미만이 왜 웃는지 모르겠다는 듯 어리둥절한 표정으로 고개를 갸웃거렸다.

"그래, 지금보다 더 좋을 순 없지."

서로를 보는 제인, 서독 언니, 스피아 쌤, 보보의 눈빛이 같은 채도와 명도를 띠었다.

미녀미용실이든 마녀미용실이든, 중요하지 않았다. 이곳을 찾은 손님이 머리를 하고 위로를 받고 행복해진다는 사실은 변하지 않을 테니까.

나는 미용실에서 자랐다. 지금은 아니지만, 한때 미용사셨던 어머니의 미용실 이름은 '새로남미용실'이었다.

작은 동네 귀퉁이에 있던 그 미용실에는 각양각색의 사람들이 찾아왔다.

한 달에 한두 번씩 오는 단골, 우연히 와봤다는 타지 사람, 머리 할 생각은 없지만 이야기할 상대가 필요해서 찐 옥수수나 아이스크림을 사 들고 찾아오는 이웃.

각기 찾아온 이유는 달라도 하나는 같았다. 엄마의 미용실을 나설 때면 외모는 물론, 기분까지 달라져 있었다는 것이다. 마치 새롭게 태어난 것처럼.

그 로직이 오랫동안 미스터리였다.

내가 성인이 되고 어머니가 아닌 타인의 미용실에 손님으로 찾아갔을 때, 나는 비로소 그 로직을 풀이할 수 있었다.

미용실은 이방인이 모인 사랑방이다. 그래서 때로는 그 어느 곳보다 편안할 수도 있는 곳.

그런 특별한 공간에서 펼쳐지는 사람들의 이야기에 관심이 생기면서 나는 조금 낡았지만 여전히 포근한 결론에 도달했다.

사람에겐 사람이 필요하다.

나는 연대의 힘을 믿는다. 그러니까 줄탁동시, '병아리가 알에서 깨어나기 위해서는 병아리와 어미 닭이 함께 껍데기를 쪼아야 한다'는 그 다정한 원리가 주는 힘을 신뢰한다.

미미에게 제인이 그랬던 것처럼, 혼자의 힘으로는 깨고 나올 수 없는 단단한 벽 앞에 선 사람들에게 제인과 같은 존재가 반드시 나타날 거라고 이 소설을 통해 말하고 싶었다.

오랫동안 마음에 품었던 이 소설은 한 해 동안, 두 번의 대공사를 거쳐 완성되었다.

그러는 동안 장르가 바뀌기도 했고, 제인과 미용사들이 길을 잃고 헤매기도 했다. 하고자 하는 이야기를 끝까지 지켜나가는 것이 얼마나 힘든 일인지 절실히 느끼던 시간이었다.

혼자 글을 쓰면서 부침을 겪을 때마다 어쩌면 나만 아는 언어로 이야기하고 있는 건 아닌가 두려웠다. 낯선 작가의 이야기에 선뜻 마음을 열어주신 허블의 한성봉 대표님께 감사드린다. 대표님의 지지 덕분에 비로소 이 이야기가 세상에 나올 수 있었다.

또한, 나의 언어를 나보다 더 정확하게 이해해 준 허블의 권지연 편집자님과 편집팀께 감사드린다. 여러분께서는 내 언어를, 나의 이야기를 통역 없이 처음으로 이해해 준 분들이었다.

나의 상상 속 제인과 미녀미용실을 놀랍도록 정확하면서도 더 아름답게 그려주신 정아리 일러스트레이터님께 감사드린다.

이 소설이 한 권의 책으로 나오기까지 드러나지 않는 곳에서 애써주신 허블의 모든 분께 감사드린다.

나의 정신적 멘토이자 내게는 제인과 같은 어머니께 감사드린다. 내가 처음 글을 쓰기 시작한 순간부터 지금까지 내 곁에서 함께 울고 웃어주신 어머니 덕분에 지금 이 책을 마무리할 수 있었다.

글은 밥심이라며 철마다 내가 좋아하는 제철 음식으로 기운을 북돋워 주신 아버지, 그리고 내가 절망할 때마다 무조건 작가가 될 거라며 세뇌에 가까운 응원을 해준 동생에게도 감사드린다.

무명의 소설을 가장 먼저 알아봐 주신 소재두 대표님께도 감사드린다.

이 책이 완성되기까지 참 많은 분의 응원을 받았다.

나보다 더 굳은 확신으로 나를 지지해 준 가족들, 친구들, 동료들, 지인들에게 너무나 감사하다.

당신들은 알 속에 갇힌 내가 껍데기를 깨고 나올 수 있도록 바깥에서 있는 힘껏 그 껍데기를 깨주었다. 나도 언젠가 여러분의 절망을 함께 깨줄 힘이 되고 싶다. 그리고『제인의 마법 살롱』이 누군가에게 그러한 힘이 되는 이야기가 되기를 소망한다.

제인의 마법 살롱
엉킨 기억을 빗겨드립니다

ⓒ 박승희, 2023. Printed in Seoul, Korea

초판 1쇄 펴낸날 2023년 10월 6일
초판 1쇄 펴낸날 2023년 10월 17일

지은이	박승희
펴낸이	한성봉
편집	김학제·신소윤·전소연
콘텐츠제작	안상준
디자인	권선우·최세정
마케팅	박신용·오주형·박민지·이예지
경영지원	국지연·송인경
펴낸곳	허블
등록	2017년 4월 24일 제2017-000050호
주소	서울시 중구 퇴계로30길 15-8 [필동1가 26] 2층
페이스북	www.facebook.com/dongasiabooks
트위터	twitter.com/in_hubble
인스타그램	www.instagram.com/dongasiabook
블로그	blog.naver.com/dongasiabook
홈페이지	hubble.page
전자우편	dongasiabook@naver.com
전화	02) 757-9724, 5
팩스	02) 757-9726

ISBN 979-11-93078-15-0 03810

만든 사람들

책임편집	권지연
디자인	권선우
일러스트	정아리
크로스교열	안상준
본문조판	최세정